«Eine feinfühlige Beobachtung des ‹einfachen Menschen› mit all seinen Marotten, so wie er eben ist, im Leben.» *(Frankfurter Allgemeine Sonntagszeitung)*

«Eine wunderbar irre Story über ein paar vom Schicksal gebeutelte, skurrile Menschen.» *(Stern)*

«Giulia Becker schreibt mit viel Witz und klugem Humor über deprimierende Lebenssituationen. Vielleicht die beste Art, dem Leben zu begegnen.» *(WDR Fernsehen)*

«Eine lakonisch und mit präzisem Blick erzählte Geschichte über aus dem Ruder gelaufene Lebensentwürfe.» *(Brigitte)*

«Bissig und humorvoll.» *(B.Z.)*

Giulia Becker, geboren 1991, arbeitet im Autorenteam von Jan Böhmermann. Sie bricht seit Jahren immer mal wieder ihr Medien- und Literaturwissenschaftsstudium in Siegen ab, lebt und arbeitet stattdessen in Köln. 2019 gewann sie mit «Das Leben ist eins der Härtesten» den Debütpreis der lit.Cologne und erhielt das Märkische Stipendium für Literatur.

GIULIA
BECKER

DAS LEBEN IST EINS DER HÄRTESTEN

ROMAN

ROWOHLT TASCHENBUCH VERLAG

4. Auflage September 2021
Veröffentlicht im Rowohlt Taschenbuch Verlag,
Hamburg, Juni 2020
Copyright © 2019 by Rowohlt Verlag GmbH,
Hamburg bei Reinbek
Covergestaltung bürosüd, München
Coverabbildung Gorilla/Lauri Rotko/plainpicture
Satz aus der Franziska Pro
bei Pinkuin Satz und Datentechnik, Berlin
Druck und Bindung CPI books GmbH, Leck, Germany
ISBN 978-3-499-61088-2

Die Rowohlt Verlage haben sich zu einer nachhaltigen Buchproduktion verpflichtet. Gemeinsam mit unseren Partnern und Lieferanten setzen wir uns für eine klimaneutrale Buchproduktion ein, die den Erwerb von Klimazertifikaten zur Kompensation des CO_2-Ausstoßes einschließt.
www.klimaneutralerverlag.de

«NEVERSTOPGIRL.»
Ianina Ilitcheva, @blutundkaffee

TEIL I
BORKEN

RENATE Gabor geht es schlecht. Vergangenen Freitag ist ihr Malteser-Mischling Mandarine Schatzi kopfüber in einer Punica-Flasche stecken geblieben und erstickt. Renate war für den Abend zum Sommerwendefest mit ihrer Zumba-Gruppe aus, und als sie zurückkam, war schon alles zu spät. Heute stand es in der Zeitung, für achtzig Euro hat sie eine Traueranzeige im *Detmolder Kurier* schalten lassen. Dort wurde Schatzi um 23.19 Uhr in der Tierarztpraxis Dr. Heidenoldendorf offiziell für tot erklärt, dort sollen die Leute von ihrem Tod erfahren. Seit Stunden sitzt Renate auf ihrer königsblauen Couchgarnitur und schaut auf das Foto in der Anzeige, Mandarine sieht darauf besonders bezaubernd aus. Sie trägt einen Bacardi-Hut.

«Mein abgöttisch geliebtes Herzstück *Mandarine Schatzi* ist über die Regenbogenbrücke gegangen. Für die Welt war sie nur irgendjemand, für mich war sie die Welt.»

Dicke Tränen vermischen sich mit der Druckerschwärze, Renate weint ohne Unterlass auf Seite zwölf: «Mandarine Schatzi, warum hast du mich verlassen? Mein Liebling, mein einziges Kind.» Renate hat eigentlich wirklich ein Kind, einen Sohn, Thorsten, der kein Hund ist. Aber er ist schwul und eigensinnig und passt nicht in eine Handtasche, Renate findet ihn eher unpraktisch.

Mandarine Schatzi konnte sie einfach überallhin mitnehmen.

Sie war so ein engelsgleiches Geschöpf, immer freundlich, immer aufgeweckt und stets dankbar. Im Gegensatz zu Thorsten hat sich Mandarine Schatzi nie beschwert. Sie hat auch nie wütend Türen geknallt, wenn Renate mal einen Mann mit nach Hause brachte. Auch nicht wenn einer der Männer plötzlich nicht mehr gehen wollte, sich als Dieter vorstellte und den Hobbykeller zu einem Wehrmachtsmuseum umdekorierte. Mandarine Schatzi ist immer an ihrer Seite geblieben. Thorsten dagegen ist weggezogen, über zweihundert Kilometer weit, zum Studieren. Renate weiß gar nicht, was er da macht, beim Studieren. Hat er ihr ja nie erzählt.

Einmal hat Thorsten eine Karte geschickt aus Kreta, die klebt an der Kühlschranktür. Kreta also, aha, hatte Renate gedacht und wollte urplötzlich auf eine Insel fahren, um Thorsten auch eine Karte zu schicken, um einen Anlass zu haben, sich mal wieder zu melden. Am Tag darauf reiste sie nach Helgoland, aus dem einfachen Grund, dass sie das mit einem zoll- und steuerfreien Einkauf verbinden konnte.

Auf Helgoland verbrachte sie den halben Tag mit Mandarine Schatzi in einer Parfümerie, probierte Lippenstifte und kaufte so viel Dolce & Gabbana Light Blue, 100 ml, auf Vorrat, dass die Verkäuferin ihr beim Kassieren mit großem Bedauern mitteilte, dass Renate leider die Freigrenze überschritten habe und sie doch besser einige Fläschchen zurückstellen solle. Renate wusste nichts von einer Freigrenze und wurde laut, Wörter wie «Pissnelke» und «Inseläffchen» fielen. Kurzerhand wurde sie der Parfümerie verwiesen und musste zum Runterkommen erst mal schräg gegenüber in Pinkus Eiergrogstube einen Kurzen trinken, wo sie Achim kennenlernte. Der aß eine XL-Frikadelle mit Toast und Senf und erzählte, dass er schon seit über zehn Jahren einmal pro Monat rüber nach Helgoland fahre, für Zigaretten. Früher habe er weniger geraucht, aber damit es sich auch lohnt, sollte man schon so ein bis zwei Packungen pro Tag rauchen. Er gab Renate einen Eiergrog aus und schenkte Mandarine Schatzi ein Stück Frikadelle, sie konnten sich alle gut riechen. Später gab Renate Achim 430 Euro in bar, wovon er ihr noch mehr Dolce & Gabbana Light Blue, 100 ml, kaufte und für sich selbst eine Stange Marlboro, als kleines Dankeschön. Dann fuhren sie zusammen mit der Fähre zurück ans Festland, und auf dem Achterdeck der MS Helgoland kamen sich die beiden näher, aber das ist eine andere Geschichte. Die Postkarte für Thorsten hatte Renate im Eifer des Gefechts jedenfalls komplett vergessen.

Thorstens Karte hängt immer noch am Kühlschrank, seit drei Jahren schon oder länger, direkt neben den tollen Fotos von Mandarine Schatzi; auf dem einen isst sie Erdbeereis am Baggersee und auf dem anderen trägt sie den roten Weihnachtspullover und das blinkende Rentiergeweih. Hach, Mandarine.

Renate sitzt jetzt gekrümmt auf dem Flokati unter der Treppe, wo ihr Herzstück am liebsten lag. Früher hatte die Hündin sogar mit im Bett geschlafen, aber dann kam der Mustafa, und der hatte eine schlimme Tierhaarallergie. Wenn Mandarine Schatzi in der Nähe war, bekam er Keuchhusten mit grünem Auswurf. Deswegen musste die Hündin unter die Treppe verfrachtet werden, und das war so ein Theater. Mandarine Schatzi kam immer wieder zurück ins Bett, sie war ein Gewohnheitstier. Renate musste sie dann lange Zeit mit kleinen Knackwürstchen zu dem Flokati unter der Treppe locken. Es dauerte gut vier Wochen, bis Mandarine sich an ihr neues Plätzchen gewöhnt hatte, die Sache mit Mustafa war in der Zwischenzeit schon wieder vorbei, aber Renate wollte sich den ganzen Zirkus mit der Knackwurstfährte nicht noch mal antun. Auf dem Flokati unter der Treppe riecht es noch nach ihr, auch ihr Bacardi-Hut liegt noch dort. Es ist, als käme sie gleich um die Ecke gerannt.

Mandarine Schatzi war keine gewöhnliche Hündin. Renate hatte sie in Ungarn aus einer Tötungsstation gerettet. Eigentlich wollte sie sich nur das Doppelkinn absaugen lassen, das kostet in Ungarn so gut wie gar nichts, da bekommt man fast noch Geld zurück, so unverschämt günstig ist das. Auf dem Weg zum Best-Western-Hotel in Budapest sah Renate dann die völlig verängstigte Mandarine Schatzi hinter einem Zaun kauern und war sofort schockverliebt; die großen Augen, das zerzauste Fell, die kleinen, dreckigen Pfoten. Sie hat nicht lang überlegt, ließ die Hündin impfen, waschen und föhnen, und beim Rückflug musste sie nicht mal Aufpreis zahlen für das zusätzliche Gepäckstück; Renates eigener Theorie zufolge, weil sie ja kein Doppelkinn mehr hatte und das genau aufging. Aber jetzt ist die Transportbox leer, und Mandarine Schatzi wird nie wieder darin liegen mit ihrer quietschgelben Rassel und dem Angstdurchfall.

Renate hat sich für eine Kristallbestattung entschieden. Dabei wird die Asche zu einem einzigartigen Kristall verarbeitet, in diesem Fall ein Traumfänger mit einem Ensemble von vier kleinen Kristallen. Den Traumfänger will sie direkt über der Couch anbringen. Wenn die Sonne sich dann ihren Weg durch die Window-Color-Diddlmäuse am Fenster ihres kleinen Reihenhauses bahnt, werden die Kristalle das Licht reflektieren und kleine Regenbögen auf die Wände projizieren, und wenn Renate die sieht, wird sie wissen, dass ihre Mandarine Schatzi tatsächlich über die Regenbogenbrücke gegangen ist.

Renate überlegt, Silke anzurufen und von Mandarine Schatzis Ableben zu erzählen, lässt es dann aber doch bleiben. Nach Silkes Abgang kürzlich nach dem Essen im Vapiano ist eindeutig sie am Zug, Renate wird ihr nicht hinterherrennen. Thorsten will garantiert nichts von Mandarine Schatzi wissen, er konnte die Hündin nie leiden und hat auch keinen Hehl daraus gemacht. Mit Juri herrscht momentan Funkstille, sie haben sich gestritten, weil Renate auf Facebook ihrem Exfreund Detlev eine Kettennachricht auf die Pinnwand gepostet hat. Juri hatte die automatisierte Übersetzung benutzt und nur die Worte GLÜCK und LIEBE verstanden, in Kombination mit den zwölf Rosen-Smileys am Ende der Nachricht kam ihm das verdächtig vor. Zu Frank hat sie auch keinen Kontakt mehr, der hat mit seinen täglichen Anrufen und den vielen SMS den Bogen überspannt, Manfred wohnt jetzt auf Lanzarote. Renata von der Aqua-Aerobic ist sauer, weil Renate so lang nicht mehr beim Training erschienen ist, obwohl die beiden eigentlich eine Fahrgemeinschaft bilden. Die Nummer von Willy-Martin hat sie nicht, seinen Nachnamen kennt sie auch nicht, und streng genommen ist er sowieso nur Silkes Freund. Renate fragt sich, wen sie noch anrufen könnte, aber ihr fällt kein Name ein. Da ist niemand mehr.

*

IN der Bahnhofsmission Borken ist im Sommer viel zu tun. Es sind Schulferien, viele Kinder fahren allein mit dem Zug und müssen während des Umsteigens betreut werden. Silke malt mit ihnen Bilder und bastelt 3D-Pappdinosaurier für die Weiterfahrt. Basteln mag sie, die Kinder nicht immer. Ständig stellen sie übergriffige Fragen: Warum hast du keinen Mann? Hast du schon mal Sex gemacht? Magst du Spinat? Und so weiter. Silke ist dann froh, wenn der Anschlusszug einfährt und sie Kind und Pappdino in die Bahn verfrachten kann.

Ansonsten ist bei der Bahnhofsmission kein Tag wie der andere. Immer wieder werden Reisende angespült. Manche haben den letzten Zug verpasst und brauchen für die Nacht eine Herberge, manche haben überhaupt kein Zuhause und freuen sich über die Isomatte im Schlafsaal, andere kommen zum Duschen, Handyaufladen oder für eine warme Mahlzeit. Silke schmiert Brote, kocht Suppe und Kaffee und hört den Menschen zu; den einsamen, den nervösen, den fröhlichen, den überforderten. Ihren Geschichten von wütenden Exmännern, toten Kanarienvögeln und der geplanten Reise nach Usedom.

Silke ist immer für alle da.

*

NACH Feierabend flieht Willy-Martin in die Welt des Online-Kniffels. Früher hat ihn die Arbeit als Schlagpfleger im Taubenschlag entspannt, aber seit der Herr Graf die Tauben zu den weltbesten ihrer Art emporzüchten möchte, ist rein gar nichts mehr entspannt. Nicht mal Tauben dürfen einfach nur Tauben sein, denkt Willy-Martin.

Beim Online-Kniffel vergisst er seine Probleme, die Tauben, die Sache mit Priyanka B., Mutter Petra und den Hundeklumpen. Und manchmal sogar sich selbst, das ist dann am schönsten. Wenn er Online-Kniffel spielt, muss er nicht niesen. Willy-Martin muss immer niesen, wenn er nervös ist oder etwas Unerwartetes passiert oder wenn er peinlich berührt ist, also im Grunde genommen ziemlich oft, deswegen ist er am liebsten allein oder bei den Tauben, oder halt vor dem PC. Beim Online-Kniffel ist er niemandem etwas schuldig, er muss nur auf «Würfeln» klicken und eine richtige Entscheidung treffen, Full House oder Dreierpasch, Zwei bei Eins oder kleine Straße. Unter seinem Nicknamen HäuptlingRaimundo führt er die Bestenlisten der Monate Juni und Juli an, im Mai hat es leider nur zum dritten Platz gereicht. Auch jetzt ist Willy-Martin in einer sehr exzessiven Online-Kniffel-Phase. Nach der Arbeit rast er nach Hause, bestellt sich fast jeden Abend eine Pizza Hawaii, die er beim Kniffeln verschlingt, danach hüllt er sich und seinen Medion-PC in den dampfenden Qualm seiner E-Zigarette, Geschmacksrichtung Multifrucht, und seufzt zufrieden. Natürlich ist es eine Flucht vor den Problemen, aber es gibt noch einen anderen entscheidenden Grund, der Willy-Martin Abend für Abend in die Tiefen des Internets zieht: DieKnochenbrecherin.

DieKnochenbrecherin ist genauso gefährlich, wie sie klingt, sie belegt Platz zwei der Bestenliste und ist damit Willy-Martins stärkste Gegnerin im Kniffel-Segment von www.spielaffe.de. An ihr beißt sich Willy-Martin jeden Tag aufs Neue virtuell die Zähne aus. Nach einigen abendfüllenden Duellen entdeckt er die Chat-Funktion, mit der man die Mitspieler während eines Duells direkt anschreiben kann. Anfangs traut er sich nicht. Was soll er auch schreiben, «Gut gewürfelt» oder «Toller Pasch»? Ein paar Tage und zwei Dosen Radler später entscheidet er sich für ein dezent höfliches «Guten Abend» und muss nicht lang auf eine Antwort warten. Sie schreiben hin und her, nebenbei kniffeln sie um die Wette, das Spiel wird schnell zur Nebensache. DieKnochenbrecherin heißt eigentlich Kerstin und kommt aus Leer in Ostfriesland, «da ist der Name Programm».

Jeden Abend um 19 Uhr sind Kerstin und Willy-Martin im Online-Kniffel-Chat verabredet, und er freut sich wie nie zuvor darauf, nach Hause zu kommen. Einige Wochen später kennen die zwei sich ziemlich gut, aber gesehen haben sie sich noch nie. Irgendwann macht Kerstin den ersten Schritt und fragt Willy-Martin nach einem Foto von ihm. Er hat sich auf diese Frage vorbereitet. Schon einige Tage zuvor hatte er sicherheitshalber den Selbstauslöser seiner Digitalkamera für ein Foto genutzt, morgens vor der Arbeit, als er sich ungewöhnlich wohl fühlte und seine Haut besonders rein wirkte. Er trug sein kurzärmliges, blau-grau kariertes Sommerhemd, die braunen, frischgewaschenen Locken glänzten im Blitzlicht, seine Brille war einwandfrei geputzt. Er schickt Kerstin das Foto per E-Mail und wartet fünf schrecklich lange Minuten auf eine Antwort. In diesen fünf Minuten sieht Willy-Martin seine Felle schon davonschwimmen; Kerstin ist sicher eine anmutige Schönheit aus dem Norden, rothaarig, mit feinen Sommersprossen auf der blassen Nase, wahrscheinlich hat sie sich HäuptlingRaimundo ganz anders vorgestellt. Das Foto ist eigentlich auch nicht sehr vorteilhaft, jetzt, wo er sich's genauer anschaut, absolut unvorteilhaft, bestimmt meldet sie sich nie wieder bei ihm, und auch Online-Kniffel werden sie nie wieder spielen. Um nicht niesen zu müssen, holt Willy-Martin sich ein kaltes Colabier aus dem Kühlschrank und starrt, große Schlucke trinkend, weiter auf sein E-Mail-Postfach.

Plötzlich macht es PLING, eine neue Nachricht, mit Anhang sogar. Kerstin ist bei ihm geblieben, Kerstin, oh du gute Kerstin! Er atmet tief durch, stellt das Colabier auf dem PC-Tisch ab und öffnet zitternd die Mail. Sofort kracht ihm ein riesiges Foto entgegen. Kerstin ist wunderschön, sie ist in Willy-Martins Alter, hat gebräunte Haut und schwarze kurze Haare. Auf dem Foto trägt sie einen schwarz-weiß gestreiften Strick-Pullover und sitzt auf einer orangenen Ledergarnitur, in der Hand ein großes, angebissenes Stück Salami. Sie schaut zur Seite und lacht ausgelassen, irgendetwas Erheiterndes scheint während dieser Momentaufnahme passiert zu sein. In der Nachricht unter dem Foto fragt Kerstin Willy-Martin, ob er mal Lust auf Telefonieren hätte, gleich dahinter steht ihre Festnetztelefonnummer.

Willy-Martin ist überwältigt. Da passt ja wirklich alles. Kerstin weiß, wie Willy-Martin aussieht und ist weiterhin an ihm interessiert. Sie isst gerne Salami und nutzt, wie er, auch noch ein Festnetztelefon. Er muss verschnaufen. Vielleicht ist es passiert. Es hat länger gedauert als bei anderen Männern, aber vielleicht hat Willy-Martin jetzt jemanden gefunden.

*

CHEF der Bahnhofsmission Borken ist seit knapp einem Jahr Herr Marquardt, ein alleinstehender, vierzigjähriger Hardcore-Freichrist mit daumendicken Brillengläsern.

Bevor er zur Bahnhofsmission kam, war er als freiberuflicher Unternehmensberater tätig, hauptsächlich im Bereich Industriemechanik. Er wurde von großen Firmen engagiert, um Mitarbeitern in Einzelgesprächen Fragen zu stellen wie «Wo geht deine Reise hin?» oder «Wie kannst du deine Stärken optimal für DEIN Unternehmen nutzen?», ein gut bezahlter Job, der Marquardt aber schnell zu monoton wurde. Er wollte mehr, eine neue Challenge, aus nichts etwas Großes schaffen; der freie Posten in der Bahnhofsmission vor zwei Jahren kam ihm da gerade recht. Er will nun das Image der Bahnhofsmission mit aller Kraft «clean» halten. Die Obdachlosen sollen nicht in der Überzahl sein, das schrecke andere Gäste ab, man solle erst gar keine Bindung zu ihnen aufbauen und ihnen nur das Mindestmaß an Nettigkeit entgegenbringen, dann würden sie auch nicht mehr so oft kommen, versuchte Marquardt seinen Mitarbeitern einzubläuen. Wenn Herr Marquardt hinter dem Tresen der Essensausgabe steht, ungefähr einmal pro Woche, dann teilt er Speisen und Getränke in zwei Kategorien ein. Kategorie eins, für Gäste: saisonale Suppe mit zwei Scheiben Brot, dazu ein Apfel, auf Wunsch eine Brezel mit Butter, plus heißer Tee mit Zucker, Sprudelwasser oder trüber Apfelsaft. Kategorie zwei, für Obdachlose: eine Scheibe Brot, keine Brezel, ein kleiner und / oder beschädigter Apfel. Plus Leitungswasser oder Tee ohne Zucker. So könne man sparen und gleichzeitig dafür sorgen, dass sich «die falschen Leute nicht zu wohl fühlen».

Herr Marquardt ist nicht nur Chef, sondern gleichzeitig auch der unbeliebteste Mitarbeiter der Mission. Er versucht hartnäckig, aus dem eigentlichen Ort der Nächstenliebe eine seelenlose Relax-Zone für den gehobenen

Mittelstand zu errichten. Sein Ziel ist es, mehr junge Leute anzulocken, Studierende, die vorbeikommen, um ihre Infused-Water-Flaschen aufzufüllen, mal eben was zu googeln oder einen Powernap auf dem Massagesessel zu machen. «Das muffige Image der Suppenküche muss weg!», ruft er, wenn er mal wieder eine Eichenholzbank klein schlägt und durch einen nagelneuen Vintage-Loungesessel ersetzt. Seine Inspiration holt er sich «direkt aus der Großstadt», also aus Essen. Jede Woche verbringt er dort mindestens einmal einen Nachmittag am Hauptbahnhof und schreibt auf, was dort besser läuft als in Borken. Er setzt sich einen Filzhut auf und verbringt inkognito Stunden in der hiesigen Bahnhofsmission, laut seinen Angaben sind die da «ihrer Zeit weit voraus, es gibt sogar Tablets an jedem Tisch!» Weitere Anregungen findet er bei Starbucks und McCafé: «Das ist urban, das zieht die Leute an, da werden auch mal MacBooks aufgeklappt.»

Seit 2012 spendet der Bahnhof Borken die Einnahmen der Kofferschließfächer – vier Euro für zwei Stunden, sieben Euro für vierundzwanzig Stunden – an die Bahnhofsmission, in einem Jahr ist so ein Erlös von 23 800 Euro zusammengekommen. Anstatt die Gelder für eine dringend notwendige Sanierung der Missionsküche zu nutzen, zahlte Marquardt einem bärtigen Barista-Schwaben den Preis eines Kleinwagens dafür, dass er der Belegschaft der Bahnhofsmission zeigte, wie man ein Palmenblatt aus Schaum auf einen Karamell-Macchiato träufelt. Der Rest des Geldes floss in eine Siebträgerkaffeemaschine und neue Arbeitskleidung. Zusätzlich zu der vorgeschriebenen blauen Bahnhofsmissionsweste mussten nun alle Schwarz tragen: die Frauen schwarze

Jeans und Bluse, die Männer schwarze Leinenhose und Sweatshirt, dazu weiße Adidas-Schuhe mit schwarzen Streifen. «Wir sollten uns als eine Art Concept Store begreifen», hatte Marquardt den neuen Dresscode verteidigt. «Das ist business casual, das spricht die Leute an, holt sie ab. Vor allem die richtigen.» Das Know-how für seine Unternehmensführung zieht Marquardt sich nach eigenen Angaben aus Business-Podcasts von Smart Entrepeneurs, die das «richtige Erfolgs-Mindset» an den Tag legen, um ein Unternehmen nach vorne zu bringen.

«Im Valley ist das gang und gäbe», referierte er, während er einen Kickertisch für den Teamaufenthaltsraum bestellte.

«Aber Herr Marquardt, in dem Zimmer ist kein Platz mehr», warf Silke damals ein. «Da stapeln sich die Ordner, und es reicht gerade so, dass alle sitzen können.»

«Wir sind ja auch nicht zum Sitzen hier!», war seine Antwort.

Marquardt ist ehrgeizig, in seinen Augen glüht eine Vision. Er spürt, dass er der Auserkorene ist, derjenige, der das Konzept «Bahnhofsmission» revolutioniert, neu denkt. Ein Vorreiter, ein Pionier, der Messias des Bahnhofssozialdienstes. Sein neuestes Unterfangen ist die selbstreinigende Klobrille. Mit dieser Anschaffung setzt er die Weichen für ein «einmaliges Toilettenerlebnis» oder, wie er es scherzhaft nennt, «eine Geschäftsreise». Immer wenn er das sagt, muss er laut über seinen eigenen Witz lachen, dabei kneift er die Lider zu kleinen Schlitzen zusammen, und in seinen Mundwinkeln sammeln sich kleine Bläschen aus Speichel, die fröhlich vor sich hin platzen.

Um die Kosten für die selbstreinigende Klobrille wieder reinzukriegen, veranschlagte Marquardt eine Nutzungsgebühr von fünfzig Cent, Angestellten gewährt er einen Rabatt von dreißig Prozent. Er selbst zahlt jedes Mal fünfzig Cent, um mit gutem Beispiel voranzugehen. Alle anderen weigern sich, bei jedem Toilettengang Geld in das dafür vorgesehene goldene Sparschwein zu werfen. Das Schwein bleibt leer, die Fünfzig-Cent-Stücke von Herr Marquardt liegen einsam auf dem Boden des Schweinebauchs. Einmal pro Monat leert er die Dose, zieht die Augenbrauen hoch, lässt eine traurige Menge an Münzen auf den Tisch fallen und sagt Sachen wie: «Na, da haben aber Leute eine ganz schön starke Blase», oder: «Ich bin wohl der Einzige hier, der noch Anstand hat», und dampft beleidigt in den Teamaufenthaltsraum ab, um sich am Kickertisch abzureagieren.

*

1991: Die Fahrt will kein Ende nehmen. Die Sommerhitze im Regionalexpress schnürt Silke den Hals zu, die Fenster lassen sich nicht öffnen, und es gibt noch nicht mal eine Klimaanlage, die man verfluchen könnte, weil sie kaputt ist. Im Zug herrscht gähnende Leere. Silke erscheint es, als würde der Zugführer nur für sie fahren, als hätte er, wenn sie nicht in letzter Sekunde zugestiegen wäre, hitzefrei wie alle anderen. Sofort beschleicht sie ein schlechtes Gewissen. Ob es vorne im Führerstand auch so heiß ist wie hier hinten? Vielleicht hat der Zugführer eine Herzkrankheit, und ihm wurde vor kurzem ein Bypass gelegt. Wahrscheinlich ist er gerade erst von der Reha zurückgekommen und kann die Hitze gar nicht vertragen.

Sie fingert eine Packung Taschentücher aus ihrer Hosentasche und tupft sich den Schweiß von den Augenbrauen. Eigentlich säße sie jetzt im klimatisierten Büro, den trockenen Wind des kleinen Tischventilators im Gesicht, den sie bei der Tombola der letzten Firmenfeier gewonnen hat. Das Los Nummer vierzehn erhielt einen nagelneuen VHS-Rekorder, Silke hatte die Nummer fünfzehn und bekam den kleinen, batteriebetriebenen Plastikventilator in die Hand gedrückt, nicht ohne einen mitleidigen Blick von Gabi aus der Buchhaltung.

Es war wie so oft in Silkes Leben: kein Hauptgewinn für sie, aber auch keine Niete. Immer genau so viel, dass man dankbar sein musste, aber nie genug, um Freudensprünge zu machen.

*

SILKE räumt die Spülmaschine aus, wieder ein, schaltet sie an, danach das Gleiche von vorn. Zippo sitzt da und schweigt, ganze drei Spülgänge lang. Draußen dämmert es schon, in einer guten Stunde hat Silke Feierabend.

In der Bahnhofsmission herrschte heute reger Betrieb, die selbstreinigende Toilette und die gute Kaffeemaschine haben sich rumgesprochen. Marquardts Konzept geht auf, und inzwischen kommen auch Menschen in die Mission, die in keiner wirklichen Notlage stecken. Die Leute wollen einen leckeren, kostenlosen Karamell-Frappuccino trinken, fragen sogar nach Eiswürfeln und To-go-Bechern. Aber Silke will sich nicht darüber aufregen.

Zippo rührt seinen Kaffee nicht an und knetet auf dem Zuckertütchen rum.

«Keinen Durst?», fragt Silke.

«Hmm», brummt Zippo.

«Was ist dir denn über die Leber gelaufen? Der Marquardt ist doch noch gar nicht da!»

«Bin nicht so in der Stimmung zum Reden.»

Silke legt ihm ein Hanuta neben den kalten Kaffee.

Zippo ist Stammgast in der Bahnhofsmission, ein schlaksiger Zweimetermann mit tellergroßen Händen und langem aschblonden Haar, gelernter Energieelektroniker (Fachrichtung Anlagentechnik), seit acht Jahren obdachlos. Er hat lange Zeit Pfandflaschen gesammelt, aber die Konkurrenz am Bahnhof wurde zu groß, als die Leute anfingen, die Flaschen neben die Mülltonnen zu stellen, statt sie hineinzuwerfen. Das Sammeln wurde zwar einfacher und vor allem ungefährlicher, das Klima unter den Pfandsammelnden aber dadurch auch zunehmend aggressiver. Irgendwann geriet Zippo dann in einen heftigen Streit mit Spezi-Bärbel, der selbsternannten Pfand-Regentin von Borken und Umgebung.

Spezi-Bärbel ist in der Stadt bekannt wie ein bunter Hund; sie ist nicht obdachlos, sondern bessert sich mit dem Pfand ihre Rente auf. Sieben Tage die Woche fährt sie im Schneckentempo mit ihrem Tretroller die Straßen ab, die Leute kennen und grüßen sie und werfen ihr mit einem freundlichen Nicken das Leergut in die großen IKEA-Tüten an ihrem Lenker. Spezi-Bärbel geht immer stark gebückt. Wie sie erzählt, hat sie sich in den achtziger Jahren mal einen Wirbel gebrochen, als sie im Alleingang einen Trinkwasserbrunnen in Ruanda gebaut hat. Wenn Spezi-Bärbel den Leuten auf der Straße diese Geschichte erzählt – und das tut sie oft –, nicken alle mitleidig und trinken dann ihre 1,5-Liter-Flasche Sprite hastig und in einem Zug leer, um der armen, selbstlosen Frau zumindest 25 Cent mitgeben zu können.

Aber Zippo hat die Masche von Spezi-Bärbel durchschaut. Als er im letzten Sommer ein Mittagsschläfchen auf der kleinen Wiese am Bahnhofsvorplatz halten wollte, wurde er unfreiwillig Zeuge eines unschönen Zwischenfalls: Spezi-Bärbel war unterwegs zum Bus, wie immer, wenn die vollen IKEA-Tüten zu schwer geworden waren. Die Türen des Busses waren schon im Begriff zu schließen, als Bärbel aus der Bahnhofshalle angerollt kam, durch die prallgefüllten Taschen an ihrem Lenkrad konnte sie nur bedingt beschleunigen. Sie gab der Busfahrerin auffällige Handzeichen und rief über den gesamten Platz: «Stopp! Halt!», dabei flogen schon die ersten Pfandflaschen zu Boden. Die Busfahrerin bemerkte Spezi-Bärbel aber nicht, warf unbeirrt den Motor an. Zippo, der nicht weit entfernt lag, konnte sehen, wie auf Bärbels Gesicht erst Panik, dann Wut aufflackerte. Sie schaute nach links und rechts und schien sich unbeobachtet zu fühlen, denn plötzlich warf sie sich blitzschnell die zwei vollen Tüten über die Schultern, klappte den Tretroller mit einer routinierten Bewegung zusammen und rannte in einer beachtlichen Geschwindigkeit in Richtung Bus – mit geradem Rücken. Die Busfahrerin ging voll in die Eisen, Spezi-Bärbel hatte es geschafft.

Zippo konnte nicht glauben, was er da gesehen hatte. Spezi-Bärbel war eine Simulantin. Sie war eigentlich topfit und spielte die Krankheitskarte nur aus, um noch mehr Pfand einzusacken. Er hob die auf den Boden gefallenen Flaschen kopfschüttelnd auf und kaufte sich vom Erlös die Angelfachzeitschrift *Fisch und Fang*.

Als er ein paar Tage später Spezi-Bärbel in einem stehenden Regionalexpress über den Weg lief, wollte sie ihm eine Prosecco-Dose aus der Hand reißen, die er gerade aus einem Mülleimer gefischt hatte. «Das hier ist mein Gebiet!», fauchte sie, und Zippo war der Kragen geplatzt. Er riss die Dose wieder an sich, drohte damit, allen zu erzählen, dass sie eigentlich gesund sei und ihr Leiden nur vortäusche. Spezi-Bärbel drohte daraufhin, sie werde gleich «Tattoo-Carsten holen», der habe einen Listenhund. Der Streit schaukelte sich hoch und endete schließlich damit, dass Zippo resigniert abwinkte, Spezi-Bärbel die Dose überließ und beschloss, sich vollständig aus der Pfandsammelbranche zurückzuziehen. Seitdem hält er sich mit Poesie über Wasser, schreibt kurze Gedichte auf Ansichtskarten der Stadt Borken, meistens über das Wetter.

«Jede Jahreszeit hat ihre Gedichte», pflegt er immer zu sagen. Für ein handgeschriebenes Gedicht auf einer Ansichtskarte nimmt Zippo zwei Euro, für ein spontan vorgetragenes einen Euro. In die Bahnhofsmission kommt er zum Essen und im Winter auch zum Schlafen, mindestens aber einmal pro Tag, um mit Silke einen Kaffee zu trinken. Manchmal repariert er auch Dinge, Lampen oder die Mikrowelle; über die Jahre ist Zippo zum inoffiziellen Hausmeister der Bahnhofsmission geworden.

Silke bezahlt ihn unter der Hand mit dem Geld aus der Kaffeekasse. Er kennt die Räumlichkeiten wie kein Zweiter. Wenn nur Silke da ist, geht er auch selbständig hinter den Tresen und kocht Kaffee. Ab und zu schenkt Zippo ihr eines seiner Gedichte, als kleine Aufmerksamkeit.

In der Hitze aalen
Die Glieder sind flüssig
Der Sonne Strahlen
Werde ich nicht überdrüssig

Silke schenkt ihm dann einen Kaffee, ebenfalls als kleine Aufmerksamkeit.

Silke fragt sich, wie es wohl ist, auf der Straße zu leben, kein Zuhause zu haben, den Menschen und Widrigkeiten schutzlos ausgesetzt zu sein, jeden Tag und jede Nacht. Wenn der Herbst hereinbricht, es grau und nass und kalt wird, Zippo aber noch nicht in der Bahnhofsmission schlafen will, weil er «die Gastfreundschaft nicht strapazieren» und «erst wenn es WIRKLICH kalt ist» zum Übernachten kommen will, gibt es Nächte, in denen Silke vor Sorge um ihn nicht schlafen kann. Wie schnell fängt man sich eine Erkältung ein, und wie schnell verschleppt man diese Erkältung. Wenn sie damals nicht Renate gehabt hätte, wer weiß, ob sie nicht auch auf der Straße gelandet wäre.

Silke nickt Zippo auffordernd zu, damit er mit ihr eine Zigarette rauchen geht. Es ist das erste Mal seit langem, aber jetzt will sie nichts lieber, als an einer Zigarette zu ziehen. Sie gehen raus ans Gleis und stellen sich in das für Raucher markierte Viereck. Zippo reicht Silke wortlos eine Zigarette und öffnet mit einer galanten Handbewegung sein benzinbetriebenes Sturmfeuerzeug.

Sein Zippo ist der einzige Wertgegenstand, den er noch bei sich trägt. «Keine rührende Geschichte, einfach nur ein Feuerzeug», hatte Zippo Silke mal erzählt, als sie mehr über seinen Spitznamen wissen wollte. «Eigentlich heiße ich Wladislaw, aber auf den Straßen hat man es ja schon als Deutscher schwer genug.»

Das Nikotin fährt Silke durch die Adern und lässt ihr Herz schneller schlagen. Kurz bereut sie es, mit dem Rauchen aufgehört zu haben.

«Keinen guten Tag gehabt», nuschelt Zippo verlegen.

«Was war los?», fragt Silke.

Zippo schaut zu Boden und tritt mit dem Fuß auf herumliegende Kippen, wie ein verschämtes Kind. «Das bleibt aber unter uns, oder?»

«Versprochen.»

Langes Schweigen. Zippo ist sichtlich nervös, er zieht an seiner eigentlich schon abgebrannten Zigarette, seine Wangen sind hochrot, er trommelt mit den Fingern auf seinem Hosenbein und kratzt sich dann am Hinterkopf. «Geht um was Medizinisches.»

«Bist du krank?», Silke ist alarmiert.

«Ja, also nein ... Ich weiß es doch auch nicht.»

«Was ist los?», Silke fasst Zippo behutsam am Oberarm.

«Ich hab immer Ärger beim Wasserlassen.»

«Ärger beim Wasserlassen?»

«Ja, Ärger beim Wasserlassen.»

«Was heißt das denn?»

«Das heißt, was es heißt», Zippo wird wütend. «Ist auch egal.»

«Nee, Zippo.»

«Du kannst mir eh nicht helfen! Niemand kann mir helfen! Ich hab immer Ärger beim Wasserlassen, aber ich kann auch nicht zum Arzt ohne Versicherung. Ich werd wahrscheinlich einfach nur alt, und das Thema ist jetzt hiermit beendet.»

Zippo tritt mit ruckartigen Bewegungen seine längst erloschene Kippe aus und will gehen, Silke packt ihn fest am Ärmel seiner Jeansjacke und schaut ihm in die Augen. «Donnerstag um neun Uhr, Treffpunkt hier. Ich kenne eine sehr nette Ärztin, wegen Geld musst du dir keinen Kopf machen. Wir haben eine Kaffeekasse für solche Fälle.»

Zippo schaut weg.

«Neun Uhr, okay», sagt er kleinlaut.

«Und jetzt gib mir noch ein, zwei Zigaretten. Bekommst du morgen wieder.»

Zippo drückt Silke mit zitternden Fingern die gesamte Packung Gauloise in die Hand.

«Zum Arzt soll man ja nüchtern gehen. Hab ich mal in der *Apotheken Umschau* gelesen.» Zippo verabschiedet sich und steuert den Bahnhofsvorplatz an, wo er im Sommer immer am Rand eines städtischen Blumenbeets direkt hinter dem Bushäuschen übernachtet.

*

1991: Silke schaut aus dem Fenster. Die Wiesen und Felder sehen aus, als hätten sie die Hoffnung auf Regen schon aufgegeben, ein paar Mauersegler nutzen die Gunst der Hitze und jagen Insekten. Ansonsten ist da nicht viel. Silke sieht sich selbst in der Spiegelung des Fensters. Ihre Haare werden von einer großen Klammerspange zusammengehalten, trotz der Hitze ist ihre mintfarbene Bluse bis zum Hals zugeknöpft. Seit Wochen ist keine Wolke mehr am Himmel zu sehen, aber Silke hat es trotzdem geschafft, so kalkweiß zu bleiben, dass ihre Haut grell im Fenster leuchtet. Sie wird wütend. Auf das Wetter, ihren Schweiß, die kreidebleiche Haut. Und auf Roland. Ohne Roland wäre jetzt alles wie immer, sie säße nicht hier im stickigen Regionalexpress, müsste nicht ihr Spiegelbild im Fenster ertragen und wäre nicht wütend. Sie würde wie jeden Dienstag Lasagne al forno in der

Kantine essen, dazu gäbe es ein Glas trüben Apfelsaft, alles wie immer.

Aber Roland musste sie ja auf der Arbeit anrufen, gleich morgens, gleich beim ersten Kaffee. Er rief aus Wolfsburg an, von seinem wichtigen Termin, und er klang zornig. Roland wird immer zornig, wenn etwas nicht nach Plan läuft, ganz gleich, ob er selbst daran Schuld ist oder es überhaupt keinen Plan gibt.

«Ich hab meine Unterlagen auf dem Tisch im Flur liegen lassen», pampte er durch den Hörer. Vorwurfsvoll, als sei es Silkes Verantwortung gewesen, ihm die Unterlagen bis ans Auto zu tragen. «Um 16 Uhr ist das Meeting, und ich komm hier vorher nicht mehr weg.» Stille. Roland ging offensichtlich davon aus, dass Silke ihm sofort anbieten würde, die Unterlagen zu ihm nach Wolfsburg zu bringen. Sie tat ihm diesen Gefallen nicht, stattdessen schwieg sie. «Bist du noch da? Da ist wohl eine Störung in der Leitung. Ich brauche die Unterlagen jedenfalls vor 16 Uhr. Wenn du den Zug in einer halben Stunde nimmst, klappt das noch.»

«Ich bin doch selbst auf der Arbeit, Roland. Ich kann ni...»

«Silke, das ist überhaupt keine Diskussion. Wenn das hier heute nicht klappt, können wir uns das Haus abschminken. Ich bin um 15.30 Uhr am Gleis.» Er legte auf.

«Das ist das letzte Mal», zischte Silke, als sie eine halbe Stunde später im Wohnungsflur den Stapel von Rolands Unterlagen in ihre Tasche packte. «Noch mal mach ich so was nicht.»

Silke wird langsam müde, die ungetrunkene Tasse Kaffee macht sich bemerkbar. Noch eine Stunde, dann schnell Roland am Gleis die Dokumente übergeben und wieder zurück nach Hause. Wahrscheinlich wird er nicht mal «Danke» sagen.

Der Schweiß rinnt unter ihren Brüsten, ihr Hals ist rau und trocken. Ausgerechnet heute hat sie ihre Wasserflasche nicht dabei. Sie zieht die Mappe mit den Dokumenten aus der Tasche und fächert sich damit etwas Luft ins Gesicht. Gut, dass Roland das jetzt nicht sehen kann. Beim Gedanken an ihren Mann bekommt Silke blitzartig Angst, dass sie die Blätter zerknickt und er zornig wird. Sie hört abrupt wieder auf zu fächern und schiebt die Mappe zurück in die Tasche. Die Hitze, diese unerträgliche Hitze. Silke atmet flach, sie hatte heute nur einen Apfel zum Frühstück. Sie versucht morgens und abends nicht mehr so viel zu essen, weil Roland neulich im Bad zu ihr gesagt hat, ihr Hintern hätte seit der Hochzeit einen gewaltigen Hagelschaden erlitten. Er fand das witzig, Silke weniger. Roland hat einen Bierbauch, einen richtigen Ranzen, aber Silke würde im Leben nicht auf die Idee kommen, ihm das unter die Nase zu reiben.

Es ist mit Roland schon lange nicht mehr wie zu Beginn ihrer Beziehung. Sie hatten sich auf dem Schützenfest in Borken zum ersten Mal gesehen, Roland kannte den Besitzer des Schützenheims und gab ihr ein Pils nach dem anderen aus. Silke mochte kein Bier, aber sie mochte Roland. Mit seinem dunkelbraunen Schnäuzer und dem wild gemusterten Hemd lehnte er am Tresen und sah ein bisschen aus wie Magnum, was er höchstwahrscheinlich auch bezweckte. Er wirkte charmant und cool, und die anderen schauten neugierig zu ihnen rüber, während sie sich unterhielten. Für Silke war das der pure Nervenkitzel. Einige Wochen später waren sie ein Paar. Silke war achtzehn und Roland neunzehn, als sie zusammenzogen. Roland machte eine Ausbildung zum Industriekaufmann und bekam anschließend eine Stelle bei einem internationalen Zulieferer für Autositze, zwei Stunden entfernt von Borken. Silke hatte gerade erst ihre Stelle als Softwareberaterin bei einer großen IT-Firma im Ort angetreten, und so einigten sie sich darauf, dass sie in Borken wohnen blieben. Roland pendelte zur Arbeit, jeden Tag zwei Stunden hin und zwei Stunden zurück, er hasste es und tat es Silke zuliebe, aber eigentlich vor allem, weil er sich nicht vorstellen konnte, jemals aus Borken wegzuziehen. Die beiden heirateten, weil man das so machte.

Mit den Monaten und Jahren wurde Roland immer unleidlicher. Ihre Gespräche wurden knapper, die Themen belangloser, Rolands Ton ruppiger. Er erwartete von Silke, dass sie sich als Gegenleistung für das Opfer, das er täglich brachte, allein um den Haushalt kümmerte. Ihm seine Hemden bügelte und rauslegte, abends für ihn kochte, Schnittchen ans Sofa brachte, wenn *Tatort* lief.

Silke wollte keinen Ärger machen und war Roland dankbar, dass sie in Borken blieben, also fügte sie sich und tat, was immer er ihr auftrug. So ist das wohl in einer Ehe, dachte sie ab und an abends im Bett, während Roland laut neben ihr schnarchte. Und es gab ja auch Schlimmeres.

*

WILLY-MARTIN holt das Taubenfutter aus den Plastikkisten im Schuppen und dosiert die Portionen für jeden einzelnen Vogel. Hoher Rohfettgehalt für Diego, Kanariensaat für Eugenia, Buchweizen und Silberhirse für die kleinen. Er pfeift und ist ganz und gar beschwingt, die Sonne strahlt durch die dünnen Ritzen zwischen den Holzlatten des kleinen Verschlags, die Tauben gurren zufrieden in ihren Käfigen. Ein perfekter Tag.

Es scheint, als hätten Kerstin und Willy-Martin eine ganz besondere Verbindung, eine, die die große Entfernung überbrücken kann und sich trotz der Distanz sehr nah anfühlt. Seit über zwei Wochen telefonieren sie jeden Abend mehrere Stunden. Wenn Willy-Martin an Kerstin denkt, kribbelt es im ganzen Körper, bis in seine Zehenspitzen. Er kann nur das Nötigste essen und trinken, er braucht nur Kerstins Stimme zu hören, und all seine Bedürfnisse sind schlagartig gestillt. Schon morgens auf dem Weg zur Arbeit denkt er an sie, das Gefühl trägt ihn durch den ganzen Tag. Während er den Taubenschlag von dem Herrn Grafen saubermacht, die Nistzellen ausmistet und die Tauben füttert, singt er Kerstins Lieblingslied: «Die immer lacht», eine schmissige House-Ballade von ihrer Namensvetterin Kerstin Ott.

Die ... ist die eine, die immer lacht,
die immer lacht,
die immer lacht,
die immer lacht,
Ohhh, die immer lacht,
und nur sie weiß,
es ist nicht, wie es scheint.
Oh, sie weint,
oh, sie weint,
sie weint,
aber nur wenn sie alleine ist.
Denn sie ist, denn sie ist,

die eine,
die eine,
die immer lacht.

Kerstin sagt, wenn sie dieses Lied hört, fühlt sie sich verstanden.

Am Telefon berichtet Willy-Martin Kerstin von seiner Arbeit im Taubenschlag, sie interessiert sich sehr für Tiere. Sie sprechen über Gott und die Welt, Kerstin erzählt von ihrer Kindheit auf einem Schweinehof, ihrer gehbehinderten Schwester Svea, mit der sie schon als Kind in den Sommerferien zu Hause wursten musste. Willy-Martin erzählt von der ungesunden Hundeliebe seiner Mutter Petra und seiner Aversion gegen Tomaten und alle Tomatenerzeugnisse, auch Ketchup! Kerstin erklärt Willy-Martin außerdem, was es mit ihrem Internetpseudonym auf sich hat: Sie ist hauptberuflich Knochenbrecherin, zu Plattdeutsch Knakenbrekerin.

«Das Knochenbrechen ist eine traditionell ostfriesische alternative Heilkunde. Man renkt Gliedmaßen ein und rückt Wirbel wieder an Ort und Stelle, bei Pferden, Hunden, Katzen, Menschen. Überall, wo man mit herkömmlicher Medizin und Schmerzmitteln nicht mehr weiterkommt, kann der Knakenbreker mit seinen wundersamen Handgriffen helfen. Man kann es nicht lernen, die Begabung wird bestenfalls in der Familie weitergegeben», erklärt Kerstin. Schon ihr Großvater war Knakenbreker und schließlich auch ihr Vater. Der aber zeugte zu seiner Enttäuschung ausschließlich Töchter und kam gar nicht erst auf die Idee, dass auch eine Frau Knakenbrekerin werden könnte, deswegen drohte der Beruf in der Familie auszusterben. Als junges Mädchen hat Kerstin ihn einmal beim Wursten beiläufig gefragt, ob er ihr das Knochenbrechen beibringen könne, woraufhin er bestimmt zehn Minuten lang sehr laut und dreckig gelacht hat.

Als Kerstin älter und durch die Arbeit im Schweinestall und ihren Nebenjob in einer Baumschule muskulöser wurde, wuchs ihr Wunsch, Knakenbrekerin zu werden. Sie fühlte sich stark und durchaus in der Lage, ein 1,80 Meter großes Pferd von seinen Hüftbeschwerden zu befreien. Erneut bat sie ihren Vater, ihr das Knakenbreken beizubringen, er musterte sie von oben bis unten, sagte lange gar nichts und knurrte irgendwann trocken: «Na gut. Hast ja stattliche Handballerwaden bekommen. Aber ich will nicht schuld sein, wenn du unter die Hufe gerätst.» Kerstin hob ihren Vater vor Freude hoch in die Luft und drehte sich mit ihm begeistert im Kreis. Fortan ließ sie sich von ihm in die Geheimnisse des Knakenbrekens einweihen: «Immer vierzig Sekunden Schmerz, danach kommt Erleichterung», «Die Finger genau hier hin, das sind so die Sachen, die gehen direkt auf die Birne», «Lieber 'nen Hundeschwanz im Gesicht als ein Hundegesicht am Schwanz». Drei Jahre begleitete Kerstin ihren Vater bei seinen Einsätzen auf Bauernhöfen, Gestüten, in die Wohnzimmer von Hundebesitzerinnen und in die eigene Praxis in der Hofgarage. Dann ging er in Rente und gab das Knakenbreker-Zepter an Kerstin weiter. Kurz darauf verschluckte sich ihr Vater im Auto an einer Pistazie und erstickte auf dem Standstreifen der B 436 Richtung Logabirum.

Kerstin will sein Andenken in Ehren halten und ist seitdem stolze und einzige Knakenbrekerin in Leer und Umgebung. Als Knakenbrekerin dürfe man keine Schwäche zeigen, erklärt sie Willy-Martin. Seit der medialen Ausschlachtung des Handwerks durch Star-Knakenbreker Tamme Hanken sei der Druck in der Branche enorm gewachsen, bei jeder Behandlung auch immer zwei bis drei flotte Sprüche auf Lager zu haben. Kerstin bezeichnet sich selbst als eine von Natur aus eher ruhige Person, sie leide unter den erwartungsvollen Blicken der Kunden, die sich von ihr während der Behandlung eine freche Performance erhoffen, ein Gag-Feuerwerk. Um niemanden zu enttäuschen, hat sie sich ein festes Repertoire an Sprüchen und Pointen von Tamme Hanken angeeignet, die sie bei jedem Termin abspult wie ein Flugbegleiter die Sicherheitsvorkehrungen im Flugzeug. «Pferde und Frauen haben eines gemeinsam: Gib ihnen Arbeit und Beschäftigung, und sie bleiben gesund.» Oder: «Was der Hund braucht, ist Bier. Malzbier bringt den richtig schön voran.» Oder: «Ein Pferd ist auch nur ein Mensch.» Zu Kerstins Erstaunen kommen die kultigen Sprüche von Tamme Hanken bei ihren Patienten wahnsinnig gut an. Es scheint, als sei ihnen völlig egal, aus welchem Mund sie kommen – Hauptsache, sie kommen. Jetzt, wo Hanken tot ist, muss es halt jemand anderes machen. Die Menschen verlangen nach einer neuen norddeutschen Kultfigur.

Willy-Martin ist tief beeindruckt von Kerstins Geschichte. Kerstin – der Name klingt für ihn wie süßer Nektar im Mundwinkel der Sehnsucht, ein leidenschaftlicher Kuss im Sommerregen. Kerstin, Kerstin, Kerstin ... Er schließt die Augen und lächelt. Kerstin läuft barfuß und kichernd vor ihm her, in ihrer Hand ein Stück Salami. Kerstin, oh Kerstin, bitte brich mir die Knochen. Wurste mit mir, Kerstin, wir werden alt zusammen, unsere Kinder werden Tauben züchten und Knochen brechen und wursten, Kerstin, meine Kerstin.

Während er nur den Mist von ein paar Vögeln wegfegt, erlöst Kerstin riesige Pferde und übergewichtige Menschen von ihrem Rückenleiden. Für Willy-Martin ist Kerstin eine echte Traumfrau. Am liebsten würde er schon heute in den Taubenlaster steigen und die mehreren Hundert Kilometer nach Ostfriesland fahren, um sie zwischen Schweinemist und Strohballen zu ehelichen. Aber jetzt heißt es Ruhe bewahren, nicht mit der Tür ins Haus fallen, Kerstin kommen lassen.

Willy-Martin schaut auf die Uhr, noch knapp drei Stunden, dann wird er nach Hause brettern und sehnsuchtsvoll vor dem Festnetztelefon warten, bis sie endlich anruft. Vorher muss er nur noch den Schlag herrichten und Taubeninventur machen. Es kommt immer mal wieder vor, dass Tauben entwischen oder bei einem Trainingsflug Opfer eines Geiersturzflugs werden, mindestens einmal pro Woche müssen sie daher gezählt und auf Verletzungen untersucht werden. Willy-Martin beginnt mit der Zählung bei den Doppelkuppigen Trommeltauben, vier Stück beherbergt der Schlag. Sie sind eine reine Haustaubenrasse von kräftiger Gestalt, ihre Haltung fast waagerecht, hochstirniger Kopf, glattfüßig, schmale Perlaugen. Trommeltauben fliegen keine Wettkämpfe, Pokale für den Herrn Grafen bringen sie aber trotzdem ein, und zwar bei Schönheitswettbewerben in ganz Europa. Willy-Martin hegt und pflegt die vier Vögel ganz besonders, füttert sie mit teurem Spezialfutter und kämmt ihr Gefieder. Alle Doppelkuppigen Trommeltauben sind noch da, er hakt sie gut gelaunt auf seiner Liste ab: Masha, Georgis, Juan und Manuela.

«Top in Schuss, bisschen mehr Unterbauch könntet ihr vertragen!», zwitschert er den Tauben zu und streut eine Extraportion Gerste in ihre Nistzellen. Dabei kann er nicht aufhören zu lächeln. Bald wird er Kerstin den Schlag zeigen, die Doppelkuppigen Trommeltauben, die Orientalischen Roller, die Canaria-Kröpfer, die Schwarzkinn-Fruchttauben. Bald wird Kerstin sie beim Namen kennen: Sabbel, Ferdinand, Pflaume, Wilhelmina, Evelyn, Juan, Dilara, Juliette, Guillaume, Shirin, Cedric, die einbeinige Daphne; sie werden sich kennenlernen, und Kerstin wird Juliette nach dem nächsten Trainingsunfall den Flügel einrenken, die Kosten für die Taubenklinik kann der Herr Graf sich dann sparen.

Als alle Tauben gezählt und gefüttert sind, schließt Willy-Martin zufrieden die Schlagtür ab und fährt in einem Affenzahn zu seinem Festnetztelefon. Beim Aufschließen der Haustür zittern seine Finger, er sprintet die Stufen zur Wohnung hoch und kommt auf halber Strecke erschrocken zum Stehen. Vor seiner Wohnungstür steht eine große Frau im Strickpullover, mit kurzen schwarzen Haaren, zwei große Koffer links und rechts von sich, in ihren Händen eine Hundeleine, die zu einem auf der Fußmatte schlafenden Golden Retriever führt.

«Du bist größer, als ich dachte», strahlt Kerstin ihn an und öffnet die Arme.

Willy-Martin steht wie angewurzelt da, der Schlüssel fällt ihm aus der Hand.

*

EIN unliebsamer Gast in der Bahnhofsmission ist Gadget-Stefan. Er heißt so, weil er immer von seinen Gadgets erzählt. Stefan ist ein sportlicher Mittvierziger, er trägt neonfarbene Funktionskleidung, Radlerhosen und ergonomische Schuhe, er sieht immer aus, als wäre er bei der *Tour de France* falsch abgebogen. Dabei kommt er meistens mit dem Bus, im Sommer ab und zu mit seinem Trike. Ein Trike ist ein dreispuriges Liegerad mit zwei gelenkten Rädern vorne und einem angetriebenen Rad hinten. Gadget-Stefan klappt sein Trike meistens in einer aufwendigen Prozedur mitten im Empfangsbereich der Bahnhofsmission zusammen, sodass kein Rein- und Rauskommen mehr möglich ist. Die Leute starren ihn und sein seltsames Gefährt dann an, und er genießt das sichtlich. Sofort beantwortet er Fragen, die niemand gestellt hat. «V-Bremsen, pulverbeschichtet!», ruft er extra laut durch den Raum. Oder: «Carbon-Race-Schalensitz, 70er Kettenblatt, 6-Lochscheibenbremsflansch.» Selten bis nie reagiert jemand auf seine Auskünfte, manchmal hört man leises Husten und Räuspern. Eigentlich kommt Gadget-Stefan aber nur, um seine Gadgets aufzuladen; sobald er das Trike fertig zusammengeklappt und zur Seite geräumt hat, packt er allerlei technische Gerätschaften aus seinem Mammut-Rucksack. Ein iPad, ein iPad Mini, eine 360-Grad-Kamera, einen E-Book-Reader (wasserfest), ein Diensthandy, ein privates Handy, einen Fahrradlautsprecher, ein intelligentes Fahrradschloss, diverse Powerbanks, manchmal auch eine mittelgroße Drohne. Um alles gleichzeitig laden zu können, hat er immer eine Achtfach-Steckdosenleiste dabei. Schon als Gadget-Stefan das erste Mal mit den Gerätschaften ankam, hat Silke ihn zur Rede gestellt. Warum er denn nicht zu Hause laden würde, die Bahnhofsmission sei ja schließlich ein Ort für in Not Geratene. Er sei in Not geraten, antwortete er, schließlich brauche er diese Geräte, um seinen Alltag zu bestreiten, und würde dafür auch jedes Mal zwei Euro in die Kaffeekasse werfen. Am Anfang tat er das sogar, dann gab er nur noch einen Euro, dann gar nichts mehr. Mittlerweile hat er immer zwei Achtfach-Steckdosenleisten dabei und trinkt während des Ladeprozesses eine Tasse Kaffee nach der anderen. Silke und den anderen sind die Hände gebunden, denn Gadget-Stefan ist ein guter Freund von Marquardt, die beiden gehen in die gleiche freichristliche Gemeinde. Gadget-Stefan berät Marquardt in technischen Fragen. Die nächste große Anschaffung in der Bahnhofsmission soll das bargeldlose Bezahlsystem sein. Toilettengänge, eine zweite Portion Suppe oder die Leihgebühr von achtzig Cent für Isomatte und Schlafsack können dann auch mit Bitcoins bezahlt werden.

Als Zippo Gadget-Stefan samt Trike auf den Schultern durch die Eingangstür kommen sieht, rollt er mit den Augen. «Der hat mir heute noch gefehlt», brummt er.

«Moin, Moin!», flötet Gadget-Stefan und zieht sich schnaufend die grellgelben Fahrradhandschuhe aus. «Pull-off-System, Frottee-Einsatz für den Schweiß, reflektierende Logos. Damit sieht mich auch ein Blinder mit Krückstock im Nachtnebel», lacht er laut. «Machste mir 'ne große Latte, drei Stück Zucker und bitte nur zwei Espressi, ich muss noch fahren.» Er schaut Silke nicht mal an.

«Wie heißt das Zauberwort?», grunzt Zippo ihn an.

«Pronto!», antwortet der unbeeindruckt und schließt seine Steckdosenleiste in der von Zippo am weitesten entfernten Ecke des Raumes an und öffnet demonstrativ das Fenster.

«Schlechte Luft hier. Es gibt inzwischen smarte Hochleistungsluftreiniger, vielleicht solltet ihr mal über so was nachdenken. Ihr habt hier ja öfter mit ... schlechter Luft zu tun.»

Während er das sagt, streift sein Blick den für die Augusthitze viel zu warm gekleideten Zippo am Tresen.

«Wir haben hier keine schlechte Luft. Aber danke für den Tipp», entgegnet Silke und knallt ihm seinen Latte macchiato auf den Nierentisch direkt neben die Steckdosenleiste, sodass reichlich Kaffee überschwappt.

«Mensch! Muss das sein?», faucht Gadget-Stefan. «So was kann auch ins Auge gehen. Weißt du, was die Sachen kosten?»

«Ich bin inzwischen gut versichert», antwortet Silke ungerührt.

*

RENATE hat ihr Zeitgefühl verloren. Die Tage und Nächte wabern wesenlos vor sich hin, sie verschieben sich, werden eins. Ohne Mandarine Schatzi gibt es für sie keinen Grund mehr, um acht Uhr aufzustehen, der Funkwecker auf dem Nachttisch bleibt stumm. Im Büro hat sie sich krankgemeldet, «Bindehautentzündung, höchst ansteckend, eitrige Lider, das volle Programm». Im Spülbecken stapelt sich das dreckige Geschirr, auf dem Kurzflor-Teppichboden formieren sich die ersten Wollmäuse. Eine große Leere hat sich ausgebreitet in Renate, hat die Zimmer ihrer Wohnung geflutet mit kopfhohen, reißenden Wellen des Nichts und sie unbarmherzig in das Auge der Bedeutungslosigkeit gespült.

Mandarine Schatzi ist weg, und sonst sind auch alle

weg, Renate ist ganz allein auf dieser Welt, bitterlich allein. Sie könnte in ihrem Bett oder auf der Couch oder dem Flokati unter der Treppe sterben, niemand würde sie finden, denn niemand würde nach ihr suchen, Wochen, Monate, Jahre würde sie da liegen und verwesen, die Würmer würden in die Hände klatschen vor Freude über dieses Festmahl, das war's dann, ciao, Renate.

In der ganzen Wohnung sind die Rollläden runtergelassen, Renate findet nach dem Aufstehen nicht mal mehr die Kraft, sich anzuziehen. Sie trägt nur noch einen weißen Frotteebademantel und darunter gar nichts, allerdings kann sie den dazugehörigen Frotteegürtel nicht mehr finden, weshalb der Bademantel eigentlich nur ihre Schultern und den Rücken bedeckt, der Rest liegt frei. Zum Frühstück gibt es meist Hugo auf Eis, dazu zwei wachsweiche Eier und einen großen Block jungen Gouda am Stück. Renate isst vor dem Fernseher, nach dem Essen studiert sie die HÖRZU. Was im Fernsehen läuft, ist Renate egal, sie will nur etwas Leben in die Wohnung bringen, Geräusch, Gespräche, ein Lebenszeichen. Denn sie selbst ist momentan im Stand-by-Modus, der Fernseher übernimmt für sie die Vitalzeichen, leistet Beistand auf Knopfdruck und bringt Zerstreuung. Er ist ihr kastiger Freund, die letzte Verbindung zur Welt hinter den Rollläden, eine lebenserhaltende Maschine.

Es ist 16 Uhr, Renate hat gerade gefrühstückt. Sie sitzt mit einem Weißweinglas Hugo auf der Couch und nickt immer wieder ein. Jedes Mal, wenn sie das tut, schwappt ein Schluck des Prosecco-Cocktails auf ihre nackte Haut, was sie schlagartig wieder wach werden lässt. Sie wischt sich die klebrige Flüssigkeit dann mit dem Ärmel ihres Frotteebademantels von Brust und Bauch, um kurz darauf wieder in einen mitteltiefen Schlaf zu fallen, bis der nächste Schluck danebengeht. Nach dem sechsten Überschwappen und Wegwischen ist der Ärmel ihres Frotteemantels völlig durchnässt, er klebt und stinkt nach Zitronenmelisse, das ist selbst Renate zu viel. Fluchend wirft sie ihn in den Wäschekorb im Bad und sucht in ihrem Schlafzimmer nach einer Alternative. Im Schrank sieht es aus wie auf einem Grabbeltisch beim Textildiscounter. Nur noch wenige einzelne Kleidungsstücke liegen einsam auf den Schrankböden, es sind die schrillen und gänzlich aus der Mode gefallenen, die, die wirklich niemand mehr tragen will, trotz «80 % AUF ALLES, NUR HEUTE». Renate seufzt und schaut sich im Zimmer um, überall haben sich große Berge Wäsche auf dem Boden verteilt, sie hat seit Wochen nicht mehr gewaschen. Kraftlos zieht sie ein korallfarbenes Minikleid aus dem Schrank, das sie seit mindestens zehn Jahren nicht mehr getragen hat. Es ist ihr inzwischen viel zu klein, nicht mal beide Arme bekommt sie durch die Öffnung. Sie wirft das Kleid entnervt zurück in den Schrank und greift zur einzigen gewaschenen Alternative, die ihr noch passt: ihrem pinken Bikini.

Zurück vor dem Fernseher beschließt sie, neue Kleidung zu kaufen. Das Haus verlassen will sie dafür nicht, das geht ja auch gar nicht, im Bikini, da wird sie nur wieder schief angeguckt. Außerdem ist Renate nicht bereit, Menschen zu begegnen, also zieht sie die einzig logische Konsequenz und zappt auf HSE24, einem großen deutschen Homeshopping-Kanal. Sie hat Glück: Gerade werden Jersey-Hausanzüge angeboten, Rippband mit Kordelzug an der Taille, seitliche Eingrifftaschen mit Satinpaspel, erhältlich in den Farben Mahagoni-Bordeaux und Espressobraun-Khaki-Melange, nur 27,27 Euro das Stück.

«Geringer Bestand!», brüllt die Moderatorin und fasst dem Jersey-Hausanzug-Model übergriffig an den Oberschenkel. «Ich kann Ihnen nicht versprechen, dass wir heute Abend noch welche davon dahaben!»

Renates Puls steigt, sie wird nervös und greift sofort zum Hörer. «Ja, richtig, beide Farben. Jeweils dreimal, Expressversand, ja genau, Kundenkarte? Nee, hab ich nicht und will ich au... – einen Lebensbestand an Plastikhaken? Ja gut, würde ich nehmen.»

Der Bestellvorgang geht so schnell und einfach, und Renate fühlt sich schon ein bisschen besser. Sie schaut weiter, Katja Kossowski präsentiert: die großen Beate-Johnen-Wochen! Nur heute noch mal 24 Prozent Rabatt auf die medizinisch basierte Wirkkosmetik, Beate Johnen ist sogar LIVE im Studio!

«Wer kennt es nicht: Das Unterhautfettgewebe sackt ein bisschen aus, Hoch-Tief-Gebiete in der Hautstruktur, welker Bauch. Mit der Beate-Johnen-Lipolyse-Ampullen-Kur können Sie bis zu 3,1 Zentimeter Körperumfang verlieren.»

Katja Kossowski schaltet sich aufgeregt ein, ihre stark geschminkten Wangen glühen dunkelrot in der Hitze des Scheinwerferlichts. «Statt 14 Ampullen für 22,99 Euro NUR HEUTE 28 Ampullen für 29,99 Euro. Das ist ein Warenwert von 45,98 Euro! Und jetzt kommt der Oberhammer. Der JOKER DER WOCHE! Diese Lipolyse-Ampullen-Kur ist VERSANDKOSTENBEFREIT! Und ich höre schon, wir sind begrenzt! Es rufen gerade so viele Kundinnen an, verzweifeln Sie nicht, wenn Sie nicht durchkommen, bleiben Sie in der Warteschleife und lassen Sie sich dieses sagenhafte Angebot nicht entgehen.»

Renate ist elektrisiert und greift zum Hörer, sie kommt direkt durch. «Einmal die Lipolyse-Ampullen-Kur, Renate Gabor, ja super, Adresse hamse noch drin, danke auch, auf Wiederhören!»

Beate Johnen cremt sich inzwischen auf dem Oberarm die Narbe ihrer Pockenimpfung aus den Siebzigern ein: «Eine seltene Hommage an unsere Haut! Eine Komplettsanierung der Epidermis!» Das Homeshopping-Urgestein und Katja Kossowski werfen sich gegenseitig die Fachbegriffe zu, Renate kann kaum folgen. «Verbessert die Zellkommunikation», «Reduziert Expressionsfalten», «Anreiz für biophysikalische und biochemische Regulationsvorgänge», «Isoliertes Glycoprotein», «Schützt die mikrobielle Vielfalt unserer glazialen Natur». Renate möchte unbedingt die mikrobielle Vielfalt ihrer glazialen Natur schützen und greift zum Hörer, der Body Refiner, 500 ml, für 24,99 Euro gehört kurz darauf ihr. Es geht weiter, Katja Kossowski ist euphorisiert, Beate Johnen massiert ihr die ALL-IN-ONE-ZAUBERCREME in den Handrücken ein, «Hyaluronsäure-Penetration in mehreren Hautschichten», «Mikrofeine Edelmetallpeptide regen die Kollagensynthese an und bewahren das elektrische Gleichgewicht in der Haut», «Schon lange ein geflügeltes Wort in der Kosmetikpresse».

Katja Kossowski stöhnt vor Freude: «Das kann doch gar nicht sein, das ist unmöglich!» – «Doch, es ist möglich. Eine Rundumerneuerung der Haut, 88 Prozent mehr Leuchtkraft, neun in eins, Erhöhung der Elastinsynthese um sage und schreibe 800 PROZENT. Wenn Schlangen sich häuten, haben sie danach ja schließlich auch ein schöneres Muster, das ist bei uns Menschen genauso.» Renate will sich jetzt auf der Stelle häuten, sie bestellt gleich vier Tiegel der ALL-IN-ONE-ZAUBERCREME, sicher ist sicher. Beate Johnen verabschiedet sich aus dem Studio, ihre Zwillinge feiern heute Kindergeburtstag, ein Hoch auf die künstliche Befruchtung!

Weiter geht es mit Haushaltswaren, der 360-Grad-Mop mit Pedalschleudersystem und Bürstaufsatz, Renate schlägt zu, wieder rüber zu den Accessoires, die Card-Guard-Geldbörse schützt vor kontaktlosem Datenklau, «Ich möchte jetzt die südlichen Länder nicht beleidigen, aber der Taschendieb ist vor Ort!»

Renate wurde noch nie bestohlen, aber sie hat jetzt panische Angst, dass es bald passiert, die Maschen werden ja immer perfider. Sie kauft die Card-Guard-Geldbörse in Mokkabraun, die Frau an der Hotline und sie sind inzwischen per Du.

Bis spät in die Nacht sitzt Renate in ihrem pinken Bikini auf der Couch und kauft ein, das Goldcollier Bicolor mit dreifachem Zierelement, den Medium-Shopper Anuschka mit Waffelstruktur, passt hervorragend zum Ibiza-Rock, der Kalorik-Kompaktofen mit getempertem Sicherheitsglas. Bei jedem Bestellanruf macht ihr Herz einen Sprung, ein kurzer Moment der Freude, oh, wie hatte sie dieses Gefühl vermisst. Die Auftauplatte mit Farbwechsler, taut Gefriergut zehnmal so schnell auf wie ein Teller! Gerade bei Hackfleisch sinnvoll, die Hackfleischverordnung in Deutschland ist ja sehr streng. Das achtteilige Schüttdosen-Set für Gewürze in Capriblau, die Eismaschine Gelato Expert, «Wie in Italien!», 560 Euro inklusive Umsatzsteuer. Mit jeder Ware kauft Renate auch eine neue Ladung Endorphine, die Leitung läuft heiß. Die Stunden vergehen, draußen bricht die Dämmerung herein, und der Kaufrausch macht sie langsam müde. Sie will gerade drei Deko-Kugeln aus craqueliertem Glas mit Mercury-Effekt bestellen, da fällt sie in einen tiefen Schlaf, den Telefonhörer umklammert sie fest wie eine vertraute Hand.

*

GENAUSO überraschend, wie sie gekommen war, ging Kerstin auch wie selbstverständlich davon aus, zusammen mit dem Hund bei ihm übernachten zu können. Seit zwei Tagen wohnt sie bei ihm, und schon jetzt ist Willy-Martin das alles zu viel, er kennt Kerstin doch kaum.

Die ersten Stunden waren wunderschön, Kerstin und er tranken in der Küche einen Nescafé und lernten sich kennen, Bounty lag unter dem Tisch und schnarchte. Später spielten sie eine Runde Phase 10 und hörten ein altes Christina-Stürmer-Album. Bei dem Song *Engel fliegen einsam* stand Kerstin auf und forderte Willy-Martin auf, es ihr gleichzutun. Willy-Martin bebte vor Aufregung, die Liebe ratterte ihm durch den Leib, Kerstin kam näher und umarmte ihn von hinten. Er konnte ihren sanften Atem in seinem Nacken spüren und schloss die Augen, Gänsehaut. Plötzlich hob Kerstin ihn ruckartig an, es machte laut KNACK, und mit einer rigorosen Bewegung löste sie eine Blockade in seinem Rückenwirbel.

«Hab ich doch von weitem gesehen, dass du da was sitzen hast. Ich täusch mich nie.» Kerstin setzte sich zufrieden wieder hin, Willy-Martin verspürte gleichzeitig große Enttäuschung und Entspannung. Zum Abend machte er Kerstin Bratkartoffeln – sie hatte beiläufig erwähnt, dass sie Kartoffeln liebt – und Spiegelei auf

Schwarzbrot, und die beiden aßen nur bei Kerzenschein. Die Stimmung war gelöst, erst am nächsten Morgen fing der Ärger an.

Willy-Martin hatte natürlich auf der Couch geschlafen und Kerstin sein Bett überlassen, für ihn eine Selbstverständlichkeit. Als er dann nach dem Aufstehen besonders früh ins Bad schlich, damit Kerstin ihn nicht in seinem altrosafarbenen Schlafanzug sah, kam er am Schlafzimmer vorbei und schaute kurz durch den Türspalt: Bounty lag nicht nur neben der schlafenden Kerstin in seinem Bett, er kaute auf einem riesigen, vor Speichel triefenden Knochen. Willy-Martin musste sich zusammenreißen, den Hund nicht augenblicklich vom Bett zu scheuchen, aber er wollte Kerstin keinesfalls wecken. So musste er vom Flur aus mit ansehen, wie ganze Bäche von zähem Hundespeichel auf seine geliebte Biberbettwäsche flossen. Beim Frühstück versuchte er das Thema diplomatisch anzusprechen, ohne Kerstin vor den Kopf zu stoßen.

«Wo hat Bounty eigentlich geschlafen, hab ihn heute Morgen gar nicht gesehen?», fragte er und knackte mit einem Teelöffel die Schale seines Frühstückseis.

«Mein Schatz kann nachts nicht ohne mich. Der hat natürlich neben mir im Bett geschlafen», antwortete Kerstin mit Marmeladenbrot im Mund, als wäre das völlig normal. Willy-Martin drehte es den Magen um, aber er sah Kerstins freundliche Augen, den großen, klebrigen Marmeladenmund und brachte es nicht übers Herz, etwas zu sagen. Also aßen sie und schwiegen, und im Radio lief leise Lighthouse Family.

Auch am zweiten Tag versuchte Willy-Martin immer wieder, eine romantische Atmosphäre zu erzeugen, die Kerstin sofort im Keim erstickte. Er kaufte bei TEDI einen großen Sack Vanille-Teelichter und verteilte sie großzügig in der Wohnung, während Kerstin mit Bounty eine Runde im Park drehte. Als sie zurückkam, war die ganze Wohnung ein vanilliges Kerzenmeer, Willy-Martin stand mit stolzer Miene im Türrahmen und nahm ihre Jacke entgegen.

«Boah, was stinkt das. Ist hier 'ne Douglas-Verkäuferin gestorben, oder was?», motzte Kerstin und hielt sich demonstrativ die Nase zu. Willy-Martin blies beleidigt die Kerzen aus, während Kerstin im Hintergrund nicht müde wurde zu erwähnen, dass beim Abbrennen von Duftkerzen die Chemikalie Formaldehyd entsteht, die unter anderem Krebs im Nasenrachenraum verursachen kann. Zum Abendessen wagte er einen neuen Versuch, er kochte Senfeier mit Pellkartoffeln, nach einem Rezept von Mutter Petra. Willy-Martin liebt Senfeier mit Pellkartoffeln, mit diesem Gericht wurde er als Kind immer für Erfolge belohnt. Er verbindet es mit einem guten Schulzeugnis, dem Schwimmabzeichen, dem zweiten Platz beim Badminton-Kreisturnier. Zu den Senfeiern reichte er Kerstin einen weißen Gallo-Familienwein und kalte Spezi, im Hintergrund ließ er ein frühes Beach-Boys-Album laufen.

When we danced I held her tight,
Then I walked her home that night
And all the stars were shining bright
And then I kissed her.

Kerstin aß nur mit der Gabel, die Ellbogen auf den Tisch gestützt, und spachtelte mit gesenktem Oberkörper die Kartoffeln in einer Geschwindigkeit in den Mund, dass

Willy-Martin der Appetit verging. Nachdem sie die Kartoffeln aufgegessen hatte, sagte sie, dass ihr die Eier nicht schmeckten, und stellte den Teller auf den Boden zu Bounty, bevor Willy-Martin auch nur leises Interesse an den Senfeiern anmelden konnte.

«Wusstest du, dass die Beach Boys mal eine Sexorgie mit Charles Manson veranstaltet haben, diesem satanistischen Massenmörder?», lenkte Kerstin ab und musste zeitgleich heftig aufstoßen.

Willy-Martin legte sein Besteck wieder zur Seite und nahm einen großen Schluck Wein. «Nein, das wusste ich nicht.»

«Die Frau, die für Manson später die Leute abgeschlachtet hat, die war vorher Babysitterin bei dem Sänger von den Beach Boys. Frag mich, ob der nachts gut schlafen kann.»

Nicht so gut wie dein Hund in meiner Bettwäsche, dachte Willy-Martin und schüttete sich Wein nach.

Aber es ist nicht alles schlecht mit Kerstin, sie hat auch sehr gute Seiten. Sie packt mit an, repariert in Eigeninitiative den kaputten Sockel des Hifi-Schranks, sie programmiert den Anrufbeantworter auf Willy-Martins Festnetztelefon und ermutigt ihn, bei dem Herrn Grafen eine Gehaltserhöhung einzufordern. Sie können sich stundenlang unterhalten, Kerstin ist eine gute Zuhörerin, und genauso gern redet sie auch selbst, außerdem ist sie eine hervorragende Phase-10- und Kniffel-Gegnerin. Willy-Martin kann ihr daher die Sachen mit Bounty und den Duftkerzen und den Senfeiern und den Beach Boys nicht wirklich übelnehmen.

Ihr zuliebe versucht er sogar, sich mit Bounty anzufreunden, obwohl er Hunde verabscheut.

AM Donnerstag, um Punkt neun Uhr, steht Zippo an Gleis vier, in seinen Händen eine Ansichtskarte und seine Geldbörse.

«Reine Formsache», sagt er, als er Silkes Blick bemerkt. «Mein Ausweis ist vor sechs Jahren abgelaufen.»

Silke klopft ihm auf die Schulter.

«Hier, für deine Mühen.» Zippo überreicht Silke die Ansichtskarte, darauf zu sehen ist einer der unzähligen Kreisverkehre Borkens. Silke hat irgendwann die These aufgestellt, dass der Slogan der Stadt Borken («Borken – Kreisstadt aus gutem Grund») auf die vielen Kreisverkehre anspielt. Ein anderer guter Grund, warum ausgerechnet Borken Kreisstadt sein sollte, fällt ihr beim besten Willen nicht ein. Auf die Rückseite der Karte hat Zippo ein Gedicht geschrieben; Silke packt sie vorsichtig in ihre Handtasche.

Im Wartezimmer von Dr. Sahebi hängt ein großer Kunstdruck von Claude Monets Seerosenteich. Zippo und Silke sagen beide kein Wort und starren auf das gewaltige Bild an der Wand. Nach einer Weile beugt sich Zippo zur Seite. «War das jetzt, bevor oder nachdem der nichts mehr sehen konnte?», flüstert er und nickt in Richtung des Bildes. Silke muss grunzen und erntet dafür sofort einen bösen Blick von einem sehr alten Patienten ihr gegenüber.

«Herr Below?», tönt es durch die Tür, und Zippo zuckt zusammen. Er wirft Silke noch einen ängstlichen Blick zu, dann holt er tief Luft und verschwindet hinter der Sprechstundenhilfe im Behandlungszimmer von Dr. Sahebi.

Die Untersuchung heute kann Silke bezahlen, sie hat dafür Geld aus dem «Medizinische Notfälle»-Topf der

Bahnhofsmissionskasse zur Verfügung. Sollten aber weitere, größere Behandlungen oder sogar eine OP auf Zippo zukommen, ist auch sie mit ihrem Latein am Ende. Um sich abzulenken, liest Silke das Gedicht, das Zippo für sie geschrieben hat.

Wieder am Abgrund,
Angst im Magengrund.
Die Brücke allein beschreiten?
Wird ihn jemand begleiten?

Eine Lichtung tut sich auf,
Kein Bruch im Lebenslauf,
Mit ihrer offenen Hand,
Sicher entlang am Wegesrand.

Silke verdrückt vor Rührung eine Träne. Es vergeht fast eine Stunde, bis Zippo zurückkommt. Dr. Sahebi begleitet ihn bis zum Empfangstresen.
«Ich würde gern für Freitag direkt einen Termin machen, passt Ihnen das?»
Zippo hat einen hochroten Kopf und schaut zu Boden.
«Kostet das noch mal was?», fragt er leise.
Dr. Sahebi lächelt. «Nein, wir schauen uns nur die Untersuchungsergebnisse an und entscheiden dann, was als Nächstes passiert. Das geht aufs Haus.»
Sie machen einen Termin für den kommenden Freitag fest, zum Abschied klopft Dr. Sahebi Zippo noch auf die Schulter. «Kriegen wir schon alles hin, Herr Below.»
Zippo nickt.
Die Rechnung für die Untersuchungen lässt Silke an

die Bahnhofsmission schicken, dann verlässt sie mit ihm die Praxis. «War es okay?», will sie wissen.

«Mmh», brummt Zippo. «Die Ärztin war nett. Mal abwarten jetzt. Ich hab Hunger, du auch?»

Silke nickt.

«Als Dankeschön würde ich dich gern auf eine Schüssel Suppe einladen, ich kenne da ein ganz feines Etablissement in Bahnhofsnähe», scherzt Zippo.

«Davon hab ich auch schon gehört. Aber man munkelt, der Chef sei ein ganz schönes Arschloch. Lass uns lieber woandershin», entgegnet Silke und lädt Zippo auf eine riesige Salamipizza bei Bella Roma ein, seine erste Pizza seit fünfzehn Jahren.

*

1991: Die Hitze im Regionalzug wird immer unerträglicher, in Silkes Kopf pocht es. Sie möchte sich all ihre Kleider vom Leib reißen und sich nackt an die kühle Metalltür des defekten Zugklos lehnen. Ihre Freundin Renate, die würde das jetzt machen, ziemlich sicher sogar. Renate war sogar nackt baden, als ihre Schwiegereltern mit am See saßen. Sie macht, was sie will. Wäre schön, wenn Renate hier wäre. Noch eine halbe Stunde. Jetzt einfach durchhalten.

Silkes Kleider sind komplett durchgeschwitzt. Was Roland sagt, wenn er sie gleich so sieht? Wahrscheinlich wird er nur die Augenbrauen hochziehen, das ist immer das Schlimmste. Kein Wort, nur dieses «Hast du es jetzt ernsthaft nicht mal geschafft, den Braten auf den Punkt zu kochen / die Tischdecke vernünftig zu bügeln / den richtigen Graubrugunder zu kaufen?»-Augenbrauen-

Hochziehen. Silke hat es so satt. Sie ist doch kein Hausmütterchen, sie ist ausgebildete IT-Betriebswirtin und hat ihren Abschluss mit 1,1 bestanden. Sie ist beliebt im Büro, vielleicht ein bisschen zu beliebt, sie schiebt viele Überstunden und nimmt anderen auch mal freiwillig etwas von ihrer Arbeit ab.

In ihren Ohren hallen die Worte von Roland nach. «Wenn das hier heute nicht klappt, können wir uns das Haus abschminken.» Dieses verfluchte Haus. Roland will es unbedingt bauen, es sei der «nächste große Schritt». Warum ist es immer so wichtig, dass auf jeden Schritt ein noch größerer folgt? Die Wohnung tut es doch auch, aber Rolands Freunde haben alle schon gebaut und übertrumpfen sich jetzt mit Carports und Außenpools und Schwenkgrills, und er muss da unbedingt mit einsteigen, weil sein Ego ihn sonst wahrscheinlich umbringt. Schon bei dem Gedanken an ein gemeinsames Haus mit Roland dreht es Silke den Magen um. Die Hitze treibt zudem ihren Kreislauf in die Knie. Vor ihren Augen verschwimmen Roland, das Haus, die Dokumente, die nackte Renate.

«Der nächste große Schritt.»
«Beeil dich, Silke!»
«Das Haus können wir uns sonst abschminken.»
«Keine Diskussion».

Der Schweiß tropft von Silkes Stirn auf ihre Hose, sie klammert sich schwer atmend an die Armlehne ihres Sitzes. Sie muss hier raus. Sie wird in kein Haus ziehen, nicht mit Roland, nicht in diesem Leben. Ohne weiter nachzudenken, schwankt sie zur Tür, drückt Knöpfe, ruft: «Aufmachen! Aufmachen!» Der Zug ist in voller Fahrt. Tränen schießen Silke in die Augen und vermischen sich mit den Schweißperlen. Sie kann nicht mehr, sie muss raus, einfach raus, ihre Hand schnellt zur Notbremse neben der Tür, sie weiß sich nicht anders zu helfen. Ein harter Ruck geht durch den Wagen, durch den ganzen Zug, ein heftiges Zittern, unten schreien die Gleise, der Waggon reißt nach links, nach rechts, wieder nach links. Silke wirft es zu Boden, sie hält sich schützend die Hände über den Kopf. Dann ist alles dunkel.

*

DAS Ergebnis der Gewebeprobe kracht in das Sprechzimmer wie eine Abrissbirne in die Autobahnbrücke. Prostatakrebs, ohne Zweifel. Adenokarzinom mittlerer Aggressivität, linksstreifige Ausläufer erreichen bereits die Samenbläschen, Befall eines Lymphknotens. Dr. Sahebi rät zu weiteren Untersuchungen; Skelettszintigraphie zur Abklärung der Knochenmetastasen, Röntgen des Thorax in zwei Ebenen und eine Oberbauchsonographie. Zippo hört gar nicht mehr zu. Sein Blick streift an Dr. Sahebis Kopf vorbei durch das Fenster hinter ihrem Schreibtisch. Das Wetter wird milder, hier und da fällt vereinzelt ein Blatt von den Bäumen, obwohl es erst Anfang September ist. Der Herbst steht mit seinen Gold- und Brauntönen schon ungeduldig in den Startlöchern.

«Was muss er denn tun jetzt, eine Chemo? Operation?», fragt Silke Dr. Sahebi aufgebracht.

«Wenn sich der Krebs schon außerhalb der Prostata ausgebreitet hat, ist eine Operation zwecklos. Der nächste Schritt wäre dann mit hoher Wahrscheinlichkeit eine Chemotherapie.»

«Was kostet das für jemanden, der nicht versichert

ist?», raunzt Zippo und schaut dabei weiterhin aus dem Fenster.

«Das kann ich so pauschal nicht beantworten. Es hängt von verschiedenen Faktoren ab.»

«Ungefähr?», fragt Silke.

«Zwischen 5000 und 15 000 Euro. Pro Monat.»

Zippo steht abrupt auf und verlässt die Praxis, Silke kämpft mit den Tränen. Dr. Sahebi sagt, dass man schon einen Weg finde, es gebe immer einen Weg. Dass Zippo trotz allem zu den weiteren Untersuchungen gehen solle. Dass sie Silkes Engagement bewundere und ihnen gerne helfen würde.

Silke denkt verzweifelt darüber nach, wie sie an das Geld für die Chemo kommen kann.

*

WENN Kerstin und Willy-Martin auf der Couch sitzen und sich während eines Gesprächs in die Augen blicken, wirft sich Bounty auf den Rücken wie ein Zirkuspferd, rollt sich winselnd nach links und rechts, um Kerstins volle Aufmerksamkeit auf sich zu ziehen. Kerstin scheint die psychologische Kriegsführung des Hundes nicht zu bemerken, doch nach einigen Tagen wird Willy-Martin klar, dass Bounty eifersüchtig auf ihn ist und in ihm einen Rivalen sieht. Immer öfter baut sich der großgewachsene Golden Retriever schützend vor Kerstin auf, wenn Willy-Martin ihr zu nahe kommt. Sie «kuschelwuschelt» ihren Bounty, wann immer er darum bittet, massiert ihm den Nacken und küsst ihm die Pfoten. Und langsam ist auch Willy-Martin eifersüchtig auf Bounty.

Als er nach über einer Woche mit Kerstin und Bounty

in der Wohnung und einer weiteren Nacht auf der inzwischen ganz schön harten Couch zur Arbeit fahren will, tritt er mit voller Wucht in einen großen, glitschigen Hundehaufen in seinem Schuh. Laut fluchend springt er daraufhin auf einem Bein durch den Wohnungsflur, das Gesicht vor Ekel verzerrt, versucht sich Schuh und Haufen vom Leib zu schütteln. Die Hundescheiße besprenkelt Boden und Wände, der Schuh will sich nicht lösen. Willy-Martin zuckt heftig mit dem Fuß, die Scheiße und der Schuh fliegen in hohem Bogen durch den Raum, der Brechreiz und das Hüpfen auf einem Bein zwingen ihn in die Knie, und er fällt zu Boden.

«Es reicht!», brüllt er.

Kerstin guckt aus der Schlafzimmertür, und für Willy-Martin steht endgültig fest: Es kann nur einen Mann in Kerstins Leben geben.

Mit Willy-Martin und Hunden ist das so eine Sache: Egal was er tut, sie scheinen ihn zu verfolgen. Mutter Petra hatte ihm die Hunde quasi mit in die Wiege gelegt; seit er denken kann, teilte er sich das Haus mit ihr und mindestens drei kleinen Hunden, zeitweise waren es sogar zwölf. Sie wurde immer wieder schwach, wenn sie zum Tierheim fuhr, um Hundefutterspenden vorbeizubringen. Der kleine Border-Terrier Timmi, heute erst reinbekommen, hat irgendein krankes Schwein an der Autobahn ausgesetzt, bis jetzt haben wir noch niemanden für ihn gefunden. «Ach komm, ich nehm ihn mit», rief Mutter Petra dann weinend, sie hatte auch immer eine Transportbox dabei, für alle Fälle. Jedes Mal, wenn sie wieder zum Tierheim fuhr, überfiel Willy-Martin eine panische Angst, dass sie wieder zugeschlagen hatte, einen Zwergpinscher, Labrador, Dackel, Corgi-Mischling. Die Hunde lebten in Mutter Petras Haus wie Gott in Frankreich: Bevor Willy-Martin Abendessen bekam, waren sie dran, manchmal kochte seine Mutter den Hunden feineres Hähnchenfilet, als er je serviert bekam. Willy-Martin hatte schon immer Angst vor Hunden. Aber er war ihnen jeden Tag ausgesetzt, sie lauerten in allen Räumen, in den Fluren und der Küche, unter der Treppe, im Badezimmer. Also lebte er tagtäglich in Angst. Die Hunde spürten seine Angst und fühlten sich in seiner Anwesenheit genauso unwohl wie er, sie wurden nervös und liefen im Kreis, knurrten und bellten, wenn er den Raum betrat, das wiederum machte ihn noch nervöser. Willy-Martins eigenes Zuhause war für ihn also ein Ort der permanenten Anspannung, er träumte schon mit sechs Jahren davon auszuziehen, in die weite, hundefreie Welt, und spielte deshalb so viel wie möglich draußen, bei Wind und Wetter, versuchte, nur noch zum Schlafen und Essen nach Hause zu gehen. Er besuchte oft die Nachbarskinder und baute sich zusammen mit Gitte aus der Kierbergstraße eine Bude im Wald, aus Geäst und Matsch, der hart wie Lehm wurde. Sie bauten einen ganzen Sommer lang, die Bude wurde größer und größer, am Ende deckten sie sogar ein richtiges Dach aus Kantholz und Dachpappe. Willy-Martin und Gitte konnten in der Bude gut stehen, nach und nach möblierten sie das Versteck mit Hockern aus kleinen Baumstämmen und einem alten Gartentisch von Mutter Petra.

Fortan verbrachte Willy-Martin mehr Zeit in seiner Bude als zu Hause, im Sommer schlief er sogar einmal dort. Mutter Petra gab ihm am nächsten Morgen eine stattliche Backpfeife, glaubte ihm aber seine Version der

Geschichte, dass er bei seinem Schulfreund Matthias geschlafen und nur vergessen hatte anzurufen.

Mit Mitte zwanzig, Willy-Martin war schon längst zu Hause ausgezogen, wollte er nachsehen, ob die Bude von damals noch stand, und stattete dem Wäldchen hinter Mutter Petras Klinkerhaus einen Besuch ab. Und tatsächlich, der harte Matsch und das Kantholz von Gittes Vater hatten den Jahren getrotzt, die Bude stand noch an ihrem Platz. Sie war laubbedeckt und inzwischen mit Moos bewachsen, man konnte sie dadurch noch schwerer auf den ersten Blick entdecken. Ein ideales Versteck. Willy-Martin schaufelte mit dem Fuß den Eingang vom Laub frei und wollte gerade hineinsehen, da stürzte im weiten Sprung ein ponygroßer kastanienbrauner Jagdhund aus dem Gebüsch und warf ihn zu Boden. Willy-Martin hielt sich schützend die Hände vor sein Gesicht und rief um Hilfe, der Förster musste ja irgendwo in der Nähe sein. Währenddessen umkreiste ihn der riesige Köter wie ein ungeduldiger Aasgeier, als wartete er nur auf den Befehl, endlich ein großes, saftiges Stück Willy-Martin reißen zu dürfen.

Willy-Martin schrie, aber niemand kam, der Hund ließ nicht von ihm ab, er knurrte und bellte und lief immerzu um ihn herum. Er musste es also selbst in die Hand nehmen. Möglichst langsam stand er auf und sprach besänftigend auf den Hund ein, obwohl ihm eher nach Wegrennen und Schreien zumute war. Er vermied Augenkontakt und ging im Schneckentempo in Richtung Waldweg, der Hund war ihm knurrend auf den Fersen, da bemerkte er einen tannengrünen Jeep nur ein paar Meter entfernt stehen. Als Willy-Martin näher trat, die Hundeschnauze mit ihren fletschenden Zähnen immer noch gefährlich nah an seinem Oberschenkel, sah er, dass der Kofferraum des Wagens offen stand, aber niemand im Auto saß. Er schaute sich um, der Förster musste doch verdammt noch mal in der Nähe sein. Je näher er dem Auto kam, desto aufgebrachter bellte der Hund. Es war ein ohrenbetäubender Lärm, er erinnerte Willy-Martin an die vielen Tölen von Mutter Petra, das Kläffen, wenn er nach Hause kam, das Johlen, wenn er seine Zimmertür hinter ihnen verschloss. Als Kind hatte er sich dann von innen an die Tür gelehnt, die Zeigefinger in die Ohren gesteckt, die Augen zugekniffen und laut *Old McDonald had a farm, E-I-E-I-O* gesungen, um die vierbeinigen Monster hinter der Tür auszublenden.

Der Jagdhund rannte um seine Beine, er kläffte jetzt immer bedrohlicher, Willy-Martin atmete kurz, der Schweiß perlte ihm von der Stirn.

«Geh weg!», brüllte er ihm entgegen. «Geh weg! Geh weg! Geh weg!»

Der Hund reagierte auf sein Brüllen und bellte noch lauter, Willy-Martin wurde schwindelig, die Angst schoss ihm durch die Venen in den Schädel, *Old McDonald had a farm, E-I-E-I-O*, er wollte sich im Auto einschließen, verbarrikadieren, aber je näher er der Beifahrertür kam, desto aggressiver wurde der Hund. Die Lage war aussichtslos, der Hund würde ihn bald in Stücke reißen, und er würde mit Mitte zwanzig im Wald sterben. Er weinte, schnappatmete und schrie den Hund an, er trat nach ihm, woraufhin der sich in seinem Schuh festbiss. Bei dem Versuch, ihn abzuschütteln, fiel Willy-Martin zu Boden und schloss schon fast mit dem Leben ab, als er auf der Ladefläche des offenen Kofferraums ein Jagdgewehr liegen sah. Er griff danach und schoss dem Hund ins Auge. Natürlich nicht mit Absicht, er hatte eigentlich nur den Oberschenkel des Tieres treffen wollen, aber er hatte noch nie zuvor eine Waffe in der Hand gehabt. So oder so war es Notwehr.

Der Förster sah das anders, er zeigte Willy-Martin wegen Mordes an seinem Hannoverschen Schweißhund Sir Andrew an, Mutter Petra sprach drei Jahre lang kein Wort mehr mit ihm, Kinder aus dem Dorf sprühten HUNDEMÖRDER auf die Heckscheibe ihres Fiat Panda. Willy-Martin konnte vor Gericht nicht beweisen, dass der Hund ihn angegriffen hatte, da er die Schuhe, in die sich Sir Andrew festgebissen hatte, noch am selben Tag zusammen mit Hose und Jacke aus Ekel vor Hundehaaren entsorgt hatte. Er musste die Höchststrafe von 5000 Mark zahlen, all sein Erspartes ging dafür drauf. Nachts träumte er davon, wie Sir Andrew ihm den Fuß abbiss, manchmal das ganze Bein. Er wurde immer wach, weil er sich heftig schüttelte, um den Hund loszuwerden.

Willy-Martins Angst vor Hunden wuchs proportional zu seinen Schuldgefühlen, bis er eines Tages beschloss, mit jemandem darüber zu reden. Bei einer Selbsthilfegruppe der Caritas für durch Eigenverschulden in Not Geratene fand Willy-Martin Halt und etwas, das er noch mehr vermisste: Vergebung. Die Leute in der Gruppe hatten sich alle selbst mächtig in die Scheiße geritten, aber niemand wurde verurteilt.

Tillmann, 42 Jahre, hatte die Rente seiner Mutter aus der Matratze gestohlen, sich davon einen weißen Porsche Panamera gekauft und ihn noch in der gleichen Nacht besoffen vor einen Baum gefahren. Patrycja, 58 Jahre, hatte ihrem untreuen Ehemann jahrelang Katzenurin unter das Essen gemischt. Als die Katze eines Tages an einem

Harnwegsinfekt erkrankte, starb ihr Ehemann kurz darauf an einer bakteriellen Infektion. Tarek, 32 Jahre, hatte seinem Vater ein Ohr ausgerissen bei einem Streit um die Fernbedienung.

Und dann war da noch Silke, 43 Jahre. Silke hatte in einem Regionalexpress wegen eines Panikanfalls die Notbremse gezogen, 28 Menschen waren leicht verletzt worden, der Zugführer hatte seine Schneidezähne verloren. Silke war jetzt, wie die meisten von ihnen, hoch verschuldet, aber im Gegensatz zu allen anderen schien ihr das nicht viel auszumachen. Sie war eine ruhige Person, besonnen, Willy-Martin kam es so vor, als wäre sie mehr zum Zuhören da als zum Erzählen. Sie hatte diese besondere Gabe, allen Menschen die gleiche Menge an Wohlwollen und Freundlichkeit entgegenzubringen. Wenn Silke zuhörte, schien es, als fühlte sie sich in die Geschichten hinein, verschwand darin regelrecht, und war am Ende nicht selten aufgebrachter als die erzählende Person selbst. Willy-Martin sprach in den Gruppentreffen manchmal von sich, nur um Silke etwas zu erzählen, die anderen Leute in dem Stuhlkreis um ihn herum blendete er dann aus. Er traute sich nicht, Silke anzusprechen, also redete er von seiner Kindheit und Mutter Petra und den schrecklich vielen Hunden und stellte sich vor, wie Silke und er dabei auf einer Bank vorm Bootshaus am Pröbstingsee sitzen, Rotwein trinken und sich näher kennenlernen.

Eines Tages kam Silke nach dem Gruppentreffen auf ihn zu und fragte ihn, ob er die Tage Lust auf einen Kaffee hätte. Willy-Martin konnte sein Glück nicht fassen, sie trafen sich im Eiscafé Venezia, er trug sein bestes *Regular Fit*-Hemd und hatte Aftershave aufgetragen. Erst nach ein paar Stunden dämmerte ihm, dass das Treffen für sie rein platonisch war, sie machte da ein paar Andeutungen. («Ehrlich gesagt hab ich kein Interesse mehr an Männern. Mir geht es ganz gut allein.») Sie blieben befreundet, trafen sich regelmäßig im Venezia, auch nachdem sie die Selbsthilfegruppe verlassen hatten. Auf Silkes Freundschaft konnte Willy-Martin bauen, sie gab ihm Ratschläge, wenn er sich mal wieder mit Mutter Petra zoffte, sie zeigte ihm, wie er kaputte Socken stopfen konnte, am zweiten Weihnachtstag gingen sie jedes Jahr zusammen ins Kino. Silke war immer eine gute Freundin. Eine sehr gute Freundin.

Heute bleibt Willy-Martin länger als freitags üblich im Taubenschlag. Er will nicht nach Hause. Die Sache mit dem Haufen im Schuh ist zu viel, er freut sich nicht mehr auf Kerstin. Wieder mal hat ein Hund ihm alles gründlich versaut. Er macht die Käfige der Tauben gleich zweimal sauber, räumt alles gründlich auf, macht Inventur beim Taubenfutter. Damit kann er ganze zwei Stunden gewinnen, die er nicht mit Bounty verbringen muss.

Als er nach Hause kommt, sind Kerstin und Bounty nicht da, wahrscheinlich drehen sie gerade die Mittagsrunde. In der Wohnung sieht alles so aus wie am Morgen. Sogar seine Sandale liegt noch im Flur, genau da, wo er sie abgeschüttelt hatte, Kerstin hat nur das Gröbste aus dem Schuh gewischt. Die Fenster sind geschlossen, die Luft steht, es stinkt dermaßen nach Hund und Kacke, dass Willy-Martin übel wird. Seine Wut macht ihn rasend, er ist sich sicher: Jetzt kann nur noch Silke helfen. Auf dem Telefontisch im Flur hinterlässt er Kerstin eine unübersehbare Nachricht und verlässt hastig die Wohnung.

RENATE erwartet heute die ersten Homeshopping-Pakete. Sie hat sich Leggings und Bluse aus dem dreckigen Wäscheberg im Schlafzimmer gefischt und kurz drübergebügelt, damit es so aussieht, als hätte sie ihr Leben unter Kontrolle, wenn der Paketdienst klingelt. Seit Wochen hatte sie keinen Kontakt mehr zu Menschen, Renate ist aufgeregt. Nervös tigert sie durch den Flur, räumt eine Vase von A nach B, hängt den Schlüssel ans Schlüsselbrett, schiebt Mandarine Schatzis Flokati so weit unter die Treppe, dass man ihn nicht mehr direkt sehen kann. Endlich schrillt die Klingel.

Der Paketbote will eine Unterschrift, danach fängt er mit dem Ausladen an. Er hat eine Sackkarre dabei, bis zu sechs Pakete kann er pro Ladung aufeinanderstapeln. Insgesamt muss er damit 21-mal vom Lieferwagen zur Haustür fahren. Als er fertig ist, steht der ganze Flur bis unter die Decke voll mit Paketen. Renate findet kaum den Weg zur Tür zurück und flötet dem verschwitzten DHL-Boten ein «Danke!» aus der Mitte des Paketmeers zu, bevor der kopfschüttelnd und ohne Trinkgeld wieder in den Wagen steigt. Dann ist es still, Renate und ihre Pakete sind ganz allein.

Sie macht sich ans Auspacken, reißt das Klebeband von den Pappen, wirft die leeren Kartons im hohen Bogen in die Küche. Fast drei Stunden dauert es, bis alles ausgepackt ist, dann stemmt Renate die Hände in die Hüften, atmet erschöpft durch und schaut sich zufrieden um. Für einen kurzen Augenblick fühlt sie sich nicht mehr allein, all die kleinen und großen Gerätschaften, die Eismaschine und die Heißwickler, die Bewässerungsvasen und der Kompaktdampfgenerator leisten ihr ab sofort Gesellschaft. Sie streichelt mit der Hand über ihren neuen Kalorik-Kompaktofen, heute Abend soll er eingeweiht werden. Ein ganzes Hähnchen mit Pommes wird es geben, genau wie die Frau im Fernsehen es gekocht hat. In dem kleinen Ofen lässt sich ja problemlos ein komplettes Menü für bis zu sechs Personen zaubern.

Renate denkt an sechs Personen, die sie zum Hähnchenessen einladen könnte, aber da ist niemand. Plötzlich krampft ihr Magen. Beim Anblick der Produktberge wird ihr übel. Sie hat keine Verwendung für all diese Dinge, geschweige denn Platz, sie ist ganz allein und wird niemals für sechs Personen kochen. Sie hat doch schon einen Ofen und eine Hautcreme und einen Standmixer und Blumentöpfe. Renate muss sich setzen. Schwer atmend hockt sie sich auf das handbemalte Polyresin-Kalb und schließt die Augen, um die vielen Sachen nicht mehr sehen zu müssen. Was hat sie sich dabei nur gedacht? Sie kann kein ganzes Hähnchen allein essen. Wie konnte sie Silke so vernachlässigen, einen der nettesten Menschen, der ihr je begegnet ist. Wie konnte sie so viele gute Freundinnen und Freunde verscheuchen, ihren eigenen Sohn sogar, und was zur Hölle soll sie mit einem handbemalten Polyresin-Kalb anfangen? Sie muss den ganzen Krempel wieder loswerden, und zwar so schnell wie möglich. Und sie muss etwas tun, was sie schon lange nicht mehr getan hat: ihre Freundin Silke besuchen.

*

«**WAS** willst du denn hier?», fragt Silke, aber eigentlich will sie es gar nicht wissen. Roland hatte ihr noch gefehlt, an diesem beschissenen Tag, und auch sonst.

Gerade hatte sie «aus Versehen» das Toilettensparschwein fallen lassen und beim Auffegen der Scherben die Münzen gezählt. Gerade mal 8,50 Euro, damit würde Zippo nicht weit kommen. Plötzlich öffnete sich die Tür der Bahnhofsmission, Silke schaute auf und erschrak, trat reflexhaft einen Schritt zurück und verschränkte die Arme vor der Brust.

«Hallo, Silke», sagt Roland ruhig. «Ich hab dich neulich gesehen, als ich hier am Gleis stand. Ich dachte, wir könnten vielleicht mal ein Käffchen trinken. Ich bin ein neuer Mensch, Silke.»

Roland ist alt geworden. Seine ehemals glatte Gesichtshaut ist müde und durchfurcht, er trägt einen vollen Bart mit grauen Spitzen, die ersten Haare haben sich von seinem trapezförmigen Kopf verabschiedet.

«Mir ist nicht nach Kaffee», sagt Silke so unfreundlich, wie es ihr möglich ist, und tut so, als würde sie die Spülmaschine einräumen.

«Mensch, Silke, ich bin ein neuer Mensch», sagt Roland. Er betont es immer wieder, der alte Roland ist vorbei, over! Bitte, bitte nur eine Chance, lass mich wenigstens erklären.

Silke weiß sich nicht mehr zu helfen, ihre Kräfte für Widerstand schwinden, und tief in ihrem Herz empfindet sie zu viel Mitleid mit der klebrigen Gestalt am Tresen, mit seinem knallroten, ledrigen Gesicht, das aus allen Poren schreit: «Ich kann nicht allein sein.» Sie hat heute keine Nerven, ihn abzuweisen, er würde es ja doch nicht akzeptieren.

Ein neuer Roland stehe jetzt vor ihr, er sei wiedergeboren worden, nachdem er vor zwei Jahren die Power-Days der Jürgen-Höller-Motivations-Akademie besucht hat. 2000 Euro hat er damals gezahlt und ist extra nach Innsbruck gefahren, aber es hat sich gelohnt, die beste Investition seines Lebens. Jürgen Höller höchstpersönlich, der Papst der Motivationstrainerbranche, hat ihm in einer packenden Rede mit Headset und Flipchart die Augen geöffnet; wenn man es träumen kann, kann man es auch erreichen! Er selbst habe wegen Untreue und vorsätzlichen Bankrotts ein Jahr im Knast gesessen, aber danach sofort wieder die Ärmel hochgekrempelt und sich raus aus den Schulden gekämpft, denn man muss immer wieder aufstehen, das ist das Wichtigste, Fehler machen wir alle. Die Frage ist: Was lernen wir daraus? Man muss den Weg nicht richtig gehen, es reicht schon, wenn man den richtigen Weg geht. Nur wer aufgibt, scheitert, der Reichtum liegt im Glauben. «Morgen! Morgen! Nur nicht heute», sagen alle faulen Leute, was dich nicht tötet, macht dich stärker, und so weiter.

Direkt nach den Power-Days habe Roland seinen Job gekündigt, nach über zwanzig Jahren im gleichen Betrieb, es war an der Zeit, er sehnte sich nach mehr. «Ich ziehe Geld an wie ein Magnet», mussten sie im Seminar immer wieder im Chor sagen. «Ich ziehe Geld an wie ein Magnet. Ich ziehe Geld an wie ein Magnet. Ich ziehe Geld an wie ein Magnet.» Nach ein paar Wiederholungen glaubte Roland, was er da sagte, er fühlte sich stark und mächtig, er zog das Geld an wie ein Magnet. Er hatte sein Potenzial noch nicht ausgeschöpft, da ging noch was, noch einiges, raus aus dem Hamsterrad und rein in den Erfolg. Er sah sich in einem weißen Audi TT sitzen mit nagelneuen, noch weißeren Zähnen, er würde in die Garage seiner Stadtvilla fahren, 400 Quadratmeter, Rolf-Benz-Sofa, großer Garten mit Outdoor-Küche, bodentiefe Fenster. Ab da ging alles ganz schnell, Roland informierte sich, in welcher Branche er sehr schnell sehr große Mengen Geld generieren kann. Er suchte nach einer Herausforderung, etwas, das ihn kaufmännisch und menschlich forderte, das ihm einen steilen Weg nach oben ermöglichte. Er war bereit, hart dafür zu arbeiten.

Schließlich landete Roland im Restpostenhandel. Ein Bekannter eines Bekannten kommt selbst aus der Branche, Ahmed. Der leitet eine DOLLAR-HUGO-Filiale und führte Roland in die Künste des Feilschens ein. «Wenn auf der Autobahn was passiert, meinetwegen ein Laster mit Waschmittel kippt um, ist das Bruchware. Dann ruft die Spedition an und sagt, hier, wie sieht's aus, 140 Paletten Ariel Color, 6,5-Kilo-Packungen, 14,95 Euro im Verkauf, wenn du alle 140 nimmst, kriegste die für fünf Euro das Stück. Dann musst du innerhalb von Sekunden reagieren, ja oder nein, entweder wird es das Geschäft des Monats oder die komplette Pleite, das ist jedes Mal der totale Nervenkitzel. Ich hab jetzt schon wieder Gänsehaut, siehst du das? Im Postenhandel ist kein Tag wie der andere, kannste mir glauben.»

Roland war völlig angefixt, er wollte sofort einsteigen.

«Posten, Überhänge, Überproduktionen, Verpackungsumstellungen, Restanten, Auslaufartikel oder Fehlproduktionen, kurze MHD-Ware, Klein- oder Großmengen, Sortenrein- und Mixpaletten. Jeden Tag kommt was anderes rein, jeden Tag musst du der Schnellste sein.»

Ahmed machte Roland mit den lokalen Größen der Restpostenbranche bekannt, Thomas «das Auge» Pasikowski, er kennt alles und jeden in der Szene, wird als Erster angerufen, wenn es wieder irgendwo was zu holen gibt, «Drücke-Berger», eigentlich Martin Berger, ein kleiner, kahlköpfiger Mann mit Monobraue, der die Preise drückt wie kein Zweiter, als Händler ebenso verhasst wie erfolgreich.

Roland gefallen diese Gestalten, der Postenhandel ist alte Schule, hier kann man sich noch beweisen, Jäger sein. Jeder Tag ist ein direkter Konkurrenzkampf, Dreistigkeit und Rhetorik, Verhandlungsgeschick und Vitamin B, wer das nicht kann, der wird gefressen. Roland will fressen. Es ist genau die Herausforderung, die er gesucht hat, die, von der Jürgen Höller sprach, als er sagte, man müsse erst Experte werden, dann eine Kapazität und schlussendlich eine Koryphäe. Endlich hatte er seine Worte verstanden, es war seine Bestimmung, er würde darin aufgehen und in ein paar Jahren expandieren, die größte Nummer auf dem deutschen Markt werden, der Chef einer gigantischen Restpostenkette, DIE Restpostenkette, mit dem einen Namen, den wirklich jeder kennt, RAMBAZAMBA oder RUCKIZUCKI. Irgendwann dann international, Österreich, Schweiz, China.

Die letzten vier Jahre hat Roland richtig reingeklotzt, all sein Erspartes in ein Ladenlokal gesteckt, er ist ALL IN gegangen, 4000 Quadratmeter, beste Lage, direkt an der B 67. Die riesige Reklame am Straßenrand zwingt einen förmlich, auf den Parkplatz zu biegen, «Mr. Money – für Körper, Seele und Geiz». Für den Slogan hat Roland einen befreundeten Werber verpflichtet, und er ist immer noch begeistert – kurz, griffig, auf den Punkt.

Über Pasikowski kam er dann an Geschäftskontakte, zwei-, dreimal zusammen ein Bier trinken reichte, um in seiner Gunst zu stehen. Er stellte zwei Verkäuferinnen ein und einen Lageristen, er erhielt ganze LKW-Lieferungen Filterkaffee und palettenweise *Fidget Spinner*, das Geschäft kam ins Rollen. Roland patrouillierte jeden Tag in seinem Laden, rückte die Waren zurecht, vergewisserte sich morgens vor der Öffnung, ob auch alles ordentlich und vor allem reichlich an Ort und Stelle steht, zu viel Produkt gibt es nicht, es gibt nur zu wenig. Einen Fehler ließ er seinen Angestellten noch durchgehen, beim zweiten Mal wurde er laut. Aus Fehlern lernen, Jürgen Höllers Worte hallten immer noch in seinen Ohren nach, er sah sich in der Verantwortung, so etwas wie der Jürgen Höller seiner Firma zu werden, die Angestellten zu motivieren. Arbeite jeden Tag so, als wäre es der letzte Tag deines Lebens. Sei positiv, bleib positiv, steck andere mit dieser Positivität an. Die Leute kaufen dir den Klappstuhl unterm Arsch weg, wenn du eine Ausstrahlung hast, Stichwort CHARISMA. Steh nicht in der Ecke rum wie bestellt und nicht abgeholt. Sei präsent, hol den Kunden ab, er wartet nicht auf dich, du wartest auf ihn! Er hat das Geld, du willst das Geld! Sorg immer dafür, dass genug Ware im Regal steht. Überall muss es was zu gucken geben, die Leute kommen nicht zum Spaß hierher, die wollen was geboten kriegen, die wollen den Rausch, die finden das geil, Schnäppchen hier oben, Schnäppchen da drüben, hier unten, überall geile Deals! Falls sich jemand unsicher ist, ist es eure Aufgabe, den einzufangen. Das Ziel ist, dass der Kunde hier rausgeht und denkt, YES, ich habe diesen Bierhelm gekauft, und es ist der geilste Bierhelm der Welt, ich brauche diesen Bierhelm, und meine Freunde brauchen ihn auch, deswegen habe ich gleich zwölf gekauft! Ihr verkauft nicht irgendeinen Krempel, ihr verkauft hier ein LEBENSGEFÜHL. Die Leute kommen hier rein, und draußen regnet es, es ist grau, sie standen im Stau, manche von ihnen haben Krebs! Und sie kommen hier vorne durch die Tür und wissen nicht, was sie erwartet, und plötzlich ist da KIRMES! Die kommen hier rein, und es ist Kirmes. Das ist kein Geschäft, das ist ein Erlebnis, die machen riesige Augen und bleiben stehen und fassen die Sachen an, ein Erlebnis für alle Sinne. Die packen sich den Wagen voll mit Sachen, die sie eigentlich nicht brauchen, aber wisst ihr was? Das ist scheißegal! Die haben super Laune, die gehen hier raus mit einem Lächeln im Gesicht, die verbinden das mit was Positivem, nette Verkäuferinnen, Entertainment, gute Musik, Schnäppchen. Das ist das Wellness-Wochenende des kleinen Mannes! Das macht die Leute glücklich! Und ich will, dass ihr das genauso verkauft, ihr macht die Kunden glücklich, sprecht mir nach: «Ich mache die Kunden glücklich. Ich mache die Kunden glücklich. Ich mache die Kunden glücklich.»

Die zwei Verkäuferinnen blickten ihn mit großen Augen an. Viel schienen sie vom Business nicht zu verstehen, die ältere von ihnen, Frau Gawlick, bekam von dem erfolgsorientierten Führungsstil wohl Herzrasen und kündigte nach nur zwei Monaten aus gesundheitlichen Gründen.

Roland macht eine Pause und kommt an den Tresen. «Silke. Das mit uns ist etwas unglücklich gelaufen, aber es ist viel Zeit vergangen. Über zwanzig Jahre! *I mean, come on!* Ich habe mich verändert. Wirklich.»

Silke dreht sich nicht zu ihm um. «Das ist schön für dich. Ich muss jetzt arbeiten.»

«Das sehe ich», lacht Roland, während sie einen sauberen Teller in die Spülmaschine räumt.

«Roland, ich habe kein Interesse», Silke wird ungeduldig und dreht sich zu ihm um. Er sieht traurig aus, wie ein Abziehbildchen von dem Roland, den sie geheiratet hat, eins, das nicht mehr richtig klebt. Sein Körper scheint in sich zusammengefallen, auf dem verwaschenen gelben Pullover leuchten mehrere Kaffeeflecken, aus seiner Nase sprießen dicke, spitze Härchen wie Pfeile. Sie kann das Jürgen-Höller-Erfolgsgen noch nicht an ihm erkennen. Silke muss sich zwingen, ihn nicht mehr anzuschauen, weil sie kein Mitleid mit Roland haben will. Sie wischt den Tresen.

«Es war nun mal eine schwierige Zeit, mit meinem Job und allem.»

«Mir kommen die Tränen», murmelt Silke tonlos und schrubbt um Rolands Ellbogen herum. «Ist sonst noch was?»

Über seinen Augen treten wieder die enormen Zornesfalten hervor, die Silke schon früher mit großer Verlässlichkeit Ärger vorausgesagt haben.

«Das ist also deine Art, mit der du hier soziale Arbeit verrichtest? Das ist deine Nächstenliebe?» Roland wird laut. «Menschen verändern sich, Silke. Auch wenn du das wahrscheinlich niemals verstehen wirst, weil du seit Jahrzehnten nix anderes mehr gesehen hast als diese muffige Suppenküche!»

Silke geht nicht darauf ein und greift zum Telefonhörer. «Ich möchte, dass du jetzt gehst. Ich rufe sonst Artur von der Security an, und der ist innerhalb von zwei Minuten hier.»

Roland ist aufgebracht, hat einen hochroten Kopf. So hatte er sich das Wiedersehen mit seiner Exfrau offenbar nicht vorgestellt. Silke tippt auf dem Telefonhörer die Nummer von Artur ein und schaut Roland fordernd an. Er schnaubt, macht auf dem Absatz kehrt, verlässt die Bahnhofsmission und knallt die Tür zu.

Als Roland nicht mehr in Sichtweite ist, sackt Silke an einem der Tische zusammen. Sie stützt den Kopf in die Hände, schließt die Augen. Was für ein Tag. Sie hat keine Zeit, sich über Roland zu ärgern. Sie muss eine gewaltige Summe Geld beschaffen, und zwar so schnell wie möglich. Schon wieder. Das letzte Mal, dass sie mit einer so enorm hohen Summe zu tun hatte, ist 27 Jahre her. Der Weg bis hierhin war kein Zuckerschlecken, und Roland war ihr damals alles andere als eine Hilfe. Zum ersten Mal in ihrer Zeit bei der Bahnhofsmission meldet Silke sich krank. Sie ruft Marquardt an, der verspricht, sich um Ersatz zu kümmern, und geht nach Hause.

*

1991: An der Anzahl der roten Wagen lässt sich ablesen, wie sehr sich die freiwillige Dorffeuerwehr darüber freut, dass es nach unzähligen Übungen und Tagen der offenen Tür mit Kinderschminken und Tombola endlich mal etwas Richtiges zu tun gibt. Silke sitzt auf einem ledernen Freischwinger am Schreibtisch der örtlichen Bahnhofsmission, ihr gegenüber die Kleinstadt-Kommissarin Frau Sartori. Deren moosgrüne Krawatte liegt leicht schief über der beigen Uniform, das Haar hat sie zu einem strengen Zopf zusammengebunden. Überall im Raum stapeln sich lose Dokumente, Ordner, Danksagungskarten, Plüschtiere. Es liegt ein Mief in der Luft wie in einer alten Abstellkammer, das kleine Fenster lässt sich nicht öffnen. Mit zittrigen Händen umklammert Silke einen Pappbecher bitteren Schwarztees, dabei wiegt sie den Oberkörper hin und her. Ihr Kopf pocht, bei ihrem Sturz muss sie irgendwo gegengeprallt sein, erinnern kann sie sich nicht.

«Frau Möhlenstedt, ich will Ihnen helfen.»

Kommissarin Sartoris Blick ist freundlich, aber bestimmt, Silke traut sich nicht, ihr in die Augen zu schauen. Stattdessen starrt sie auf die schiefhängende Krawatte.

«Hatten Sie medizinische Probleme? Eine Psychose vielleicht? Handelte es sich um einen akuten Notfall?»

Silkes Kopf ist leer, die Worte der Kommissarin wabern durch den Raum, aber erreichen sie nicht.

«Nein», antwortet sie. Ihre Stimme klingt für sie selbst wie von weit her.

Die Kommissarin holt geräuschvoll Luft, um dann noch geräuschvoller zu seufzen. Während des Seufzens fällt ihre Krawatte wieder an ihren Platz, Silke ist darüber erleichtert.

«Es war sehr warm», sagt Silke. «Warum haben die in den Regionalzügen immer noch keine Klimaanlagen? Es gibt automatische Seifenspender auf den Klos, aber keine Klimaanlage.»

«Ihnen war also warm? Haben Sie deswegen die Notbremse gezogen?»

«Ja.»

Kommissarin Sartori hat genug gehört, ihr Ton wird rauer. «Die Notbremse darf nur im Falle der Gefahr für die Sicherheit des Zuges, der Reisenden oder anderer Personen gebraucht werden. Da offensichtlich nichts dergleichen zutrifft, werden Sie mit einer Geldstrafe von bis zu 2000 Mark rechnen müssen. Dazu tragen Sie die Verfahrenskosten und den für die Bahn entstandenen Schaden. Und wenn ich mir das da draußen so angucke, werden das keine Peanuts, Frau Möhlenstedt.»

Silke folgt dem Blick der Kommissarin durch das

kleine, milchige Fenster. Draußen tummeln sich Einsatzkräfte, kleine Wunden von Reisenden werden versorgt, ein Kind weint.

«Personalien haben wir, Sie werden in den nächsten Tagen Post von uns bekommen.»

Kommissarin Sartori reicht Silke die Hand.

«Möchten Sie noch jemanden anrufen, der Sie abholt?»

Silkes Blick haftet immer noch auf dem Tumult vor dem Fenster.

«Frau Möhlenstedt, haben Sie mich gehört? Möchten Sie noch jemanden anrufen?»

«Ja», flüstert Silke, «Renate.»

«Hier vorn steht das Telefon. Ich muss jetzt ein paar Gespräche führen. Auf Wiedersehen.»

Sartoris Händedruck ist fest und schwitzig-feucht, Silke wischt sich danach die Hand an ihrer Hose trocken. Als die Kommissarin nach draußen verschwunden ist, greift sie zum dunkelroten Wählscheibentelefon und ruft Renate an. «Hallo Liebelein, ich bin schon spät dran, ich muss zur Fußpflege. Ist es dringend?»

«Renate, wichtig! Du musst mich am Bahnhof Herzebrock-Clarholz abholen. Bitte stell keine Fragen.»

Und Renate kommt und stellt keine Fragen.

Nach der Sache mit der Notbremse geht alles ganz schnell. Zu schnell für Silke, um zu realisieren, was überhaupt gerade geschieht. Sie tut einfach, was zu tun ist, um den Schaden zu begrenzen. Sie bekommt Briefe vom Amtsgericht, von der Deutschen Bahn und dem Anwalt des Zugführers Rudi Paschkens, der beim Entgleisen der Führerkabine beide Schneidezähne verlor. Renate empfiehlt Silke eine Anwältin, die ihr mal «aus einer Sache rausgeholfen hat», was das für eine Sache war, dazu möchte sie nichts sagen. Silke zahlt der Anwältin eine Stange ihres ersparten Geldes, um dann zu erfahren, dass sie nicht viel für sie tun kann. Es werde eine riesige Summe Schadensersatz auf sie zukommen, sie solle sich so viel Geld leihen wie nur möglich, ihr Auto verkaufen und so weiter, so viel könne sie ihr zumindest sagen. Wie hoch genau diese Summe sei, will Silke wissen.

«Im vier- bis sechsstelligen Bereich», antwortet die Anwältin schwammig. «Plus die Kosten für alle zahnärztlichen Behandlungen von Rudi Paschkens. Wenn Sie besser versichert wären, stünden wir jetzt nicht vor diesem Problem.»

Silke weiß nicht mehr weiter. Die Leute im Ort reden wochenlang über nichts anderes mehr, die Sache mit der Notbremse ist das Thema Nummer eins.

«Hast du schon gehört? Silke Möhlenstedt hat einen riesigen Bahnunfall mit mehreren Verletzten verursacht!», «Ich habe ja gehört, dass der Schaffner fast gestorben wäre», «Und das nur, weil sie mal die Notbremse ausprobieren wollte!», «Die war mir eh noch nie geheuer.», «Die hat nie gegrüßt», «Die ist schizophren, ich hab die ein paarmal bei Schlecker gesehen, die hatte immer so einen irren Blick», «Helga hat gesagt, dass sie Aids hat und sich deswegen umbringen wollte.»

Silke lässt sich von ihrem Hausarzt krankschreiben und geht nicht mehr vor die Tür. Sie kann nicht mehr essen und tut nachts kein Auge zu. Als Roland erfährt, was Silkes übermütige Aktion in der Konsequenz bedeutet, reicht er die Scheidung ein, bevor er selbst zur Kasse gebeten wird. «Die Suppe musst du jetzt auslöffeln», sagt er dazu nur kalt. «Ich will, dass du bis morgen hier ausgezogen bist.»

Bis das der Tod uns scheidet, hatte Roland geschworen, und nun schmeißt er Silke bei der ersten schwierigen Situation aus seinem Leben und der gemeinsamen Wohnung. Sie fühlt sich in ihrem Gefühl bestätigt, dass Roland nur eine Frau braucht, die seine Probleme löst, keine, die noch zusätzliche Probleme macht. Auf diese Art von Mann kann Silke verzichten. Sie flieht zu Renate und wohnt ein paar Wochen in einer Art Abstellkammer mit Gästematratze. «Liebelein, was haste dir dabei bloß gedacht», seufzt Renate und kocht ihr Kartoffelstampf mit Möhrchen, weil es das Einzige ist, was Silke noch runterbekommt. Sie igelt sich in der Abstellkammer ein und schaut viel *Akte X – Die unheimlichen Fälle des FBI*, dann und wann bringt Renate ihr Cola und Kartoffelstampf und fordert sie auf, duschen zu gehen.

Silkes Zeitgefühl verschwimmt. Nicht nur Roland und ihre Freundinnen wollen nichts mehr mit ihr zu tun haben, auch Silkes Eltern lassen sie im Stich und versagen ihr jegliche finanzielle Unterstützung. Irgendwann kommt dann der Brief vom Amtsgericht, der die Summe des Schadensersatzes bekannt gibt, und Silke bricht in Renates Armen zusammen. «Da kann ich dir leider auch nicht helfen. Ich würde ja, aber so viel Geld hätte ich nicht mal, wenn ich für jede heiße Nacht fünfzig Mark nehmen würde.»

Und da steht Silke dann, ganz allein, vor einem Berg an Schulden, verkauft ihren zitronengelben Renault Clio, veräußert im Pfandhaus ihren Ehering und die Silberkette, die sie von ihrer Großmutter geerbt hat, und es reicht trotzdem vorne und hinten nicht, um der Deutschen Bahn den entstandenen Schaden zu ersetzen. Wenigstens ist niemand schwer verletzt worden, redet sie sich selbst gut zu, um den Glauben nicht ganz zu verlieren. Am liebsten aber will sie einfach verschwinden, mit der Sache nichts mehr zu tun haben und irgendwo bei null anfangen.

Ihre Anwältin prophezeit ihr ein lebenslanges Abstottern der Schulden; Silke wird in diesem Leben keinen Cent sparen können, in keinen Urlaub fahren, sich nie wieder etwas gönnen können, es sei denn, sie knackt den Lotto-Jackpot. Die Summe, die sie jeden Monat abbezahlen soll, ist so hoch wie Silkes Nettoeinkommen.

«Es muss doch irgendeine Alternative geben», fleht sie bei einem der unzähligen Termine in der Kanzlei.

«Na ja, es gibt eine Alternative. Aber die wird Ihnen nicht gefallen.» Silke blickt auf. «Wir können eine Umwandlung der Schadensersatzsumme in Sozialstunden beantragen. Zumindest einen Teil der Zahlung können Sie so umgehen, dafür müssen Sie aber, wie der Name schon sagt, soziale Arbeit ableisten.»

Silke lässt ihre Anwältin noch am selben Tag den Antrag ausstellen, das Gericht willigt ein, und nur ein paar Wochen später tritt sie ihren neuen Job bei der Bahnhofsmission Borken an. Dort macht sie alles, was ansteht, sie begleitet Menschen mit Behinderung zum Zug, kocht Kaffee, hört sich die Sorgen und Ängste fremder Leute an. Ihre Kolleginnen und Kollegen sind nett, sie fühlt sich wohl, und die Arbeit macht ihr irgendwann sogar richtig Spaß. Ihre Stelle im IT-Büro reduziert sie auf einen Tag pro Woche, um das Nötigste an Geld zu verdienen. Sie zieht aus der Abstellkammer in eine Genossenschaftswohnung am Stadtrand, nur fünf Gehminuten von Renate entfernt, und dreht fortan jede Mark dreimal um. Abzüglich Miete, Strom und Telefon bleiben ihr im Monat 148 Mark zur freien Verfügung, dadurch wird Silke zwangsläufig zum Sparprofi. Beim Einkaufen im Supermarkt lautet ihre Devise «Bücken und Strecken ist das A und O», denn die wirklich günstigen Angebote befinden sich ganz oben und ganz unten in den Regalen. Sie geht niemals hungrig einkaufen und kauft nur, was sie wirklich braucht, Schokolade und Bier gibt es nur freitags, einmal im Monat gönnt sie sich eine Packung Party-Garnelen. Sie fährt mit dem Rad zur Arbeit und versucht, so viel Kaffee und Wasser wie möglich in der Bahnhofsmission zu trinken, damit sie zu Hause keinen Durst mehr hat. Außerdem verrichtet sie auch ihr morgendliches Geschäft im Büro, das spart eine ganze Toilettenspülung, manchmal sogar zwei. Über ihre Ausgaben und Einnahmen führt Silke penibel Buch. Im Friseursalon föhnt sie sich jetzt immer selbst die Haare, beim Bäcker kauft sie Brot vom Vortag, und wenn Renate zu Besuch kommt, gibt es Wasser und Schnittchen.

«Liebelein, tust du dir denn auch manchmal was Gutes?», fragt die dann besorgt, während sie in ein staubtrockenes Käsebrot beißt. Aber Silke geht es so gut wie lange nicht mehr.

*

WIEDER zu Hause, lässt Silke sich rücklings auf ihr Bett fallen. Sie atmet schwer aus. An der Decke ragen Isolierkabel aus dem Putz, daran baumelt ein Provisorium aus

Plastikfassung und Energiesparbirne. Sie hat es immer noch nicht geschafft, eine vernünftige Lampe im Schlafzimmer anzubringen. Seit Wochen hat sie sich das vorgenommen, aber immer kommt irgendetwas dazwischen. Diese ganzen Dramen.

Sie schaut an die Decke, es ist ganz ruhig in der Wohnung, nur den Kühlschrank hört man brummen. Scheißteil, denkt Silke. Ein neuer Kühlschrank steht schon seit Monaten auf der Liste. Mit größerem Tiefkühlfach und mindestens Energieeffizienzklasse A+. Aber das Geld reicht nicht.

Auf einmal hört sie ein heftiges Husten auf der anderen Seite der Schlafzimmerwand, teilweise geht es in ein unappetitliches Würgen über. Silke schreckt auf. Sie hat schon viel zu lange nicht mehr nach Frau Goebel geschaut. Es ist jetzt kurz nach 13 Uhr, sicher ist sie gerade von ihrem ersten Mittagsschlaf erwacht.

Als Silke in das Zwölf-Parteien-Haus einzog, wohnte Frau Goebel schon über dreißig Jahre nebenan. Es ist ein anonymes Wohnen, man kennt die Namen der Nachbarn von den Klingelschildern, die Gesichter kann man ihnen nicht zuordnen. Mit Frau Goebel ist es anders, schon während Silkes Einzug stand sie neugierig im Flur, brachte Kaffee und Blechkuchen, erzählte, wie sehr es sie freue, dass der junge Mann mit der lauten Rockmusik endlich ausgezogen sei. Seit diesem Tag fühlen sich die zwei Frauen miteinander verbunden, helfen sich aus mit Milch und Kartoffeln, nehmen füreinander Pakete an, trinken Tee, reden, wenn die Stille zwischen den Rigipswänden zu groß wird.

Frau Goebel will unter keinen Umständen ins Altersheim. Sie sagt: «Da kreisen die Aasgeier schon über den

Betten», und versucht deswegen krampfhaft zu beweisen, dass sie sich ohne Probleme noch selbst versorgen kann. Silke weiß, dass das immer weniger der Fall ist. Ihre Besuche, um nach dem Rechten zu sehen, werden häufiger, die Sorgen, wenn sie Frau Goebel mal länger allein lässt, größer. An guten Tagen erzählt Frau Goebel Silke von den goldenen Fünfzigern. Vom eigenen Textilladen («der beste in ganz Warstein») und ihrem früheren Mann, ein großer Name im Kabelbindergeschäft. Zusammen hätten sie auf Pferde gewettet, der Stadt Warstein ihren ersten Saunaclub geschenkt und die Welt bereist, als man in Flugzeugen noch rauchen durfte. Wenn Frau Goebel davon erzählt, schleicht sich wieder Leben in ihre Augen, sie leuchtet dann regelrecht und macht energische Gesten mit ihren sonst so müde gewordenen Händen. In diesen Momenten will Silke nichts mehr, als der alten Frau Goebel einen friedlichen Lebensabend in ihrer eigenen kleinen Wohnung ermöglichen.

Bis die alte Dame heute die Wohnungstür geöffnet hat, vergehen Minuten, immer wieder bleibt sie auf dem Weg stehen, um zu husten, zwischendurch hört man «Ach, du liebes Lottchen», kurz vor dem Ziel ein erschöpftes «Heimat, deine Sterne». Als Frau Goebel den Türgriff erreicht und Silke vor sich stehen sieht, ist sie den Umständen entsprechend erfreut.

«Wie schön! Aber komm mir nicht zu nah, ich hab mich erkältet», schnauft sie und tapst, auf ihren Rollator gestützt, zurück in Richtung Wohnzimmer. Silke bemerkt, dass Frau Goebel schon wieder abgenommen hat. Sie wirkt noch kleiner, noch zerbrechlicher als beim letzten Besuch, man könnte sie, wenn man wollte, sicherlich mit nur einem Arm hochheben und problemlos durch die Gegend tragen.

«Na, wie ist es?», krächzt es aus dem moosgrünen Ohrensessel. Silke geht auf die Frage nicht ein, ihr ist nicht nach Smalltalk, sie will nur kurz Frau Goebels Befinden prüfen und dann wieder verschwinden.

«Haben Sie Ihre Medikamente genommen?», fragt sie zurück. Frau Goebel nickt unschuldig. «Sind Sie warm genug angezogen?» Wieder ein Nicken. «Ich koche Ihnen erst mal einen Tee.»

Wenn Silke jedes Mal, wenn sie jemandem «erst mal einen Tee kocht», einen Euro bekäme, könnte sie sich schon längst eine vollautomatische Teemaschine leisten und müsste nie wieder für irgendwen «erst mal einen Tee kochen». In der kleinen Einbauküche stapelt sich das Geschirr, ganz offensichtlich kann Frau Goebel nicht mehr selbständig für Ordnung sorgen, vor allem nicht, wenn sie erkältet ist. Silke räumt alles in einer blinden Routine auf, wischt blitzschnell über Oberflächen, kocht Tee und schneidet nebenbei einen Apfel klein, ihre Gedanken sind bei Zippo, Renate, kurz sogar bei Roland.

«Herzelein, du musst jetzt hier nicht den Doktor machen!» Frau Goebel steht mit ihrem Rollator im Türrahmen, völlig aus der Puste, bei jedem Einatmen pfeift ihr Nasenloch einen hellen Ton. Silke hilft ihr auf den Küchenstuhl, dann reicht sie ihr Tee und Apfelstückchen.

«Wo drückt denn der Schuh?»

Normalerweise ist Silke diejenige, die solche Fragen stellt, in der Rolle der Gefragten fühlt sie sich gar nicht wohl. Sie starrt auf die Plastiktischdecke auf dem Tisch, die an den Seiten von kleinen roten Kunststoffäpfeln an Plastikclips beschwert wird. Wo der Schuh drückt ... Die

Frage ist, wo der Schuh NICHT drückt. Der Schuh ist schon lange acht Nummern zu klein, sie hätte sich längst ein neues Paar kaufen müssen, eins, das sitzt und Halt gibt und nicht die Zehen einquetscht, der kleine Zeh ist bereits total verbogen.

«Ist grad alles etwas viel», sagt Silke leise und schnippst mit dem Finger gegen einen der Plastikäpfel. «Das geht auch wieder vorbei.»

«Was du brauchst, ist mal 'ne Auszeit. Du bist ja nur am Schaffen den lieben langen Tag, und dann haste noch die Problemfälle an den Hacken. Das geht doch an die Substanz.» Die alte Dame spricht mit letzter Kraft, ihre Stimme verschwindet mit jedem Wort etwas mehr in ihrem kratzigen Rachen.

«Ja, kann sein», stimmt Silke zu.

«Das trifft sich gut! Mit mir geht es auch zu Ende.» Frau Goebel sieht erstaunlich gelassen aus, als sie diese Worte ausspricht.

«Also, Frau Goebel, jetzt machen Sie mal halblang. Sie sind erkältet, und wenn Sie sich jetzt genügend schonen –»

«Ich hab einen letzten Wunsch», unterbricht Frau Goebel und fasst Silke mit ihrer weichen, warmen Hand auf die Schulter. «Fahr mit mir zu Tropical Islands!»

«Was?»

«Jetzt oder nie!»

«In dieses Schwimmbad? Sie sind schwer erkältet!»

«Da gibt es Palmen und echte Aras. Ich bin bald weg von der Bildfläche, ich hab nicht mehr viel Zeit! Und du musst hier auch mal raus!» Frau Goebel schaut Silke fast flehend an. Silke weicht zurück.

«Das kann ich jetzt nicht entscheiden. Und ich muss

auch mal eben in den Flur gucken, da klingelt die ganze Zeit jemand an meiner Tür.» Tatsächlich steht Willy-Martin im Hausflur, einen Rucksack auf dem Rücken, und klingelt Sturm. Er erschrickt, als Silke ihm von hinten auf die Schulter tippt.

«Da bist du ja!» Willy-Martin ist völlig aufgebracht. «Kann ich heute bei dir schlafen? Der Hund, im Bett, die Haare überall, die Scheiße im Schuh, Kerstin muss raus.» Silke versteht nur Bahnhof. «Ich kann nicht mehr. Dieser verdammte Hund. Ich kann echt nicht mehr.»

«Willy, Willy, Willy-Martin! Komm mal mit, ich bin drüben bei Frau Goebel, lass uns einen Tee trinken, und dann erzählst du mir alles.»

Und wieder kocht Silke Tee, und wieder hört sie sich Geschichten an. Frau Goebel freut sich über den unerwarteten Besuch. «Herr Martin, wie schön. Wollen Sie mit mir zu Tropical Islands fahren?»

«Ööhm, also. Ich weiß gar nicht … Ich schwimm auch gar nicht so, das müsste ich …» Stammelnd setzt er sich an den Tisch und schaut verunsichert zu Silke rüber, die winkt augenrollend ab.

«Vielleicht ein andermal, Frau Goebel. Soll ich Ihnen ein Brot schmieren?», fragt sie schnell, um das Thema Tropical Islands zu umgehen.

«Ich will kein Brot. Ich will nach Brandenburg.»

Es gibt trotzdem Brote für alle, Willy-Martin berichtet ausführlich von Kerstins Spontanbesuch, dem Hund, der ganzen Misere. «Ich hab ihr einen Zettel dagelassen. Dass es vorbei ist und sie und Bounty verschwunden sein sollen, wenn ich wieder zurück in die Wohnung komme. Ich wusste mir nicht mehr anders zu helfen.»

«Kerstin ist noch in deiner Wohnung? Und du bist einfach gegangen?»

«Man kann nicht mit ihr reden. Immer steht der Köter da mit seinen fiesen Augen, der will mich angreifen! Der hat es auf mich abgesehen, wirklich, ich erfinde das nicht!»

«Und was willst du jetzt machen?»

«Ich geb ihr Zeit bis morgen zu verschwinden. Bis dahin wollt' ich eben fragen, ob ich bei dir bleiben kann.»

Silke seufzt. «Na, wenn du denkst, dass das eine gute Idee ist. Klar.»

Willy-Martin beißt erleichtert in sein Leberwurstbrot.

«Das passt doch dann», ruft Frau Goebel.

«Wie bitte?», hustet Willy-Martin mit vollem Mund.

«Das passt doch dann alles! Sie brauchen ja anscheinend auch mal 'ne Auszeit. Von der Hundegeschichte und dieser Knochenfrau. Bei Tropical Islands könnten wir alle mal abschalten.»

«Warum wollen Sie denn unbedingt zu Tropical Islands?», fragt Willy-Martin.

«Hab ich im Fernsehen gesehen die Tage. Da gibt es echte Palmen und Aras. Und Flamingos! Ich wollt' doch so gern noch mal unter Palmen liegen, bevor ...»

«Bevor was?»

«Jetzt tun Sie mal nicht so, Herr Martin. Sie sehen es doch auch.»

«Sehen? Was?», Willy-Martin blickt sich demonstrativ um.

«Na, dass ich mit einem Bein im Grab stehe.»

«Frau Goebel!» Silke wird es zu bunt. «Sie sind noch lang nicht tot, jetzt reicht es aber. Sie sind erkältet, und das kriegen wir wieder hin. Besser, Sie legen sich hin.»

Sie will Frau Goebel aus dem Stuhl hiefen, doch Willy-Martin lenkt ein.

«Was spricht denn dagegen?», fragt er. Beide Frauen schauen ihn ungläubig an.

«Was?», fragt Silke.

«Also doch!», sagt Frau Goebel und klatscht in die Hände.

«Ich bin mit dem leeren Taubenlaster hier, der Herr Graf ist das ganze Wochenende auf Sylt. Mal ein bisschen rauskommen wär vielleicht gar nicht so schlecht.»

«Das ist unverantwortlich», erwidert Silke streng. «Frau Goebel ist krank.»

«Aber wenn es doch ihr letzter Wille ist?»

Frau Goebel nickt hastig. «Da ist es ganz warm! Das Klima tut mir gut», wirbt sie für ihren Plan. Silke schaut Frau Goebel an; die hagere kleine Frau von über neunzig Jahren, wie sie auf dem Stuhl kauert mit blasser Haut und einer vom vielen Putzen roten Nase. Ihre großen glasigen Augen betteln verzweifelt um die Erfüllung dieses einen großen Wunsches, wie die eines Kindes vor der Weihnachtsbescherung. Willy-Martin nickt Silke zuversichtlich zu. «Wir können uns zu zweit um sie kümmern. Im LKW ist auch massig Platz. Sie könnte auf dem Fahrerbett sogar schlafen.»

«Im Auto schlaf ich wie ein Baby», verspricht Frau Goebel.

Silke weiß nicht, wie sie reagieren soll. Aus dem Flur tönt plötzlich eine schrille Frauenstimme, es wird an eine Tür gehämmert.

«Silke, mach auf! Ich hab doch gesagt, es tut mir leid. Jetzt lass mich rein, verdammt noch mal, ich muss pissen wie ein Brauereipferd.»

Eindeutig: Renate.

Silke hat sie schon seit Monaten nicht mehr gesehen. Bei ihrem letzten Treffen bei Vapiano hatte sie sich schon mittags dermaßen mit Pinot grigio abgeschossen, dass sie noch vor dem Essen wegen obszöner Gesten an der Pasta-Station der Filiale verwiesen wurde. Als Silke dann nach Hause stapfte, und nicht, wie es Renates Pläne vorsahen, «noch kurz beim Christ-Juwelier Ohrlöcher schießen lassen», war Renate beleidigt und meldete sich wochenlang nicht mehr. Irgendwann gab Silke die Kontaktversuche auf, sie wusste, Renate hatte so ihre Phasen. Und jetzt sitzt sie plötzlich an Frau Goebels Küchentisch, fischt mit den Fingern Silberzwiebeln aus dem Glas, als wäre nichts gewesen, und seufzt. Als niemand etwas sagt, seufzt sie noch einmal laut und gedehnt. Ihr Hang zur Dramatik äußert sich vor allem in der Art und Weise, wie sie seufzt. Sie wirft den Kopf dann immer aufwendig in den Nacken, rollt übertrieben mit den Augen und schnalzt mit der Zunge. Ein lautes «Haaaaaaach» komplettiert diese Showeinlage und zwingt alle Menschen in der Umgebung, sich zumindest kurz zu versichern, ob bei ihr alles in Ordnung ist. Renate möchte oft Dinge loswerden, sie hat immer viel zu erzählen. Jedoch ist es für sie eine Frage der Etikette, erst zu erzählen, wenn man gefragt wird. Da sie selten gefragt wird, kurbelt sie selbst die ganze Sache an, indem sie aufwendig seufzt und große Gesten macht, bis ihr dann endlich die gewünschte Aufmerksamkeit zuteilwird und mindestens eine Person fragt, ob denn bei ihr alles in Ordnung sei.

«Ist alles in Ordnung?», fragt Frau Goebel.

«Mandarine Schatzi ist tot. Ich konnte nicht mehr zu

Hause sein, alles erinnert mich an sie», schluchzt Renate plötzlich laut auf.

«Oh nein, Renate. Was ist denn passiert?»

«Ertrunken», presst sie hervor.

«Wie schrecklich! Im See?», fragt Silke.

«In einer Punica-Flasche!», flüstert Renate jetzt.

Niemand sagt etwas, Willy-Martin blickt auf den Boden, jeder tote Hund ist für ihn ein guter Hund, aber das kann er natürlich nicht sagen.

Frau Goebel hustet laut, damit niemand merkt, dass sie eigentlich lachen muss. Lange herrscht Schweigen am Küchentisch.

«Passen in den LKW auch vier Personen?», fragt Silke.

«Locker», antwortet Willy-Martin.

TEIL II

TROPICAL ISLANDS

«**AUCH** alte Katzen trinken Milch.» Mit dieser wüsten Zweideutigkeit hatte Renate es schon bei der ersten Begegnung mit Willy-Martin geschafft, für allgemeines Unbehagen zu sorgen. Damals saßen sie im Venezia, Willy-Martin hatte höflich, aber sehr verunsichert gelächelt und musste dann Gott sei Dank mehrmals in seinen Giottobecher niesen, was die drei schnell weg von Renates Kenia-Anekdoten und hin zum Wetter brachte.

Silke hofft, dass Renate sich heute am Riemen reißt. Sie schaut auf die Uhr, seit einer Stunde sind sie schon unterwegs und haben nicht mal ein Viertel der Strecke hinter sich. Da bleibt noch viel Zeit für Renate, sich in die Nesseln zu setzen. Es ist warm, die Klimaanlage bläst alte Luft durch die Fahrerkabine. Renate sitzt am Fenster, den Kopf zurückgeworfen, ihre kurzen blonden Haare sind statisch aufgeladen vom Polster. Sie trägt eine auffällige, glitzerbesteinte Sonnenbrille, mit einem knallroten Fächer versorgt sie ihr Gesicht mit zusätzlichem Wind. Silke wundert es nicht wirklich, dass das die Dinge sind, die Renate in den fünf Minuten, die sie hatte, zu Hause in ihre Reisetasche gepackt hat. Die drei, wohlbeleibt, wie sie sind, sitzen eng aneinander, wie die Hühner auf der Stange. Oft kommt es zwangsläufig zu Körperkontakt, Renates Knie an Silkes Unterschenkel, Silkes Hand an Willy-Martins Knie. Es wird geschwitzt,

Stille ist nie. Wenn Renate nicht von ihrem Juri erzählt oder von der Aqua-Aerobic, spielt Radio Erft das Beste aus den Achtzigern, Neunzigern und von heute.

Willy-Martin fährt vorausschauend, in gleichbleibendem Tempo. Durch die Vibration im Sitz und das Rauschen des Asphalts wird Silke müde, sie reißt immer wieder die Augen auf, um nicht wegzunicken. Frau Goebel schläft, wahrscheinlich. So ganz sicher kann man das bei ihr nie sagen. Sie wirkt wie jemand, der schon lange müde ist, aber permanent am Einschlafen gehindert wird. Jetzt liegt sie da, mit ihren 97 Jahren, auf dem Fahrerbett hinter den Sitzen, von Willy-Martin in einen Kokon aus bunten Decken installiert, und grunzt leise beim Einatmen. Silke ist froh über jedes Grunzen.

«Die Klimaanlage tut ihr nicht gut», sagt sie und dreht das Rädchen an der Armatur auf AUS. Einen kurzen Moment lang hört man nur Bonnie Tyler aus dem Radio schreien, dann sagt Renate resolut: «Ich brauche die Klimaanlage, ich bin in den Wechseljahren», und schaltet sie wieder ein. Silke möchte nicht diskutieren, nicht vor Willy-Martin, und vor allem will sie nicht Frau Goebel wecken. Dass Renate schon seit mindestens fünfzehn Jahren nicht mehr in den Wechseljahren ist, wissen alle Anwesenden. Willy-Martin muss niesen, Gesundheit. Wenn die Fahrt vorbei ist und Frau Goebel in einem anständigen Bett liegt, wird Silke sich Renate vorknöpfen. Bis dahin muss ein halbwegs vorwurfsvoller Blick in ihre Richtung genügen.

Silke ist schon fast froh, dass Mandarine Schatzi nicht mehr lebt. Wahrscheinlich hätte Renate wohl sonst alle halbe Stunde mit Esra telefoniert, ihrer früheren Hundesitterin. «Trinkt mein Mädchen auch genug? Hat mein Mädchen schon Kacka gemacht? Gib sie mir mal an den Hörer!» Renate hat den dreißig Zentimeter kleinen Malteser-Mischling behandelt, als wäre er ein ausgewachsener Mensch. Sie war immer ganz angezündet und dermaßen fixiert auf die Hündin, sie schrie Sachen wie: «Ooooh, hat mein Schatzi sich bekleckert? Ist mein Schatzi ein Schleckermäulchen? Ist sie? Ja? JA?» Manchmal hat sie ihren Mund ganz nah vor Mandarine Schatzis nasse Schnauze gehalten, und die hat mit ihrer kleinen Hundezunge Renates Lippen abgeschlabbert, sie haben sich quasi einen Zungenkuss gegeben. Silke läuft es bei diesen Bildern immer noch kalt den Rücken runter. Mit Willy-Martin und Mandarine Schatzi wäre es sowieso nicht gutgegangen.

Auf der Autobahn stockt der Verkehr. Es ist kurz nach 16 Uhr, ihre spontane Abreise hat die vier direkt in den frühen Feierabendverkehr fahren lassen. Willy-Martin schaut konzentriert auf die Fahrbahn und redet kaum. Silke weiß genau, wie wichtig es ihm ist, dass die drei Frauen wohlbehütet bei Tropical Islands ankommen. Sie merkt, dass er sie beeindrucken will, mit seinem 7,5-Tonner und der Tatsache, dass er ihn so souverän quer durchs Land fährt. Wenn er nicht dasäße, so ruhig und urig, mit verschwitzten Haaren und eingerissener Nagelhaut, und die Reiseleitung übernommen hätte, sie hätte schon längst die Nerven verloren.

Renate cremt sich inzwischen die Beine ein. Sie hat dafür ihre weiße Caprihose bis über die Knie hochgekrempelt und massiert mit aufwendigen Bewegungen Sheabutter in ihre Waden. Bei jeder dieser Bewegungen stößt sie Silke mit dem Ellbogen in den Oberschenkel. Silke versucht auszuweichen, aber viel Platz nach links ist nicht. Renate scheint das alles nicht zu registrieren. Ihr Ellbogen muss doch merken, dass er gerade irgendwo reinstößt, denkt Silke, und beobachtet Renate ungläubig beim Cremen.

«Will jemand Körperbutter? Ist gut für die Krampfadern, das glänzt wie neu jetzt.»

Willy-Martin räuspert sich laut. Silke sagt: «Nein, danke», und versucht erfolglos, den Platz für ihre Beine zurückzuerobern.

Auf ihrem Schoß liegt eine große Tupperdose Brote, die sie noch schnell für alle geschmiert hat. Käse, Wurst, Gurkenscheibchen für Renate, ohne Rand für Frau Goebel. Willy-Martin hat schon drei Käsebrote gegessen, es schien ihm zu schmecken, aber das Verfluchte an seiner Höflichkeit ist, dass man nie weiß, ob er gerade etwas aus Höflichkeit gut findet oder wirklich. Renate hat noch kein Brot gegessen, angeblich wegen Cholesterin. Stattdessen hat sie sich das angebrochene Glas Silberzwiebeln aus Frau Goebels Küche in die Handtasche gesteckt. Silke will verhindern, dass Willy-Martin aus Höflichkeit noch mehr Käsebrote isst, ohne sie wirklich essen zu wollen, also isst sie selbst alle zehn bis fünfzehn Minuten ein Brot. Sie hat schon längst keinen Hunger mehr, aber wegschmeißen will sie auch nichts, und Frau Goebel schläft.

Willy-Martin fährt gemächlich auf der rechten Spur, Silke isst ein Brot nach dem anderen, Renate schreibt Nachrichten bei WhatsApp. Kurz findet Silke die Reise schön, irgendwie abenteuerlich.

«Mir wird beim Autofahren immer übel. Wir müssen bald mal rausfahren.» Renate hat die ganze Zeit wild auf ihrem Handy rumgetippt, nur logisch, dass ihr da irgendwann übel wird. Die letzte Pause ist gerade eine halbe Stunde her und die nächste eigentlich erst in zwei Stunden vorgesehen. «Die nächste fahr ich ab», sagt Willy-Martin. Silke fragt sich, ob sie auch irgendwann mal so in sich ruhen wird wie Willy-Martin. Unglaublich, dass er mal einen Hund erschossen hat.

An der nächsten SERWAYS-Raststätte halten sie an. Willy-Martin betankt den LKW, Silke geht mit Renate auf die Toilette. Siebzig Cent soll man zahlen, um hier aufs Klo zu gehen. Silke ärgert das, sie kauft sich nie was von dem Bon, muss man ja eh draufzahlen am Ende. Sie ist schon mit dem Händewaschen fertig, als sie aus einer der Kabinen Renate hört: «Warte nicht auf mich, das wird hier 'ne längere Geschichte.» Es folgt ein lauter Furz und erleichtertes Stöhnen.

Silke geht alleine zurück und löst zum ersten Mal ihren Bon ein, Kaffee und Schokoriegel für Willy-Martin, als kleines Dankeschön für seine Hilfe. Als sie an der Kasse ansteht, sieht sie ihn draußen am LKW stehen. Er raucht seine E-Zigarette, natürlich macht er das nicht im LKW, damit Frau Goebel nichts von dem Qualm abbekommt. Sein kurzärmliges, rot-grau kariertes Hemd macht ihn älter, als er ist, seine Brille ist so drahtig und silbern und aus der Mode gekommen, dass sie schon wieder modisch sein könnte. Er guckt immer grimmig, obwohl er keine grimmige Person ist, wahrscheinlich liegt das einfach an der Beschaffenheit seiner Mundwinkel. Als er in Silkes Richtung schaut und sie an der Kasse stehen sieht, winkt er ihr mit viel zu großen Bewegungen zu, sehr unbeholfen und fröhlich. Silke winkt kurz zurück, dann legt sie ihren Bon und drei Euro auf den Tresen und geht noch mal Richtung Treppe zum Klo, um nach Renate zu schauen. Nichts. Sie wartet zwei Minuten, drei. Dann macht sie sich Sorgen. Ob sie wohl schlimme Magenprobleme hat? Sie wollte ja auch keins von den Broten. Silke will gerade die Treppe runtergehen und nach ihr schauen, da sieht sie Renate hinter der Glastür am Ende des Restaurants an einem Tisch sitzen. Seelenruhig sitzt sie da, vor sich drei volle Teller und ein großes Glas Fanta.

«Es gibt Buffet», erklärt Renate kauend, als Silke vor ihrem Tisch steht. «Das ist hier immer so lecker. Die haben das beste Paprikaschnitzel.»

Silke ist irritiert. «Warum sagst du denn nichts?»

«Ach, das geht doch schnell. Hab mich extra beeilt mit dem Draufschöppen.»

Das sieht man auch. Auf dem Tablett schwimmen zwischen den Tellern mehrere Fritten in Paprikasauce, Renates Ellbogen sitzt im Kartoffelpüree. Sie isst hastig und wild durcheinander, als wäre es ihre erste Mahlzeit seit Tagen.

«Ich sag mal dem Willy-Martin Bescheid, das dauert ja hier wahrscheinlich ein Weilchen», sagt Silke.

«Ich brauch nicht lang», erwidert Renate mit vollem Mund und steht auf, um ihr Glas Fanta aufzufüllen. Dabei fliegt ein Schwung Kartoffelpüree von ihrem Ellbogen auf den Boden, aber Renate bemerkt das nicht und tritt mit ihrer weißen Riemchensandale rein. Silke stöhnt auf und läuft zum Parkplatz, wo Willy-Martin am LKW lehnt, die Hände über dem Bauch zusammengefaltet, und sein Gesicht mit geschlossenen Augen der Sonne entgegenreckt.

«Renate sitzt im Restaurant. Tut mir leid, sie hat mir gar nicht Bescheid gegeben, ich wusste nicht, dass sie was essen will.»

«Ich dachte, die hat Scholesterin?»

Willy-Martin sagt immer «Scholesterin» und «melanscholisch», aber er sagt das mit einer solchen Selbstverständlichkeit, dass Silke nicht sicher ist, ob er überhaupt weiß, dass das so nicht richtig ist.

«Ja. Weiß auch nicht, jetzt isst sie jedenfalls Paprikaschnitzel.»

Willy-Martin muss lachen. Erst kichert er in sich hinein, dann wackeln seine Schultern, dann sein ganzer Bauch, wie ein großer Guglhupf. Silke muss mitlachen.

Eine halbe Stunde später sitzt Renate immer noch am Tisch. Nach zwei Hauptgerichten mit sechs verschiedenen Beilagen, einer Nudelsuppe und drei großen Fantas nippt sie zufrieden an einem Espresso.

«Hach, schön, mal rauszukommen aus Borken. War 'ne super Idee von der alten Goebel.»

Silke hört gar nicht mehr richtig hin, sie hat die Arme trotzig vor der Brust verschränkt, wippt ungeduldig mit dem Fuß und schaut aus dem Fenster zu Willy-Martin. Der klopft gerade die Fußmatten aus und versucht, geräuschlos die Fahrerkabine aufzuräumen.

«Was ess ich denn zum Nachtisch?»

Silke schaut Renate alarmiert an. «Nachtisch auch noch?»

«Die haben hier 'nen ganz saftigen Streusel-Rhabarberkuchen. Aber gibt auch Mousse au Chocolat.»

«Renate, ich will dich jetzt nicht unter Druck setzen, aber ...»

«Hast recht, warum entscheiden! Ich mach schnell!»

Renate stürmt los, holt sich ein neues Tablett und verschwindet in den Desserts. Silke stützt sich mit den Armen auf dem Tisch ab und massiert ihre Schläfen. Im aufgeheizten LKW liegt eine 97-jährige erkältete Frau, und Renate isst sich in aller Seelenruhe durch das Raststättenbuffet. Jetzt fällt es Silke wirklich schwer, ruhig zu bleiben. Natürlich, Renate hat auch gute Seiten; sie ist Silkes einzige Freundin von früher, die geblieben ist, nach allem, was passiert ist. Als keiner mehr was von Silke wissen wollte, die ganzen guten Freundinnen von früher – Martina, Agnieszka, Carola –, sie alle haben Silke im Regen stehenlassen. Nur Renate, die ohnehin schon mit einem zweifelhaften Ruf zu kämpfen hatte, war es egal, was die anderen dachten, damals, als Silke plötzlich gar nichts mehr hatte. Renate war immer da. Meistens ist sie laut und anstrengend und extravagant, aber trotzdem ist sie da. Oft tut Silke Renate Gefallen, kleinere, mittelgroße oder sehr große Gefallen, immerhin hat sie vor über zwanzig Jahren mal bei ihr wohnen dürfen, sie hat das Gefühl, sie muss sich immer noch dafür revanchieren. Jetzt, wo Silke sie hier so sitzen sieht, in ihrem pinken Kaftan, mit Paprikasauce auf der Brust und Mousse au Chocolat im Mundwinkel, fühlt sie sich trotzdem befremdet.

Zehn Minuten später schlurft Renate mit prallem Gesicht und Kartoffelpüree am Schuh hinter Silke zurück zum Parkplatz. Immer wieder muss sie aufstoßen. Dafür bleibt sie jedes Mal stehen und macht eine theatralische Geste mit der Hand auf Brusthöhe, als müsse gleich ein Notarzt gerufen werden. Silke versucht, das zu ignorieren. Als sie mit großem Vorsprung am LKW ankommt, ist Willy-Martin auf dem Fahrersitz eingenickt und schreckt hoch, als sie an die Tür klopft.

«Kann losgehen», ruft sie. Willy-Martin streckt sich und lässt die Finger knacken, Silke rutscht schwungvoll auf den Mittelsitz, ein Blick nach hinten zu Frau Goebel: schläft, atmet, alles klar. Sie schnallen sich an, Willy-Martin startet den Motor. Renate hastet wild winkend zum LKW, als sie die Beifahrertür erreicht, klettert sie völlig außer Atem hoch auf den Sitz.

«Ihr könnt doch nicht einfach losfahren, ohne mir Bescheid zu sagen!», keucht sie aufgebracht.

Silke schließt die Augen. Vor ihnen liegen drei Stunden Fahrt.

Wegen der unvorhergesehenen Pause und weiteren Staus kommen die vier erst am späten Abend bei Tropical Islands an. Der Parkplatz ist rappelvoll, Anfang September ist offenbar immer noch Hochsaison. Willy-Martin lässt die Frauen vor dem Haupteingang aussteigen und fährt dann mit dem LKW auf den Campingplatz neben der Halle, Silke besorgt am Empfang einen Rollstuhl für Frau Goebel. Kurz vor ihrer Ankunft im Spreewald wurde sie wach und war erst mal völlig orientierungslos. «Tropical Islands», sagte Silke laut und deutlich und streichelte dabei ihre Hand. Frau Goebel verstand und lächelte. Diese Reise an das andere Ende Deutschlands ist für Frau Goebel ein echtes Erlebnis. Willy-Martin, Renate, die lange Fahrt, der ungewöhnliche LKW und jetzt dieser irrsinnig große Freizeitpark. Silke will ihr das Wochenende so komfortabel und einfach wie möglich gestalten und schiebt sie durch das Drehkreuz am Check-in. Renate lässt sich am Counter die Schlüssel zu den Zimmern aushändigen, alle bekommen ein Bändchen mit einem Chip um das Handgelenk gebunden, auf dem alles gespeichert wird, was sie während des Aufenthalts bezahlen müssen.

Als sie die gigantische Halle betreten, schlägt ihnen

eine nasse, dampfende Hitze entgegen, die Frau Goebel sofort husten lässt. «Nicht zu fassen», raunt Silke, während ihr Blick staunend durch den Raum wandert. Einige letzte Menschen tummeln sich, in knallbunten Badehosen und Bikinis, vor Palmen, im Wasser, am Wasser, auf Liegen, Bänken, Stühlen. Die kuppelförmige Stahldecke ist so hoch, dass man problemlos ein Hochhaus in die Halle bauen könnte und, auf dem Dach stehend, wahrscheinlich trotzdem nicht die Decke berühren würde. Silke hat im Auto gegoogelt: Ursprünglich sollte das Gebäude als wettergeschützte Unterbringung für große Luftschiffe dienen, dann kaufte ein malaysischer Investor die Halle und machte daraus ein exorbitant großes Badeparadies. Zwischen den verschiedenen Themenbereichen gibt es unterschiedliche Unterbringungsmöglichkeiten: Zelte, Lodges, Designer-Zimmer. Silke hat sich für sich und Frau Goebel spontan für eine Lodge entschieden, die die Mitarbeiterin als «klassisch und komfortabel» beschrieb.

Renate zieht sofort ihren Kaftan aus, darunter trägt sie nur einen weißen Spitzen-BH. Den Kaftan bindet sie sich aufwendig und gekonnt zu einem Turban um den Kopf und ruft: «Jetzt kann's losgehen!» Ein freundlicher Mitarbeiter namens Sascha hat das Gepäck schon in die Zimmer gebracht und geleitet die drei nun über einen kleinen sandigen Weg zwischen Palmen und Chlorbecken. Er hat auch angeboten, Frau Goebel zu schieben, aber das möchte Silke nicht, sie kümmert sich selbst, auch wenn das Schieben des Rollstuhls wegen des Sandes eine Riesenplackerei ist. Auf dem Weg zu den Zimmern erzählt Sascha von der Flora und Fauna im Tropical Islands, dem «*Dome*, wie wir ihn hier nennen». Er schmeißt mit Fakten um sich, unaussprechlichen Pflanzennamen, Besucherzahlen.

Sascha sieht aus wie jemand, der sein *Work and Travel*-Jahr in Australien frühzeitig abgebrochen hat, weil es ihm doch ein bisschen zu viel Work und zu wenig Travel war. Seine sattblonden Haare sind schulterlang und liegen perfekt, natürlich ganz zufällig. Seine Waden dienen als haarige Leinwand für mehrere kryptische Tattoos, Zeichen uralter Maori-Stämme, über die Sascha mal bei Wikipedia gelesen hat, dass sie mit Angelhaken aus den Kieferknochen ihrer Großeltern auf die Jagd gingen, wie er erzählt. Er gehört zu den «immerbraunen» Menschen: Niemand kann genau sagen, woher seine Bräune stammt, er ist ständig drinnen, trotzdem ist er zu jedem Zeitpunkt urlaubsfrisch gebräunt wie ein Statist aus einem Jack-Johnson-Musikvideo.

Renate hängt an Saschas Lippen, sie schaut ihn mit weit aufgerissenen Augen an, nickt mit dem Kopf und sagt «Aha», «Ah so!» «Gibt's ja nicht, Wahnsinn!». Sascha versucht Renate auszuweichen, immer wenn sie ihm etwas zu nah kommt, zeigt er auf einen Wasserfall oder die Stahlträgerkonstruktion an der Hallendecke.

«Und hier sind wir auch schon.» Er scheint erleichtert. «Willkommen in Ihrer Premium-Lodge!»

Das Zimmer ist groß und modern eingerichtet, viel dunkles Holz soll offenbar das Gefühl vermitteln, man sei gerade in den echten Tropen auf Baumhausexkursion, aber der Flachbildfernseher an der Wand spricht eine andere Sprache. Silke ist begeistert und muss sich zusammenreißen, nicht zu auffällig zu strahlen. Sie kann sich nicht erinnern, wann sie das letzte Mal in einem Hotel übernachtet oder überhaupt Urlaub gemacht hat.

«Ja, schön. Sehr schön», nuschelt Frau Goebel vor sich hin und nickt dabei selig.

Sascha erklärt den Fernseher, das Buffet und den Außenbereich AMAZONIA, dann will er Renate ihr Zimmer zeigen.

«Und Sie kommen dann jetzt mit mir ins Thai-Haus, richtig?»

Silke stutzt.

«Richtig», sagt Renate, und es klingt höchst unanständig, wie sie das sagt. Sie folgt Sascha, immer noch in Caprihose und Spitzen-BH, und als die zwei aus der Tür der Premium-Lodge gehen, wirft Renate Silke einen verheißungsvollen Blick zu. Sie wackelt strahlend mit den Augenbrauen, als würden im «Thai-Haus» jetzt gleich Dinge passieren, von denen Silke lieber nichts wissen möchte. Sie seufzt und ruft Renate hinterher: «Wo ist denn das Thai-Haus? Sind wir nicht in der gleichen Unterkunft?»

«Direkt hier gegenüber, Liebelein!», flötet Renate und stützt sich an Saschas Oberarm ab, um sich einen Stein aus der Sandale zu pulen. «Du kennst mich doch, ich brauch was Exotisches!»

Silke sieht, wie Sascha angestrengt versucht, trotz Renates plötzlicher Nähe nicht ihren Spitzen-BH zu berühren. Er muss hier sicher jeden Tag in dieser Tropenhitze arbeiten, wahrscheinlich gerade mal für Mindestlohn, und ist trotzdem so freundlich. Und dann kommt Renate und baggert ihn auf ihre plumpe Art an, und jetzt hängt er wider Willen an ihrer Achsel, das hat er nicht verdient. Silke seufzt und sieht die beiden im Hotel gegenüber verschwinden.

Das Thai-Haus sieht schon von außen aus, wie es

klingt: kleine Holzbungalows mit spitzen Dächern auf einer Art Veranda, davor ein großer Brunnen mit Koi-Karpfen und eine Cocktailbar. Ja, das passt zu Renate.

Frau Goebel schläft nach der langen Reise wie ein Stein. Zeitweise atmet sie so leise, dass Silke immer wieder schauen muss, ob sie noch lebt. Für Silke selbst ist es eine schlaflose Nacht; die ungewohnte Umgebung, die alte Frau neben ihr im Bett und die tropische Geräuschkulisse halten sie lange wach. Willy-Martin schläft auf dem Campingplatz neben der Halle in seinem LKW, dort fühlt er sich am wohlsten. Außerdem ist sein Gehalt noch nicht da, der Herr Graf zahlt sehr unregelmäßig, deswegen muss auch hier gespart werden.

Am nächsten Morgen wird Silke von Frau Goebel geweckt. Ihre faltige Hand liegt auf Silkes Schulter und rüttelt an ihr, bis sie die Augen öffnet.

«Silke! Silke!»

Silke schreckt auf. «Was ist passiert?!»

«Ich will zu den Aras!»

Es ist nicht mal sieben Uhr, und Frau Goebel weckt Silke wegen zwei blöder Papageien.

«Na gut», antwortet sie so munter wie möglich.

Die Aras sitzen auf einem Kletterast auf einer Insel, die im Bali-See liegt, leider kann man sie nicht aus nächster Nähe betrachten. Über ihnen ist ein Netz gespannt, fliegen können die riesigen Vögel mit Sicherheit nur sehr bedingt. *Gelbbrust-Aras* steht auf der Plakette am Holzgeländer.

«Ich will näher ran», fordert Frau Goebel.

«Das geht nicht, die sind auf einer Insel. Da darf man nicht hin als Besucher.»

«Das muss ja wohl möglich sein. Ich will da jetzt näher ran!»

Frau Goebel wird richtig sauer, sie will sofort zu den Aras. Zum Glück sieht Silke in dem Moment Willy-Martin vom Eingang in ihre Richtung schlurfen und winkt ihn zu sich.

«Morgen», sagt er mit belegter Stimme und lächelt Silke zu.

«Ich will zu den Aras», pampt Frau Goebel ihm entgegen.

Sie ist kaum wiederzuerkennen, sitzt in ihrem Rollstuhl, zerfallen wie ein Stück Trockenobst, aber gibt den Ton an wie ein preußischer Feldwebel auf dem Zenit seiner Karriere.

«Wir können da nicht näher ran, das ist eine Insel», erklärt Silke noch mal geduldig und zeigt auf den Baum mit den Aras.

«Frau Goebel, die Vögel mögen das gar nicht, wenn Menschen ihnen zu nah kommen. Das hat schon seine Richtigkeit. Die würden Sie sonst picken», fügt Willy-Martin hinzu, und Silke ist sich nicht sicher, ob das, was er da sagt, überhaupt stimmt.

Frau Goebel schweigt und schaut sehr lange sehr ernst auf die Ara-Insel.

«Dann will ich ein Eis.»

Das ist machbar. Sie schieben Frau Goebel zum Frühstücksbuffet und bestellen ihr einen Pinocchio-Becher, der sie versöhnlich stimmt. «Wenn Sie wollen, können Sie sich mal meinen Taubenschlag angucken!», versucht Willy-Martin Frau Goebel aufzumuntern. «Das sind auch ganz tolle Tiere. Die sind nicht so bunt wie Aras, aber viel pfiffiger!» Seine Augen leuchten.

«Gott bewahre», zetert Frau Goebel. «Die Ratten der Lüfte! Die haben doch die ganzen Krankheiten von der Straße!»

Willy-Martin ist erst enttäuscht und dann wütend. Er presst seine Lippen zusammen, als müsse er sie zwingen, kein unanständiges Wort zu formen. Er legt trotzig sein Besteck auf den Teller und schiebt ihn zur Seite, obwohl er noch gar nicht aufgegessen hat. Silke versucht, ihn zu besänftigen: «Ich würde mir sehr gern mal deine Tauben ansehen, wenn ich darf. Brieftauben haben mich schon immer fasziniert, und das ist ja auch was anderes als die Tauben, die man aus der Stadt kennt.»

Willy-Martins Gesicht entkrampft sich, sein Lächeln kehrt zurück. «Gern! Passt dir Montag?»

Hoppla, das ging schnell. Natürlich will Silke die Tauben nur Willy-Martin zuliebe ansehen, aber direkt am Montag, einen Tag nach der anstrengenden Reise? Auf keinen Fall.

«Gern», antwortet sie.

Sie frühstücken ausgiebig, Frau Goebel isst zwei Eisbecher und danach noch einen Monsterslush in der Geschmacksrichtung Cola. Nach jedem Schluck tut ihr offensichtlich vor Kälte der Schädel weh. Sie fasst sich an die Stirn, dann wartet sie kurz und trinkt den nächsten Schluck und so weiter und so fort. Es ist schon später Vormittag, da watschelt Renate in einem kirschroten Satinbademantel und mit ihrer steinbesetzten Sonnenbrille auf der Nase ans Buffet. Im Vorbeigehen legt sie ihr Handy auf den Tisch und verkündet mit einer Stimme wie ein Reibeisen: «Fragt nicht. War 'ne lange Nacht.» Sie sagt das so laut, dass sich im Radius von fünf Metern Leute umdrehen, um zu sehen, wer genau hier eine lange

Nacht hatte. Silke hat Renate gar nicht gefragt, und sie hat es auch nicht vor.

«Wo warst du denn heute Nacht?», fragt Willy-Martin, als Renate sich mit einem Tablett voll mit Frühstücksspeck zu ihnen an den Tisch setzt. Silke stöhnt auf.

«Bitte nicht so laut sprechen, mein Kopf», antwortet Renate, viel lauter, als Willy-Martin gefragt hatte. Als niemand weiter reagiert, legt sie nach. «Ach, ich war mal hier, mal da. Es gibt immer was zu tun. Eine Dame genießt und schweigt.»

Silke weiß, dass Renate auf keinen Fall schweigt.

«Sascha hat mir gestern noch seinen Kollegen von der Wassertechnik vorgestellt.» Willy-Martin verschluckt sich an seinem Roggenbrötchen und muss husten. «Er hat mir die Maschinenräume gezeigt.»

Das ist Silkes Stichwort. «Frau Goebel, wir wollten doch in die Lagune!» Frau Goebel hört Silke gar nicht, sie schüttet sich gerade gierig die Reste aus ihrem Slush-Becher senkrecht in den Hals, links und rechts aus ihren Mundwinkeln träufelt braune Suppe. Silke steht auf, um Renates abenteuerlichen Geschichten zu entkommen.

«Ich würde sagen, wir treffen uns in zwei Stündchen zum Mittagessen im Palm-Beach-Restaurant. Ich bin gleich erst mal in der Sauna. Bis später, meine Lieben!», flötet Renate noch hinterher mit Ananas zwischen den Zähnen und verschwindet ihrerseits winkend im Tropenwald.

Silke schaut ihr verdutzt hinterher, Willy-Martin blickt auf den Boden, als müsse er Silke etwas beichten. «Und du, Willy-Martin? Worauf hast du Lust?»

«Also ich, hm, also ... Ich schwimme gar nicht so gern.

Ich würde mich hier vorne auf eine Liege setzen am Wasser und Sudoku machen?»

Silke zuckt enttäuscht mit den Achseln. «Na gut. Dann gehen wir allein ins Becken.»

Silke hat sich auf das Baden gefreut und will sich das jetzt nicht vermiesen lassen, sie hat auf dem Lageplan schon mehrere Becken und Attraktionen angekreuzt, die sie interessieren. Willy-Martin kommt ihr hinterher, er hat sich umgezogen und trägt nun ein hautenges quietschrotes Badehöschen, das unter seinem Bauch verschwindet wie eine Socke unter einem Gymnastikball. Er hat nur ein kleines Handtuch dabei, eine Digitalkamera und ein Rätselheft. Willy-Martin hilft Silke, Frau Goebel aus dem Rollstuhl zu hieven, und Silke setzt sich mit ihr auf eine Bank im Lagunenbecken. Aus der Wand an ihrem Rücken sprudelt ein Massagestrahl, Frau Goebel lächelt zufrieden und tanzt mit ihren Zehen im wohlig warmen Wasser. Allein für diesen Anblick hat sich die anstrengende Reise schon gelohnt, denkt Silke. Eine Stunde vergeht wie im Flug, Silke fühlt sich im Wasser ganz leicht, fast schwerelos. Frau Goebel scheint glücklich, Willy-Martin arbeitet sich durch seinen Sudoku-Block und schaut immer mal wieder freundlich zu ihnen herüber. Plötzlich hören sie Renate rufen. «Huuuhuuu! Halloooo!», hallt es laut in der Lagune, aber sie können die Stimme nicht orten. Sie schauen in alle Richtungen, aber keine Renate in Sicht. «Hier oben! Ich bin hier oben!» Silke traut ihren Augen nicht: Renate schwebt in einem Heißluftballon über den Baumkronen. Auch Willy-Martin kann es nicht fassen, ein Heißluftballon in einem Schwimmbad! Er macht aufgeregt Fotos mit seiner Digitalkamera. Silke winkt Renate mit beiden Händen zu. Donnerwetter, das würde sie sich nicht trauen. Frau Goebel wird es zu viel, sie versteht das mit dem Heißluftballon nicht und bekommt Kopfschmerzen, wenn sie so lange nach oben schaut, sie möchte ins Bett. Willy-Martin und Silke heben sie wieder aus dem Wasser in den Rollstuhl, bringen sie auf ihr Zimmer, Silke hilft ihr noch beim Umziehen, und nach kurzer Zeit ist sie eingeschlafen. Renate, Willy-Martin und Silke treffen sich wie vereinbart im Palm-Beach-Restaurant.

«Mensch, Renate, ich wusste gar nicht, dass man hier Heißluftballon fliegen kann!», sagt Willy-Martin begeistert.

«Es war affengeil! Morgen lasse ich mir ein Airbrush-Tattoo machen.»

Renate scheint sich über die Angebote im Park schon bestens informiert zu haben.

«War das nicht teuer?», will Silke wissen.

«Kinder, es ist Urlaub! Da sollte man nun wirklich nicht aufs Geld schauen. Wir sind doch nur einmal jung!»

Wie kann sich Renate das nur leisten?, fragt sich Silke. Sie ist Beamtin im Bürgerbüro, mit einer Vierzig-Prozent-Stelle, fliegt aber mindestens zweimal im Jahr nach Thailand, zwischendurch außerdem immer mal wieder spontan nach Föhr. Und ihrem Juri schickt sie auch noch jeden Monat Geld, auch wenn gerade offenbar Funkstille zwischen beiden herrscht. Außerdem hat sie die Zimmer im Tropical Islands bezahlt, Silke wollte ihr das Geld geben, aber das hat Renate abgelehnt: «Du hast ja genug an den Hacken mit der alten Goebel.» Silke fragt sich schon seit längerem, woher Renate immer das Geld für solche Extras hat, aber nach der dubiosen Scammer-Geschichte spricht Silke Renate lieber nicht mehr auf ihre finanziellen Verhältnisse an.

ES ist einige Jahre her, dass Renate beim Online-Dating einem kriminellen Scammer aufgesessen ist. Sie kam eines Tages ins Venezia und erzählte von Sean aus Connecticut, ihrer Netzbekanntschaft von www.amor24.com. Sie habe ihm jetzt schon über 2000 Euro nach Weißrussland überwiesen und noch mal 4000 Euro nach Ghana.

Wieso sie denn so was tue?, hatte Silke entgeistert gefragt.

Na ja, sagte Renate, Sean sei Herzchirurg bei «Ärzte ohne Grenzen» und viel unterwegs auf der Welt. Dann wurde ihm in Weißrussland sein Hartschalen-Trolley mit all seinen Sachen gestohlen, darunter auch ein MacBook Air und ein iPhone 7,64 GB in Spacegrau, und er war völlig am Ende. Ohne seine technischen Geräte könne er die Herz-Lungen-Maschine nicht ins Laufen bringen, die er am nächsten Tag für die Tumoroperation des vierjährigen Waisenjungen Nikolai brauchte. Renate hatte ihm unverzüglich über die Western Union-Bank Geld nach Minsk geschickt, im Gegenzug schickte Sean ihr Fotos mit einem Stethoskop um den Hals, auf denen er so wunderbar lächelte, zum Dahinschmelzen. Die OP lief auch super, dem kleinen Nikolai wurde ohne Komplikationen der tennisballgroße Hirntumor entfernt, schon am nächsten Tag konnte er wieder Fußball spielen, auch das hat Renate auf einem Foto gesehen.

«Ein Herzchirurg, der einen Hirntumor operiert?», hatte Silke verdutzt gefragt, und Renate stammelte irgendwas von «die Grundausbildung ist ja vorhanden» und «Flexibilität in Krisensituationen».

Silke wurde misstrauisch, und als Renate dann noch erzählte, dass ihr schöner Doktor Sean aus Connecticut plötzlich schnell nach Ghana fliegen musste, um in einem kleinen Dorf an der togolesischen Grenze zwölfjährige siamesische Zwillinge operativ von der Hüfte aufwärts zu trennen, wurde es ihr zu bunt. Die Anästhesie sei in Ghana so wenig fortgeschritten, er müsse die Narkosemittel zu horrenden Preisen aus eigener Tasche auf dem Schwarzmarkt kaufen, ansonsten müssten die Zwillinge ohne jede Narkose operiert werden, lediglich mit einem kühlenden Eisspray aus der Dose besprüht.

«Ghana ist doch eine richtige Wirtschaftsmacht in Afrika, Renate. Accra ist eine Metropole, da gibt es alles, was es bei uns auch gibt, das ist doch ausgemachter Schwachsinn. Die haben ein ordentliches Gesundheitssystem, natürlich gibt es da Narkosemittel.»

Renate wollte das nicht hören. «Der hat ein riesiges Herz, Silke. Der gibt sein letztes Hemd.»

«Und warum hast du ihm dann noch mal Geld geschickt?»

«Bei dem Flug von Weißrussland nach Ghana sind durch die Strahlungen im Flieger die Magnetstreifen auf seinen Kreditkarten kaputtgegangen. Der war fix und fertig deswegen, er wollte ja die Narkosemittel kaufen, und das Hotel konnte er dann auch nicht mehr bezahlen. Wirklich fix und fertig war der, hier, guck, weinende Smileys, so hab ich den noch nie erlebt.» Renate zeigte Silke ihren WhatsApp-Verlauf, die Nachrichten waren schmalzig, viele Herzen und Rosen und Liebesbekundungen, Sean sah auf seinem Profilfoto aus wie ein gutgelauntes Model aus einer Koffein-Shampoo-Werbung, nichts daran wirkte echt.

«Renate, da ist doch was faul. Habt ihr denn schon mal telefoniert?»

«Natürlich. Jeden Abend.»

«Ja, und was erzählt der dir am Telefon?»

«Ich versteh den immer so schlecht. Nur dass er mich liebt, das versteh ich, das sagt er mir.» Renates Augen funkelten. «Das hat alles seine Richtigkeit, Silke.»

Nichts hatte seine Richtigkeit, und durch eine einfache Recherche im Internet fand Silke ein paar Tage später heraus, dass das Foto von Sean ein beliebtes Motiv einer sogenannten Scammer-Bande war, die damit einsame Frauen fortgeschrittenen Alters in ganz Europa in die digitale Falle lockte, ihnen über mehrere Tage und Wochen die große Liebe vorgaukelte und sie dann systematisch um große Summen Geld brachte, nicht selten um ganze Renten oder Lebensversicherungen. Als Silke Renate mit der Wahrheit konfrontierte, fiel Renate in einer Art Schwächeanfall dramatisch zu Boden, erst sackte sie auf die Knie, dann hielt sie sich die Hände vor das Gesicht und schrie: «Warum? Sean, warum?»

Silke musste ihr dann mit einem Otto-Katalog Luft zufächern und ein Glas Aperol Spritz an ihren Mund halten, damit sie bei Bewusstsein blieb. Nach viel Geheule und Gejammere um die große Liebe und das große Geld, das sie verloren hatte, kam in Renate eine unbändige Wut über die Scammer auf. Sie wollte es nicht auf sich beruhen lassen, sie wollte zurückschlagen. Diese miesen Kerle würden es doppelt und dreifach zurückbekommen, wer auch immer sich hinter Doktor Sean Warren verbirgt, er oder sie würde für diese Tat bluten, und Renate würde am Ende als Gewinnerin aus der Sache rausgehen, mit all dem Geld, das sie verloren hatte, und noch mehr.

Wie sie das denn bitte anstellen wolle, fragte Silke,

aber Renate hatte schon einen genauen Plan. Sie würde selbst erst nach Weißrussland und dann nach Ghana fliegen, sie würde dort jeweils die deutsche Botschaft aufsuchen und das verlorene Geld einfordern, sozusagen als Schadensersatz, und wenn die ihr das dort nicht sofort auszahlen, dann würde Renate persönlich alle Internetcafés in Minsk und Accra abklappern und ihrem Peiniger vis-à-vis das Handwerk legen.

Silke konnte nur noch mit dem Kopf schütteln, Renate Vernunft einzutrichtern war zwecklos. Also sah sie mit an, wie Renate sich ein Visum besorgte und nach Weißrussland flog, sie brachte sie sogar zum Flughafen und passte für die Zeit ihrer Reise auf Mandarine Schatzi auf. Insgesamt war Renate zwei Wochen unterwegs, sie kam tiefenentspannt und bestens gelaunt zurück. Was genau in den vierzehn Tagen alles passiert war, erzählte Renate nicht, aber sie machte immerfort Andeutungen, ihre «Leidenschaft sei wiederbelebt worden», sie hätte «die weißrussische Herzlichkeit beeindruckt», in Ghana sei sie «endlich auch spirituell angekommen», hätte «zurück zu ihren afrikanischen Wurzeln gefunden». Silke fragte nicht weiter nach.

Plötzlich hatte Renate dann auch ein «Liebchen» namens Vladimir, und mit Sean ging es offenbar auch weiter, sie zeigte stolz Fotos, aber Silke wollte das gar nicht so genau wissen, nickte nur immer und hoffte, dass das Thema schnell vorüberzog, wie ein kurzer Regenschauer. In einer ruhigen Minute fragte sie Renate mal, ob sie denn auch die Täter gefasst und ihr Geld zurückbekommen hätte, Renate hatte kräftig genickt. Nachdem man ihr in der Botschaft in Minsk nicht helfen konnte, sei sie nach einigen Anläufen «dem Übeltäter in flagranti auf die Schliche gekommen», hätte ihn eiskalt mitten in einem Internetcafé zur Rede gestellt, so wie sie es geplant hatte, und unverzüglich das Geld zurückverlangt. Er habe sie angefleht, nicht die Polizei zu rufen, er sei auf Bewährung und der kleinste Fehltritt würde ihn zurück in den Knast bringen. Bei einem Bankomat in der Nähe habe er die 6000 Euro abgehoben und sie Renate ausgehändigt. «Thank you, Miss Renate, thank you!», soll er immerzu gesagt haben. Renate habe ihm dann aus Mitleid und purer Nächstenliebe sogar noch 1500 Rubel dagelassen, umgerechnet knapp zwanzig Euro, er habe daraufhin geweint und ihre Stirn geküsst. Danach habe sie sich in Ghana persönlich von der Existenz der nun getrennten siamesischen Zwillinge überzeugt und anschließend sei sie noch spontan für eine Woche nach Bali geflogen, Yoga Retreat, Rebirth-Workshop, Tantra-Massagen. So hatte Renate das zumindest erzählt. Alles daran wirkte erdacht, fast wie die Märchen von Doktor Sean Warren. Silke wollte die Wahrheit, sie wollte wissen, was ist, aber Renate blieb bei ihren geheimnisvollen Geschichten, also hörte Silke mit der Zeit auf nachzufragen. Soll sie doch weiter um die Welt reisen zu ihren mystischen Liebhabern und sich Airbrush-Tattoos auf sämtliche Körperstellen sprühen lassen, Silke ging das alles sowieso nichts an.

*

IM Palm-Beach-Restaurant essen Renate, Silke und Willy-Martin alle das Chorizo-Risotto, es schmeckt versalzen. Um den Salzgeschmack wieder loszuwerden, spülen sie mit lauwarmem Rosé für acht Euro das Glas nach. Renate ist sichtlich angeheitert, wie viele Cocktails sie heute schon hatte, weiß nur der Chip an ihrem Handgelenk. Ihre prallen Wangen sind knallrot, sie sieht aus wie ein Pfannkuchen mit Sonnenbrand. Die drei reden noch lange. Also hauptsächlich redet Renate, von ihrer ersten Ehe, Juri, Mandarine Schatzi, dem Immobilienmarkt in Kenia, ihrer zweiten Ehe. Willy-Martin versucht, eine Pyramide aus Bierdeckeln zu bauen und nicht an Kerstin und Bounty zu denken. Dabei hat er die Brille auf der Nasenspitze, und die Zunge klemmt ihm im Mundwinkel, als würde er an einer hochexplosiven Atombombe basteln. Silke wird müde. «Ich geh ins Bett, kleines Mittagsschläfchen.»

Willy-Martin hört augenblicklich auf, die Bierdeckel zu stapeln, seine Zunge verschwindet wieder im Mundraum, als hätte er die ganze Zeit nur auf dieses Stichwort gewartet.

«Ich mach auch mal ein Nickerchen. Wir sehen uns dann nachher», sagt er und ist auf und davon.

Renate schert das gar nicht, sie verwickelt Silke weiter in ihre Interpretation eines Gesprächs und erzählt von Renata aus der Aqua-Gymnastik, mit der sie andauernd verwechselt wird wegen ihrer Vornamen, und von ihrem Ausschlag am Ellbogen. Nach einer weiteren halben Stunde schafft Silke es dann endlich, sich herauszuwinden, und verabschiedet sich ins Bett. Renate kommt nicht mit, sie will noch ein bisschen sitzen bleiben «und 'nen Batida de Coco trinken».

Als Silke allein den bunt beleuchteten Hang zu ihrer Premium Lodge hochspaziert, das Rauschen des Lagunenwasserfalls im Hintergrund, die tropische Wärme auf ihrer Haut, überkommt sie kurz ein vergessen geglaubtes

Gefühl von Unbeschwertheit. Wie in einem echten Urlaub. Mit Roland hat sie damals ihre Flitterwochen auf den Malediven verbracht. Sie haben Strandspaziergänge gemacht, mit Strohhalmen aus Kokosnüssen getrunken und sich auf Bastmatten im Freien befummelt, als läge vor ihnen eine große gemeinsame Zukunft.

Am frühen Nachmittag treffen sich Willy-Martin und Silke mit Frau Goebel wieder bei der Lagune. Silke und Frau Goebel sitzen erneut auf der Bank im warmen Wasser und lassen sich das Steißbein vom Wasserstrahl massieren. Sie reden nicht, schauen nur herum. Willy-Martin setzt sich wieder an den Rand und macht Sudoku. Silke würde so gerne mal rutschen gehen oder in die Sauna oder ins Wellenbad. Aber es muss ja jemand bei Frau Goebel im Wasser bleiben. Sie hatte sich da mehr von Renate und Willy-Martin erhofft. Abschalten und zumindest mal kurz nicht an Zippos Krebsdiagnose, an Rolands Spontanbesuch, den ollen Marquardt oder an die noch abzuleistenden Sozialstunden zu denken gelingt ihr so nicht. Wie viele Stunden es noch sind? Silke hat den Überblick verloren. Zu Beginn hat sie genau Buch geführt, damit sie keinen Tag länger bleiben muss als nötig, irgendwann machte ihr die Arbeit dann Spaß, und die Stundenanzahl rückte in den Hintergrund.

«Renate ist shoppen», ruft Willy-Martin vom Rand, «die braucht einen neuen Bikini, hat sie gesagt.»

«Aha», sagt Silke und schaut ihn gar nicht an.

Silke fühlt sich alleingelassen, die anderen machen Urlaub und amüsieren sich, aber sie muss allein den Babysitter spielen und deswegen das ganze Wochenende in der langweiligen Lagune verbringen. Sie schaut in die Ferne, beobachtet die vielen Familien und Pärchen, wie sie sich lachend im Wasser jagen und mit Anlauf ins Wellenbad springen, manche Hand in Hand. Sie stellt sich vor, wie es ohne Frau Goebel hier wäre, ob sie dann auch die Nacht zum Tag machen oder mit dem Heißluftballon unter der Decke fliegen würde? Plötzlich sieht sie Renate. Auf einer Holzbrücke über der Lagune sitzt sie auf dem Golf-Caddy eines Mitarbeiters, offensichtlich ein Gärtner. Man hört ihr unverkennbares Schnattern, sie fahren gut gelaunt Richtung Regenwald. Renates türkiser Bikini leuchtet meterweit, in der Hand hält sie einen bunten Cocktail. Silke sieht ihnen ungläubig hinterher, dann verschwinden sie im Geäst. Willy-Martin scheint Silkes Unzufriedenheit zu registrieren und fragt: «Wollen wir mal ein bisschen Minigolfen? Bin da eben dran vorbeigelaufen, kostet fünf Euro. Ich lad dich ein!»

«Und was ist mit Frau Goebel?»

Frau Goebel spielt seit einiger Zeit tote Frau auf der Wasseroberfläche, und Silke schaut alle paar Sekunden, ob sie es auch wirklich nur spielt.

«Ich setz mich da vorne auf eine Liege», bringt Frau Goebel sich vom Wasser aus ein. «Ich renn schon nicht weg, das machen die Knochen nicht mehr mit.»

Und dann geht Silke mit Willy-Martin minigolfen, und es ist ein Heidenspaß. Sie kaufen sich Capri-Eis, und Willy-Martins Zunge bleibt daran kleben und Silke muss schrecklich lachen, und dokumentiert das Ganze mit der Digitalkamera. Sie sind beide grottenschlechte Minigolfer, und als Willy-Martin gerade beim 34. Schlag an der ersten Bahn ist, kommt Renate anstrawenzelt. Ein hellblaues Strandtuch frech um ihre Hüfte gewickelt, strahlt sie mit ihrem leuchtend türkisen Bikini um die Wette. «Na, ihr zwei Turteltäubchen, seid ihr schön am

Einlochen?», fragt sie laut und stemmt die Arme dabei kokett in die Hüften. Ihr Blick entgeht Silke nicht.

«Wir haben dich eben mit dem Gärtner rumfahren sehen.»

«Ach ja, der Bernd. Ganz nettes Kerlchen. Leider nicht viel in der Hose.»

Die umstehenden Leute drehen sich erschrocken zu Renate um, eine Frau zieht ihren kleinen Sohn weg. Willy-Martin hat eine mittelschwere Niesattacke. Er dreht sich bei jedem Niesen um neunzig Grad, was zur Folge hat, dass er sich bei mehreren Niesern einmal komplett um die eigene Achse dreht. Einmal, als ihm im Venezia sein Wechselgeld auf den Boden gefallen war und er sich danach bückte, riss ihm die Hose, und man sah seine Unterwäsche, er wurde purpurrot und musste so oft niesen und sich drehen, dass ihm danach schwindelig und kotzübel war. Er erbrach seinen Amarena-Becher mit extra Sahne in eine von Silkes Einkaufstüten, und Silke musste ihre neu gekaufte Seidenbluse ungetragen entsorgen.

«Wollt ihr mal mein Airbrush-Tattoo sehen?», blökt Renate und hat den Knoten in ihrem Strandtuch schon während der Frage gelöst.

«Ich weiß nicht», sagt Silke und blickt demonstrativ in eine andere Richtung. «Wir müssen eigentlich mal nach Frau Goebel schauen.»

«Hier, das nenn ich mal einen Delfin, oder?»

Silke schaut vorsichtig in Renates Richtung. Die hat sich inzwischen umgedreht und streckt ihnen mit halb runtergelassener Bikinihose ihr Hinterteil entgegen. Auf ihrer solariumgebräunten rechten Pobacke springt ein türkisfarbener Delfin einen hohen Bogen.

«Das sind Freudensprünge, sag ich euch», lacht Renate. Willy-Martin hat nur ganz kurz hingeschaut und ist ganz außer Atem vom Niesen.

«Delfine machen keine Freudensprünge», keucht er und klingt dabei, als hätte man ihn persönlich angegriffen. «Sie gehören zu den Zahnwalen und sind Säugetiere, deshalb müssen sie alle zwei bis drei Minuten zum Atmen an die Wasseroberfläche kommen.»

Renate schnauft und wickelt sich ihr Tuch wieder um.

«Na ja, ihr zwei Partybienen, ich guck dann mal, was der Tag noch bringt. Wir sehen uns beim Abendessen.»

Sie lässt sich theatralisch die Sonnenbrille auf die Nase fallen und verschwindet mit aggressivem Hüftschwung in der Menge. Silke schaut den vom vielen Niesen völlig erschöpften Willy-Martin an und zuckt entschuldigend mit den Schultern. Seine Nase ist rot und aufgerieben, er sieht aus wie ein kleines Kind, das beim Schlittenfahren die Zeit vergessen hat. Er stützt sich auf seinen Minigolfschläger wie auf einen Gehstock.

«Käffchen?», fragt Silke vorsichtig.

«Käffchen.»

Der Tag zieht sich zäh dem Abend entgegen, ein Wochenende bei Tropical Islands ist mehr als genug. Silke macht das Klima langsam zu schaffen, sie wird kurzatmig und hat das ständige Schwitzen satt, Frau Goebels anfängliche Euphorie über das Schwimmen in der Lagune ist der blanken Empörung über den Chlorgehalt des Wassers gewichen. «Hier kriegt man einmal was ins Auge, und das war's dann für den ganzen Tag.»

Willy-Martin ärgert sich, weil er keinen zweiten Sudoku-Block eingepackt hat und der erste schon komplett ausgefüllt ist. So liegt er nur noch auf einer Liege, die Hände über dem Gymnastikballbauch gefaltet, und starrt missmutig an die Hallendecke. Es wird immer schwerer für Silke, die Moral hochzuhalten, die vielen Menschen, der Lärm, die drückende Luft machen ihr zu schaffen. Die Preise sind auch komplett übertrieben.

«Das gibt eine gepfefferte Yelp-Bewertung», flüstert Willy-Martin gefährlich, als er beim Abendessen ein lauwarmes Cordon bleu für dreizehn Euro serviert bekommt. Silke beißt auf einer gummiartigen Fritte herum, die schmeckt wie schon fünfmal frittiert, sagt aber nichts, um die Stimmung nicht noch tiefer in den Keller zu ziehen.

Jetzt ist der Wurm drin. Der Monsterslush in der Geschmacksrichtung Cola ist aus, Frau Goebel wird rot vor Wut. Silke organisiert ihr eine große Cola mit sehr vielen Eiswürfeln, aber die will Frau Goebel auch nicht, sie will einen Monsterslush in der Geschmacksrichtung Cola, und zwar auf der Stelle. Willy-Martin erklärt sich freundlicherweise bereit, einen im Mini-Markt auf der gegenüberliegenden Seite der Halle zu besorgen. Er müsse sich sowieso mal die Beine vertreten, nach dem Cordon bleu. Renate ist mal wieder spurlos verschwunden. Silke sitzt allein mit der wütenden Frau Goebel am Restauranttisch, sie ist müde und genervt und nippt resigniert an der verschmähten Eis-Cola. Eine Frau am Nebentisch wirft ihr einen verständnisvollen, fast schon mitleidigen Blick zu.

«Im Alter werden sie wieder zu Kleinkindern», sagt sie gerade so laut, dass Frau Goebel sie nicht hören kann. Silke nickt. Sie hat keine Kinder. Aber wenn die so sind, wie Frau Goebel jetzt gerade, dann war das wahrscheinlich eine gute Entscheidung.

«Buenos Diaaas!», lärmt es plötzlich über die Tische. Renate wirbelt die Massen auf. Statt wie andere Menschen außen herum zum Platz zu gehen, wählt sie natürlich den Weg mitten durch die vielen Tische und Stühle. Möbel werden verrückt, Menschen müssen aufstehen, manche haben dabei noch ihren Teller Spaghetti in der Hand, Gläser gehen zu Bruch, es wird geflucht. Als Renate den Tisch erreicht, greift sie direkt nach Silkes Cola. Sie nimmt zwei so große Schlucke, dass nur noch die Eiswürfel übrig bleiben, und knallt das Glas zufrieden auf den Tisch. «Aaaah. Das brauchte ich jetzt. Mein Mund war trocken wie 'ne Nonne im Pornokino. Habt ihr schon gegessen?»

Silke möchte am liebsten im Erdboden verschwinden. Sie malt sich aus, wie es wäre, wenn sich auf Kommando unter ihr ein großes Erdloch auftun würde. Die Fliesen im Tropical Islands würden sich unter gewaltigem Krachen auseinanderschieben, natürlich nur so weit, dass Silke problemlos durchrutschen könnte. Der feuchte, dunkle Tunnel, der dann plötzlich da wäre, röche zuerst nach Erde, dann ginge er nahtlos in eine steile Freiluftrutsche aus glattem Marmor über. Silke wäre komplett gepolstert, sie würde durch zuckerwattige Wolken und über riesige Wiesen und Felder rutschen, der Fahrtwind bliese ihr eine frische, waldige Luft entgegen. Landen würde sie weich auf einem riesigen Flanellkissen direkt am Meer, auf einem grasigen Felsen, irgendwo in Schottland. Niemand wäre dort, und es würde auch niemanden interessieren, warum hier gerade eine Frau in den besten Jahren durch eine Marmorrutsche auf einem riesigen Kissen gelandet wäre.

«Einmal die Grillplatte, aber statt Gyros bitte zwei

Bratwürstchen statt eins, dann dazu bitte doppelt Tzatziki, und lassen Sie das Gemüse obendrauf weg, das braucht kein Mensch. Dazu die Pommes mit Ketchup und Mayo, aber bitte nicht draufmachen, sondern separat.» Silke beobachtet Renate bei ihrer Bestellung. «Und einmal die Frühlingsrollen. Können Sie mir dazu ein Schälchen geben mit Reis, so ein kleines tut es auch, bloß keine Umstände. Ach ja, ich nehme die Flasche Rosé, auf Eis bitte, und eine große Maracuja-Schorle. Haben Sie heute Kuchen da? Ein Stück Marmor, ein Stück Zitrone. Bisschen Sahne, aber nicht zu viel, so viel, wie man sich auch Haarschaum in die Haare machen würde, gucken Sie, so viel etwa, aber der Kuchen muss darunter noch zu sehen sein, haben Sie das so weit verstanden?»

Der Kellner gerät ins Schwitzen. Er wiederholt zur Sicherheit die gesamte Bestellung, Renate nickt gnädig ab, der Kellner verschwindet in der Küche.

«Was hab ich 'nen Kohldampf», stöhnt Renate.

«Was hast du denn gemacht heute, also außer das mit dem Tattoo?», fragt Silke, nun doch neugierig.

«Liebelein, ich kann dir sagen. Der Bernd hat mich mittags noch zum Mitarbeiteressen mitgenommen, das war gar nicht so übel. Dann hab ich noch die Aras gefüttert, aggressive Biester sind das.»

Frau Goebel blickt auf.

«Die darf zu den Aras und ich nicht?», raunzt sie und zeigt dabei mit dem Finger so nah auf Renate, dass ihre Fingerspitze fast ihre Nase berührt.

«Ganz ruhig, junge Frau», antwortet Renate und schiebt Frau Goebels Arm langsam wieder runter. «Da müssen Sie schon die richtigen Leute kennen, um zu den

Aras zu kommen. Da kommen Sie als normale Besucherin gar nicht hin.»

Silke gefällt Renates Arroganz überhaupt nicht.

«Mensch, Renate, du wusstest doch, wie gern die Frau Goebel zu den Aras will, da hättest du doch mal ein gutes Wort für sie einlegen können, wenn du schon so dicke mit dem Gärtner bist.»

Renate fühlt sich angegriffen.

«Das mit Bernd und mir, das ist kompliziert», ruft sie überzogen und fasst sich dabei ans Herz. «Ich habe einmal jemanden gefunden, der mich versteht. Wollt ihr mir das jetzt wirklich kaputt machen? Ist es das, was ihr wollt?» Ihre Lautstärke hat ein bedrohliches Ausmaß angenommen. Silke sieht sich sofort gezwungen, sie zu beschwichtigen, damit nicht noch mehr Leute zu ihnen rüberschauen.

«Renate, bitte etwas ruhiger», flüstert Silke eindringlich. «Was redest du da überhaupt? Niemand will dir irgendwas kaputt machen, Frau Goebel will doch nur zu den Aras.»

Renate hält mit einer Hand immer noch ihr Herz fest und schaut, den Kopf abgewandt, schräg zur Seite, dabei wackeln ihre Mundwinkel verdächtig, und ihre Unterlippe beginnt zu vibrieren. Nein, bitte nicht, denkt Silke. Doch es ist zu spät. Renate weint. Es ist ein sehr trockenes, aber lautes Weinen. Sie schluchzt und schnieft mit ohrenbetäubendem Trompeten Luft in eine Serviette, Tränen sind nicht zu sehen.

«Ich hatte eine schwere Kindheit», jault es aus ihr heraus.

Silke spielt mit ihrer Serviette. Dann bringt ein Team aus vier Kellnern das Essen an den Tisch. Eine riesige

Platte Fleisch, eine Familienportion Reis, Frühlingsrollen, Pommes. Innerhalb von Sekunden ist die Tischplatte bedeckt mit Essen, im Tzatziki knistert eine brennende Wunderkerze. Die vier Kellner stellen sich stolz in Reih und Glied neben Renate auf, einer köpft mit einem kleinen Säbel eine Flasche Wein, ein anderer deponiert dampfendes Trockeneis in ihrem Weinglas. Die Menschen um sie herum sind aufgestanden, um sich das Spektakel anzusehen, manche machen Fotos.

Renate springt auf. «Ich kann das jetzt nicht!», schnaubt sie den Kellnern entgegen und wirft dabei ihren Stuhl nach hinten. Dann verlässt sie mit klackernden Schritten und wehendem Kaftan das Restaurant. Silke schaut erst Renate hinterher, dann zu den sichtlich verstörten Kellnern, dann auf das ganze Essen auf ihrem Tisch.

«Sie können das auf meinem Chip abrechnen», sagt sie schnell und versucht, den Dampf des Trockeneises aus ihrem Gesicht zu wedeln. Die Kellner verschwinden beleidigt in der Küche, das Trockeneis hüllt Silke und Frau Goebel in einen Nebel wie bei einer Zaubershow in Las Vegas. Nach einem kurzen Schweigen klatscht Frau Goebel fröhlich in die Hände.

«Das gibt's ja nicht», quiekt sie und versucht mit einem sehr ambitionierten, aber altersbedingt doch eher mickrigen Pusten die Nebelschwaden in eine andere Richtung zu lenken. Offenbar hat sie gerade zum ersten Mal in ihrem Leben Trockeneis gesehen. Bei der Freude, die Frau Goebel mitten in dieser Situation verspürt, vergisst Silke kurz, wie wahnsinnig peinlich ihr das alles ist.

«Was machen wir denn jetzt mit dem ganzen Essen?»,

murmelt sie vor sich hin. Aus dem Nebel tritt Willy-Martin an den Tisch, in der Hand einen riesigen, tropfenden Becher Monsterslush in der Geschmacksrichtung Cola. Er sieht aus wie ein übergewichtiger Heiliger.

«Was ist denn hier los?», fragt er fassungslos und muss wegen des Nebels heftig husten.

«Frag nicht. Renate. Wir müssen jetzt irgendwie die ganzen Sachen hier essen.»

Willy-Martin fragt nicht. Er vertilgt in Windeseile die Pommes, obwohl er keinen Hunger hat. Silke bekommt nach dem ganzen Schrecken überhaupt nichts mehr runter, Frau Goebel nuckelt vergnügt an ihrem Monsterslush. Den Rest der Speisen lassen sie sich einpacken, und Silke verfrachtet, zurück in der Lodge, ein Dutzend Frühlingsrollen in die Tupperdose, in der sie auf der Hinfahrt die vielen Brote transportiert hat. Von Renate keine Spur. Silke klopft an ihrer Tür im Thai-Haus und legt ihr Ohr auf das Holz, als niemand öffnet. Kein Geräusch. Eigentlich ist sie sauer auf Renate, aber sie weiß auch, dass Renate die Schuld niemals bei sich sehen und sich entschuldigen wird. Deswegen lenkt Silke lieber selbst ein, um die Harmonie zu wahren. Der Klügere gibt nach, das hat Silke schon früh von ihrer Mutter gelernt.

Aber Renate lässt sich nicht mehr blicken. Willy-Martin bietet Silke an, das Gelände nach ihr abzusuchen, aber das erscheint ihr dann doch übertrieben. Er verabschiedet sich zur späten Stunde in seinen LKW, und Silke und Frau Goebel gehen schlafen. Während die alte Dame sofort eingeschlafen ist, liegt Silke noch lange wach und starrt auf die Holztäfelung an der Wand. Hat sie einen Fehler gemacht? Hat sie Renate womöglich wirklich verletzt? Sie wollte doch eigentlich nur wegen der Aras fragen, was hat das mit Renates Kindheit zu tun? Silkes Gedanken verselbständigen sich, schlagen wilde Kapriolen. Am Ende ist sie sich sicher: Sie selbst hat Schuld an dem Streit mit Renate und muss sich dringend entschuldigen. Am besten sofort! Silke sitzt schon senkrecht im Bett, reumütig und entschlossen, da klopft es dreimal laut an die Tür ihrer Lodge. «Frau Möhlenstedt? Machen Sie bitte auf.» Silke erstarrt. Dann springt sie aus dem Bett, schmeißt sich eine von Frau Goebels grobmaschigen Strickjacken über, kämmt sich kurz mit den Fingern durch die Haare und öffnet die Tür. Vor ihr steht ein bulliger Security-Mann, der aussieht wie die kleine, sportliche Version von Jumbo Schreiner, dem überernährten, glatzköpfigen XXL-Schnitzeltester von *Galileo*. Daneben die nur in ein buntes Seidentuch gehüllte Renate. Sie schaut Silke nicht an, hat die Arme vor der Brust verschränkt und wippt nervös mit dem Fuß.

«Entschuldigen Sie die Störung, Frau Möhlenstedt. Wir machen das wirklich nicht gern.»

«Was ist denn los?», fragt Silke besorgt.

«Die Dame hier hat angegeben, dass sie zu Ihnen gehört, ist das richtig?»

«Ja, das stimmt.»

Silke wird schlagartig übel vor Aufregung.

«Dann muss ich Ihnen leider mitteilen, dass Frau Gabor gegen das Nacktbadeverbot verstoßen hat. Wir müssen sie deshalb der Halle verweisen.»

Silke schaut Renate fragend an. Die sieht wie ein beleidigtes Kleinkind zur Seite, die Lippen geschürzt, als würde ihr gerade ein großes Unrecht widerfahren.

«Ja, ich, also ... Renate, du kannst bestimmt im LKW schlafen. Ich rufe Willy-Martin an.»

«Regeln Sie das, ich komme in zehn Minuten noch mal wieder, und dann müssen wir Frau Gabor zum Ausgang begleiten», sagt der Security-Mann und setzt sich breitbeinig auf eine Bank unweit der Zimmertür.

«Was hast du dir denn dabei gedacht Renate?», flüstert Silke Renate zu und winkt sie hektisch ins Zimmer. Renate schreitet mit erhobenem Kinn in die Lodge, antwortet nicht, begutachtet nur ihre Frisur im Spiegel.

Nach einer längeren Pause bricht es aus ihr heraus: «Mein Gott, ich war in der Nebelgrotte mit Bernd, woher soll ich denn wissen, dass sie den Nebel irgendwann ausschalten?» Renate verliert die Fassung. «Und überhaupt, was ist denn aus der ostdeutschen FKK-Mentalität geworden? Früher konntest du hier nackt Brötchen kaufen, da hat dich niemand schief angeguckt! Heute schmeißen sie dich schon aus dem Schwimmbad, wenn du mal kurz dein Kätzchen an die frische Luft lässt.»

Silke ist auf vielen Ebenen peinlich berührt, Frau Goebel schläft unbeeindruckt weiter.

«Mensch, Silke, du kennst mich doch! Ich mein's doch nicht böse, ich bin einfach 'ne wilde Natur.»

Silke schaut Renate an und muss dann tief seufzen. «Mit dir wird es echt nie langweilig. Ich ruf jetzt mal den Willy-Martin an und kläre das mit dem LKW.»

Willy-Martin ist einverstanden, und Renate verbringt die Nacht im LKW, was wiederum Willy-Martin so unangenehm ist, dass er sich dafür entscheidet, auf einem Liegestuhl an der Lagune zu schlafen. Die Nacht ist für alle kurz, und am frühen Morgen will Silke so schnell wie möglich aus Tropical Islands verschwinden.

Als die drei das Drehkreuz am Ausgang passieren und die Schiebetür zum Parkplatz sich öffnet, weht ihnen eine frische brandenburgische Spätsommerluft ins Gesicht. Kollektive Erleichterung macht sich breit.

«Puh», seufzt Frau Goebel, «hier kann man ja richtig atmen.»

«Das waren jetzt erst mal genug Abenteuer», sagt Silke und freut sich dabei wie noch nie auf ihre Zweizimmerwohnung.

Als Willy-Martin den LKW vorfährt, liegt Renate nackt auf der Rückbank hinter den Sitzen. Auf ihren Augen eine schwarze Satinschlafmaske, in den Ohren gelbe Stöpsel, eine ovale Brustwarze lugt aus der maigrünen Wolldecke. Willy-Martin kann sich kaum noch halten, so sehr muss er niesen, sein Kopf schwillt an, die Ader an seinem Hals pocht. Seine Hände verkrampfen, bei jedem Niesen drückt er versehentlich die Hupe am Lenkrad, der riesige Taubentransporter macht dadurch einen ohrenbetäubenden Lärm. Renate wird wach.

«Kinder, was ist denn hier los?»

Sie sitzt komplett barbusig schräg hinter Willy-Martin. Der kneift die Augen zu, niest ganze Speichelkolonnen an die Heckscheibe und hupt ohne Unterlass. Frau Goebel hält sich erschrocken die Hände über die Ohren, andere Badegäste schimpfen wütend über den Parkplatz zu ihnen rüber. Silke stürmt in die Fahrerkabine und zieht den Schlüssel. Endlich Ruhe.

«Renate, zieh dich an, der Willy-Martin kann sonst nicht fahren.»

«Mein Gott, noch nie eine nackte Frau gesehen?» Renate lacht. «Krieg dich ein, Willy, ich musste auch nicht niesen, als ich deine Nippel gesehen habe.»

Sie streift sich ihren Kaftan über. Willy-Martin wischt

zuerst seinen Auswurf von der Scheibe, dann tupft er sich mit dem gleichen Taschentuch den Schweiß von der Stirn.

«Ich brauch noch 'nen Moment», brummt er beleidigt und springt aus der Kabine. Während er draußen eine E-Zigarette raucht, schnallt Silke Frau Goebel an.

«Woher soll ich denn wissen, dass wir schon losfahren? Ich bin eine Nachteule, ich hab vielleicht drei Stunden geschlafen, und außerdem haben wir doch noch den ganzen Sonntag», motzt Renate von hinten.

«Jetzt weißt du es», antwortet Silke unbeeindruckt. Dass sie selbst gar nicht geschlafen hat, erwähnt sie mit keinem Wort. Als Willy-Martin sich beruhigt hat, treten die vier die Rückfahrt an. Frau Goebel schläft sofort neben Silke ein, ihr schrumpeliger kleiner Kopf hängt schräg über dem Sicherheitsgurt. Silke ist todmüde, Renate erzählt von hinten abenteuerliche, halbwahre Geschichten von einem befreundeten Ehepaar, das sich an Flughäfen aller Welt als gehbehindert ausgibt, um keine weite Strecken laufen zu müssen und als Erste im Flieger zu sitzen. Silke verliert dabei den Kampf gegen ihre Lider, nach nur zehn Minuten Fahrt fällt sie in tiefen Schlaf.

Sie wacht auf, als der laute Motor des LKWs verstummt. Endlich zu Hause, denkt sie und streckt gähnend die verspannten Arme bis an die Decke der Fahrerkabine. Frau Goebel schläft immer noch, Renate und Willy-Martin stehen vorn am LKW und studieren einen Lageplan. Als Silke sich umschaut, kann sie nichts Borken-Ähnliches erkennen, sie müssen sich verfahren haben.

«Was ist denn los?», fragt sie durch das geöffnete Beifahrerfenster. Renate schreckt auf, als fühle sie sich ertappt.

«Ach Liebelein, schlaf doch weiter. Du hast bestimmt nicht viel geschlafen die Tage.»

Silke wird misstrauisch.

«Wo sind wir denn hier?»

«Na, am Polenmarkt Hohenwutzen», ruft Willy-Martin begeistert.

Renate hat die Tatsache, dass Silke schläft, eiskalt ausgenutzt und so lange auf Willy-Martin eingeredet, bis er sich dazu breitschlagen lassen hat, zweihundert Kilometer in die falsche Richtung zum Polenmarkt Hohenwutzen zu fahren. Der Polenmarkt Hohenwutzen liegt auf dem Grenzübergang zu Polen, man kann dort alles zu polnischen Preisen kaufen: Zigaretten, Kleider, Blumen, Medikamente, Benzin, Nazi-Shirts, Neunziger-Jahre-Frisuren. Für fünf Euro karrt der Hohenwutzen-Bus vom Startpunkt Berlin-Marzahn aus täglich die schnäppchenjagenden Massen auf den Markt. Auf dem Gelände einer ehemaligen Papierfabrik kann dann so ziemlich alles gekauft werden, was in Deutschland teuer oder verboten ist.

«Renate meinte, hier krieg ich mein Liquid für die E-Zigarette fünfzig Prozent billiger!»

Silke ist müde. Sie hat keine Nerven mehr, sich aufzuregen, die ein, zwei Stunden auf dem Polenmarkt wird sie jetzt einfach über sich ergehen lassen.

«Ich setz mich mit Frau Goebel in ein Café, ihr könnt ja in der Zeit shoppen», sagt sie matt.

Willy-Martin versucht zu beschwichtigen.

«Das dauert nicht so lang. Ich kaufe nur das Liquid, und Renate will nach Parfum und so Handyhüllen gucken.»

Silke schaut Renate skeptisch an.

«Was denn? Willy hat recht, es geht ganz schnell!», beteuert sie.

«Denkt an den Stau! Und Frau Goebel muss auch bald mal ins Bett», mahnt Silke noch, dann verschwinden Renate und Willy-Martin zwischen Neonsonnenbrillen und Gießkannen in der Menge. Silke weckt Frau Goebel, und sie genehmigen sich in einem Bistro zwei große Latte macchiato für nur jeweils einen Euro. Sie reden nicht, Frau Goebel bestellt einen Strohhalm und schlürft mit großer Freude und noch größerem Geräuschpegel. Schon nach kurzer Zeit kommt Willy-Martin an den Tisch, in seinen Händen, halb auf den Bauch gestützt, ein großer Karton. Seine Augen strahlen, er spricht laut und schnell. «Sensationell. Hätte ich das gewusst, hätte ich vorher noch mehr Geld auf mein Girokonto geladen.»

«Na, das ist doch schon eine riesige Ausbeute.» Silke gefällt Willy-Martins gute Laune. «Was hast du dir für Sorten gekauft?»

«Multifrucht, Eisbonbon und Marzipan!»

Willy-Martin ist ganz aufgeregt, er umklammert den Karton mit den E-Liquids wie einen wertvollen Schatz. Seine Hände sind leicht zittrig, für ihn fallen heute Weihnachten und Geburtstag auf einen Tag, er verdrückt sogar eine kleine Träne vor Freude. Silke bestellt ihm einen Kaffee für fünfzig Cent, sie möchte bald weiterfahren, aber wo bleibt Renate? Während sie warten, erzählt Willy-Martin mit Kaffee im Bart, wie er ans E-Zigarette-Rauchen gekommen ist.

*

ER war lange Zeit starker Raucher, Roth-Händle ohne Filter, zwei Packungen pro Tag. Dann lernte er in der Autowaschanlage Priyanka B. kennen, ihren Namen konnte er dem silbernen Schildchen auf ihrem türkisfarbenen «Best Car Wash»-Poloshirt entnehmen. Sie kassierte ihn ab und plauderte mit ihm über das graue Novemberwetter, furchtbar, ein richtiges Kopfschmerzwetter, zum Davonlaufen. Willy-Martin fand sie auf Anhieb sympathisch, aber er wollte nicht aufdringlich wirken und fuhr nach dem kurzen Plausch wieder nach Hause. Als er vom Parkplatz auf die Hauptstraße bog, sah er Priyanka B. noch in seinem sehr sauberen Rückspiegel winken.

Ein paar Wochen später traf er sie dann zufällig an der Ölwechselstation wieder, sie kam mit strengem Blick aus dem Kassenhäuschen, um einen Kunden neben Willy-Martin zu ermahnen, der sich während des Ölwechsels eine Zigarette ansteckte. «Sie dürfen hier nicht rauchen, das ist gefährlich! Bitte die Zigarette sofort ausmachen.» Der Mann trat genervt seine Zigarette aus, Priyanka B. lächelte zufrieden. Willy-Martin war hin und weg, er wollte schnell wieder verschwinden, aber er musste niesen und sich im Kreis drehen, woraufhin Priyanka B. ihn bemerkte, kichernd «Gesundheit» wünschte, und ihm ein Taschentuch entgegenstreckte. Er nahm es mit zittriger Hand entgegen und versuchte, Smalltalk zu betreiben.

«Diese Raucher, immer dasselbe mit denen.» Während er das sagte, schnäuzte Willy-Martin sich die Nase und roch den unverkennbaren Geruch von Roth-Händle ohne Filter an seinen Fingerspitzen.

«Ja, es ist furchtbar. Jeden Tag stecken die sich hier die Kippen an. Irgendwann geht alles in die Luft. Warum man sich freiwillig die Lunge teert, das werd ich nie verstehen.»

«Ich hasse Raucher auch. Bevor ich anfange zu rauchen, friert die Hölle zu», stammelte Willy-Martin. Das Eis war gebrochen, zu seinem Erstaunen wirkte Priyanka B. ungewöhnlich interessiert an einem Gespräch. Sie habe jetzt eh Mittagspause, also redeten sie bei einer Tasse Automatenkaffee über die Waschstraße, Schichtdienst und den unschätzbaren Wert eines guten Betriebsrats. Zum Abschied geschah dann das Unfassbare: Priyanka B. holte zu einer Umarmung aus. Darauf war Willy-Martin nicht vorbereitet. Er hatte Angst, dass sie dabei in den Fasern seines Hemdes die Roth-Händle ohne Filter riechen würde, deswegen musste er die Umarmung vorzeitig auflösen. Priyanka B. kratzte sich unsicher am Hinterkopf. Willy-Martin traute sich nicht zu sagen, dass es nicht an ihr lag, er stand kurz vor der nächsten Niesattacke und suchte das Weite. Zu Hause klatschte er sich wütend die flache Hand auf die Stirn und fluchte. «Du dämlicher Vollhorst! Du bist doch echt der dümmste Lump!» Den ganzen Winter lang traute er sich nicht mehr in die Waschstraße, erst im Mai fuhr er in Schrittgeschwindigkeit und mit gemischten Gefühlen wieder die Einfahrt zu «Best Car Wash» hoch. Priyanka B. stand an der Luftdruckstation, sie kam auf ihn zu, als wäre nichts gewesen. Sie unterhielten sich über den Megatrend weiße Autos. Priyanka B. prognostizierte eine Weiß-Verdrossenheit der Autoindustrie in weniger als einem Jahr, weiße Autos würden so schnell verschwinden, wie sie gekommen waren, da hielt direkt neben ihnen ein Nissan Micra in der Farbe *Urban Grey.* Willy-Martin kannte diesen Wagen, die Beule direkt hinter der Tankklappe, er wusste, wer um diese Jahreszeit immer noch die Winterreifen durch die Gegend fuhr: Es war seine Mutter. Aus dem Wagen war das Bellen einer für eine einzige Person nicht mehr angemessenen Anzahl von Hunden zu vernehmen, Willy-Martin hoffte noch, dass sie ihn nicht gesehen hatte, und drehte sich möglichst unauffällig so, dass er hinter Priyanka B. stand. Die schaute ihn irritiert an, dann ging die Tür des Nissan Micra auf, die fahrende Büchse der Pandora wurde geöffnet, sechs lächerlich kleine Hunde, wenn man nicht genau hinsah, waren es eher dicke, große Ratten, sprangen in einem Affenzahn aus dem Auto und fielen Willy-Martin von hinten an. Unter einem ohrenbetäubenden Kläffen sprangen sie wie wild geworden an seinen Beinen hoch, Priyanka B. schreckte zurück. Willy-Martin versuchte, die Hunde loszuwerden, ohne nach ihnen zu treten, er wich ihnen aus, nach links, rechts, vorne und zurück. Nach wenigen Sekunden hatten sich die sechs Leinen kreuz und quer verknotet, die Tölen waren sich selbst ins Netz gegangen, zu einem großen Hundeklumpen verklebt, unfähig, weiter zu wüten, hingen sie in den viel zu kurzen Seilen fest und bellten vor sich hin.

«Na, na, na, na, na.» Dann hatte auch Willy-Martins Mutter Petra es aus dem Auto geschafft, der Tumult, den ihre sechs Tölen gerade auf dem Parkplatz verursachten, schien sie komplett kaltzulassen. Wenn man sechs Hunde hat, ist man innerlich tot, dachte Willy-Martin, als er seine Mutter dabei beobachtete, wie sie völlig emotionslos die Hundeleinen entwirrte. Man spricht mit ihnen, als wären sie Menschen, und irgendwann sind es die einzigen Menschen, mit denen man noch spricht. Sie machen furchtbaren Lärm, aber das ist okay, denn sie sind einzigartige Persönlichkeiten, «so sind Kinder halt». Und ehe man sich versieht, frisst man getrocknete Schweineohren zum Frühstück oder gibt ihnen einen Zungenkuss, wie Renate. Ekelhaft.

«Willy-Martin, mein Junge, was machst du denn hier?», versuchte Mutter Petra die Hunde zu übertönen. Sie schaffte es nicht, ihn zur Begrüßung zu umarmen, da der Hundeklumpen sie eingekesselt hatte.

«Ich habe mein Auto reinigen lassen. Und du, Mutter?»

«Ich wollte eigentlich nur kurz Zigaretten kaufen da vorne an der Tanke, aber wenn du schon mal hier bist, kannst du mir ja ein, zwei Stängel borgen, was?»

Willy-Martin schoss es in die Nasennebenhöhlen. Er sah den irritierten Blick von Priyanka B. und den fordernden seiner Mutter Petra, er musste heftig niesen und drehte sich viermal im Kreis.

«Was ist denn nu' schon wieder los?»

Ob Mutter Petra damit den drehenden Willy-Martin meinte oder den schwarz-weißen Jack Russell Terrier, der gerade ihre Schuhspitze begattete, war unklar.

«Ich rauche nicht mehr, Mutter», sagte Willy-Martin im Vorbeidrehen, «schon lange nicht mehr.»

Mutter Petra lachte auf. «Na, wenn du meinst. Gut für dich, ist ja auch ein teurer Spaß. Wir gehen dann mal zur Tanke, kommst du morgen zum Flattermann-Essen?»

Einmal im Monat kochte Mutter Petra «Flattermann», Hähnchenschenkel und Hähnchenleber, für die ganze Familie, also alle sechs Hunde und Willy-Martin. Eigentlich kocht man das Fleisch mit Gemüse und Gewürzen einen ganzen Tag in Cognac und Rotwein ein, Mutter Petra schwört aber auf ihre eigene Flattermann-Version:

das Fleisch und das Gemüse anbraten und über Nacht in einer speziellen Soße aus Pfeffer, Zucker, Senf und Strohrum einlegen, kurz vor dem Servieren dann noch mal in einem Liter Rotwein und zwei großen Gläsern Cognac köcheln lassen. Das Fatale an diesem Rezept: Der Alkohol verkocht in der Kürze der Zeit nicht, und die Soße ist so hochprozentig, dass schon nach dem ersten Teller alle, inklusive der Hunde, stockbesoffen sind. «Aaaah, herrlich, herrlich, herrlich», lallt Mutter Petra dann nach der dritten Portion. Auch im nüchternen Zustand sagt sie Wörter immer drei-, vier-, fünfmal, als würde ihr eines nicht reichen, um es selbst zu glauben. Wenn Willy-Martin ein neues Hemd trägt, ist es immer «schön, schön, schön», die Tatsache, dass die Nachbarin Bärbel in der Regionalbahn Pfandflaschen sammeln musste, weil die Rente vorne und hinten nicht reichte, fand sie «traurig, traurig, traurig».

«Na klar komme ich. Also, bis morgen, Mutter», versuchte Willy-Martin sie und den Hundeklumpen abzuwimmeln. Priyanka B. befreite derweil besorgt einen Hundefuß aus den Klauen zweier Leinen. Mutter Petra deutete mit ihrem Kinn auf sie und zwinkerte Willy-Martin bedeutungsvoll zu. Der schüttelte peinlich berührt den Kopf und schaute schnell zu Boden. Als Mutter Petra und der Hundeklumpen schließlich verschwunden waren, war Willy-Martin nass geschwitzt.

«Tja, ich muss jetzt auch mal los», stammelte er und stieg in seinen Wagen, ohne Priyanka B. in die Augen zu schauen. Ein weiteres Aufeinandertreffen mit seiner Mutter Petra, die in wenigen Minuten mit den kläffenden Hunden vom Zigarettenkauf zurückkommen würde, musste auf jeden Fall verhindert werden. «Tschüss.»

Seine Reifen quietschten, als er hinter dem Nissan Micra um die Ecke bog.

Am nächsten Tag beim Flattermann-Essen fragte Mutter Petra, schon leicht alkoholisiert, warum er denn nicht mehr rauchen würde. Willy-Martin wollte ihr auf keinen Fall von Priyanka B. erzählen, zu viele schlechte Erfahrung hatte er im Laufe seines Lebens mit ihrer Interpretation von «Privatsphäre» gemacht, sie war, ähnlich wie ihre Interpretation des Flattermann-Rezepts, ziemlich unhaltbar. Er sah sie schon mit den vielen Hunden bei Priyanka B. am Kassenhäuschen stehen und plaudern, über Willy-Martins schon sehr früh sehr stark ausgeprägten Haarwuchs am Rücken oder den Tag, an dem er mit sechs Jahren mal in die Badewanne gekackt hatte. Priyanka B. würde er also mit keinem Wort erwähnen.

«Wegen der Gesundheit. Der Arzt hat gesagt, es ist höchste Eisenbahn», log er trocken und stocherte dabei mit der Gabel in einer mit Alkohol vollgesogenen Bohne.

«Sehr vernünftig!», gluckerte Mutter Petra und zündete sich im gleichen Atemzug mit der rechten Hand eine Kippe an, während sie mit der linken grobe Stücke ihres Flattermanns den am Stuhlbein geiernden Hunden in die kleinen Mäuler warf. «Lecker, lecker, lecker, lecker, lecker.»

Fortan musste Willy-Martin das Rauchen nicht nur vor Priyanka B., sondern auch vor Mutter Petra verheimlichen. Er lebte in ständiger Angst, im Alltag von einer der beiden mit Glimmstängel im Mundwinkel überrascht zu werden, beim Einkaufen, Müllrausbringen, sogar wenn er auf dem Klo saß. Er blieb, nur um rauchen zu können, immer häufiger zu Hause, zog die

Vorhänge zu, schreckte beim kleinsten Geräusch zusammen. Wenn er im Taubenschlag war, ging er zum Qualmen hinter den Stapel aus Transportboxen, damit die Tauben ihn nicht sehen konnten. Seine Angst nahm überhand, das Rauchen stresste ihn mehr, als es ihn entspannte, nach jeder Zigarette war er so aufgeregt, dass er eine weitere Zigarette brauchte, um wieder runterzukommen. Irgendwann zitterte er beim Anzünden der Roth-Händle ohne Filter so stark, dass sein Bart Feuer fing. Das war der Moment, in dem Willy-Martin beschloss, dass das Rauchen ein Ende haben musste. Von heute auf morgen rührte er keine Schachtel mehr an. Am Anfang war es hart, und er kompensierte die unbefriedigte Sucht mit großen Mengen Nadler-Kartoffelsalat mit Gurke und Ei. Immer wenn er Schmacht hatte, griff er statt zur Zigarette zum Kartoffelsalat, an schlechten Tagen leerte er bis zu zwanzig 500-Gramm-Töpfe. Irgendwann wurde sein Kartoffelsalatkonsum teurer, als seine Zigarettensucht es gewesen war, und er lieh sich von Mutter Petra den METRO-Großhandels-Ausweis, um die Fünflitereimer Nadler-Kartoffelsalat mit Gurke und Ei zum Einkaufspreis kaufen zu können. Er fuhr dann mit dem großen Taubentransporter an der METRO-Laderampe vor und ließ sich die Eimer von zwei muskulösen Mitarbeiterinnen in den Mittelgang zwischen den Taubenkäfigen hieven. Was er denn mit dem ganzen Kartoffelsalat wolle, fragte Mutter Petra fassungslos, als er ihr die METRO-Karte zurückbrachte. Willy-Martin war zu dieser Zeit nervlich ein derartiges Wrack, dass er sich auf einen Kartoffelsalateimer setzen musste, um nicht zusammenzubrechen. Er weinte bitterlich, und Mutter

Petra versuchte, für ihn da zu sein, indem sie mit dem Fuß ihre ralligen Hunde von seinem Bein wegschob. «Willy, das ist doch kein Zustand mehr. Willst du 'ne Zigarette?»

«Nein!», schrie Willy-Martin so laut, dass sogar die Hunde kurz starr standen. Eine ganze Weile weinte er noch auf den Eimern, kraftlos, resigniert, mit sechs rammelnden Hunden an den Beinen, dann beschloss er, sich am nächsten Tag nach einer gesünderen Alternative zu Zigarette und Kartoffelsalat umzuhören. Durch Google stieß er schließlich auf die E-Zigarette. Das Rauchen selbiger sei eher ein Dampfen, es finde kein Verbrennungsprozess statt und mache das Ganze zu einem 95 Prozent weniger gesundheitsschädlichen Laster. Noch am selben Tag bestellte Willy-Martin online das E-Zigaretten-Starter-Kit. Seitdem ist die kleine Dampfmaschine nicht mehr aus seinem Leben wegzudenken. Einziger Wermutstropfen: Wenn er heute an Kartoffelsalat mit Gurke und Ei denkt, wird ihm sofort speiübel.

*

«**DAS** wusste ich ja noch gar nicht», Willy-Martin überraschte sie immer wieder aufs Neue. Was wohl aus der Sache mit Priyanka B. geworden ist, fragt Silke sich, aber sie würde niemals laut vor Frau Goebel fragen, das wäre indiskret.

«Was ist aus der Sache mit Priyanka B. geworden?», fragt Frau Goebel laut und pustet mit dem Strohhalm Blubberblasen in ihren Latte macchiato. Willy-Martin starrt traurig auf seinen Schatzkarton.

«Ist nichts geworden. Ich hab sie irgendwann mit

Carsten von der Lackpflege hinter dem Kassenhäuschen gesehen.»

Silke muss schlucken. «Na ja, immerhin hast du aufgehört zu rauchen, allein dafür hat es sich gelohnt! Wo bleibt eigentlich Renate? Wir sind jetzt schon anderthalb Stunden hier.»

Willy-Martin zuckt mit den Schultern. «Zu mir meinte sie, sie guckt nur kurz nach Parfum und Handyhüllen.»

Auch nach einer weiteren Stunde ist Renate noch nicht zurück, es ist mittlerweile schon weit nach Mittag, und sie müssen ja noch nach Borken. Willy-Martin sucht alle Stände ab, an denen es Parfüm oder Handyhüllen oder beides gibt, irgendwann erweitert er das Suchgebiet um Haushaltsartikel und Bademode, von Renate ist nichts zu sehen. Silke ruft Renate im Minutentakt an, aber sie hebt nicht ab.

«Vielleicht sollten wir die Polizei verständigen», schlägt Willy-Martin vor. In der Sekunde, als Silke aufstehen und ihre Freundin beim Informationsstand als vermisst melden will, stolziert Renate in das Bistro.

«Meine Lieben, dickes Sorry!»

Silke muss zweimal hinschauen, um sie zu erkennen. Ihre Haare sind knallrot, aus ihrem Pony und links und rechts der Ohren lugen schwarze Strähnen hervor. «Ich war beim Friseur. Das sind Preise hier, mein lieber Mann. Ich brauch jetzt erst mal einen Expresso mit Schuss.» Als wäre nichts gewesen, schreitet die feuerrote Renate zum Tresen und bestellt.

In Silke kocht diesmal wirklich die Wut. Sie steht auf und ruft Renate hinterher: «Das kann doch nicht dein Ernst sein! Wir haben uns Sorgen gemacht! Du hast gesagt, es geht ganz schnell!»

Renate rollt genervt mit den Augen und nippt unbeeindruckt an ihrem Espresso.

«Mein Gott, ich bin doch kein Kind mehr. Ich muss mich doch nicht dafür rechtfertigen, dass ich beim Friseur war.»

Silke starrt Renate an, ihre Lippen vibrieren. «Ich weiß nicht, ob du es bemerkt hast, aber du bist nicht alleine hier. Wir sind zu viert! Drei Leute haben auf dich gewartet und dich überall gesucht. Wenn du schon für Stunden einfach so verschwindest, musst du uns zumindest Bescheid geben!»

Willy-Martin sitzt mit offenem Mund vor seinem Schatzkarton, ungläubig starrt er abwechselnd auf Renates leuchtendes Haar und Silkes vor Wut leuchtenden Kopf. Renate knallt beleidigt ihr Espressotässchen auf den Tresen.

«Ich lass mir doch hier nicht vorschreiben, wem ich wann Bescheid gebe, das geht euch gar nichts an, wo ich mich rumtreibe! Ich brauche meinen persönlichen Freiraum.»

«Renate, es gibt so was wie Verantwortung! Schon mal davon gehört?»

«Willst DU mir jetzt was von Verantwortung erzählen?», Renate wird laut. «Du solltest dir mal überlegen, ob du wirklich so mit deiner einzigen Freundin umspringen willst.»

Das sitzt wie ein Schlag in die Magengrube. Die Leute im Bistro starren gespannt auf die zwei Frauen, die Bedienung hinter dem Tresen spült bereits saubere Gläser, um geschäftig zu wirken.

«Ach, du bist meine Freundin? Das wüsste ich aber! Freundinnen rufen an, wenn sie bei einem gemeinsamen

Ausflug für drei Stunden beim Billigfriseur verschwinden!» Silke ist überrascht von ihrer eigenen Lautstärke.

«Ich bin also keine Freundin? Dann überleg mal, wer dich bei sich zu Hause aufgenommen hat, als dein Mann und deine Freunde dir weggelaufen sind, weil du wie so eine Beknackte die Notbremse gezogen hast!»

«Was denn für eine Notbremse?», will Frau Goebel wissen. Jetzt wird es unangenehm. Willy-Martin muss niesen, er steht auf, um seinen Schatzkarton dabei nicht zu treffen.

Silke atmet tief ein, um die Beherrschung nicht komplett zu verlieren. «Wenigstens habe ich die Verantwortung für die beknackte Notbremse übernommen!»

«Was denn für eine Notbremse!», quiekt Frau Goebel wieder.

Renate lacht spöttisch. «Du bist abgehauen, weil du es nicht ertragen hast, dass du mal für eine Woche Thema im Dorf warst! Wenn ich dich nicht bei mir aufgenommen hätte, lägst du jetzt wahrscheinlich unter irgendeiner Brücke.»

«Typisch, dass du mir noch Jahre, ja, Jahrzehnte danach aufs Brot schmierst, dass du mir EIN MAL geholfen hast.»

«EIN MAL?»

Renate schäumt vor Wut. In ihrem Dekolleté breitet sich ein großflächiger dunkelroter Ausschlag aus.

«Wer hat dich denn am Bahnhof abgeholt damals? Wer hat deine Sachen bei Roland aus dem Haus getragen? Wer hat dich zu deinem ersten Arbeitstag bei der Bahnhofsmission bis zur Eingangstür begleitet, weil du die Hosen vollhattest? Du bekommst dein Leben doch alleine gar nicht auf die Reihe!»

«Mehr als du, sonst hätte ich jetzt rote Haare und schwarze Strähnen auf dem Kopf.»

Renate umklammert ihre Espressotasse so fest, dass ihre Hand zittert. Silke hat die Arme vor der Brust verschränkt.

«Im Gegensatz zu dir probiere ich halt ab und zu mal was Neues aus.»

«Dann probier doch mal aus, dich bei deinen Freunden zu melden, wenn du wieder spurlos verschwindest!»

«Was willst du jetzt eigentlich von mir, Silke?»

«Ich will dir klarmachen, dass du unzuverlässig bist und das ganze Wochenende über keine Rücksicht auf uns genommen hast.»

Willy-Martin versucht, seinen Schatzkarton zu öffnen, um seine E-Zigarette mit Liquid aufzufüllen. Er braucht jetzt dringend einen tiefen Zug. Renate fasst sich währenddessen mal wieder mit der rechten Hand ans Herz. Mit leiser, zittriger Stimme wendet sie sich an Willy-Martin und Frau Goebel.

«Ist es das, was ihr von mir denkt? Wollt auch ihr mich unzuverlässig und rücksichtslos nennen, hier in der Öffentlichkeit? Nur zu! Ist ja nicht so, als hätte ich nicht eine schwere Kindheit gehabt.»

Willy-Martin versucht immer noch eine Packung Marzipan E-Liquid aus der Plastikfolie zu befreien, er muss mittlerweile so heftig niesen, dass seine Nase blutet. Renates dramatische Ansprache hat er daher nur halb mitbekommen. Als sie ihn erwartungsvoll anschaut, stopft er sich gerade das kleingerollte Stück einer Serviette ins Nasenloch.

«Was das für eine Notbremse war?!», ruft Frau Goebel.

«Tz», faucht Renate, zieht sich die Sonnenbrille auf die

Nase und verschwindet unter lautem Stampfen aus dem Bistro.

Auf der Rückfahrt sagt niemand ein Wort. Frau Goebel liegt wieder hinter den Sitzen und schläft, Silke kauert in der Mitte, Renate versucht, sie so wenig wie möglich zu berühren, und tut so, als würde sie *Darm mit Charme* lesen.

Alle sind angeschlagen, aus den Boxen schallt leise eine Power-Ballade von Willy-Martins CD *Doro Pesch live*.

All of us know,
all of us are on our own.
It's up to us,
to make ourselves feel better.
All of us so alone together.

Diesmal ist sie zu weit gegangen, denkt Silke.

Das war einer zu viel, denkt Renate.

Hoffentlich sind Kerstin und Bounty nicht mehr in der Wohnung, denkt Willy-Martin.

Notbremse, denkt Frau Goebel.

TEIL III
DAS FINALE

NACH dem Ausflug zu Tropical Islands herrscht zwischen Silke und Renate Funkstille. Für Silke ist die Sache klar: Renate hat den Bogen überspannt. Viel zu oft hatte sie schon ein Nachsehen mit ihr, bis jetzt hat Silke bei jeder Auseinandersetzung den Kürzeren gezogen, aber damit ist jetzt Schluss. Renate muss lernen, dass es Regeln und Grenzen gibt, ohne die eine Freundschaft nicht funktionieren kann.

Auch von Willy-Martin hört Silke nach dem Kurztrip wenig. Am Telefon ist er immer kurz angebunden, muss entweder «dringend zum Schlag» oder «zur Taubenklinik, weil Carlos seit drei Tagen nicht mehr schnäbelt». Silke hat keine Ahnung von Tauben, aber dass Willy-Martin in letzter Zeit so oft bei den Vögeln ist, statt ihr im Venezia ein Kännchen Filterkaffee auszugeben oder in der Bahnhofsmission vorbeizuschauen, wundert sie. Hat ihn die ganze Tropical-Islands-Sache überfordert?

Frau Goebel hat der Stress des Wochenendes auf jeden Fall sichtlich zugesetzt. Ihre Nase läuft ständig, und sie schläft jetzt bis zu sechzehn Stunden pro Tag. Eigentlich hangelt sie sich nur vom «Frühstücksverdauungsschläfchen» zur «Mittagsruhe» zum «Nachmittagstief» zum «frühen Ins-Bett-Gehen», alles von ihr sorgsam gewählte Synonyme für lupenreine Tiefschlafphasen.

«Ich weiß nicht, ob das so gut ist, wenn Sie so viel

liegen, Frau Goebel. Versuchen Sie auch mal, zu sitzen oder ein bisschen mit dem Rollator durch die Wohnung zu fahren, wir können auch spazieren gehen», redet Silke auf sie ein.

Frau Goebel dementiert, dass sie so viel schläft. Sie sei eine «geschäftige Person», gerade tagsüber, wenn Silke aus dem Haus ist, und schlafen könne sie noch, wenn sie tot sei. Sie schaue viel fern und betreibe dabei sogar Gymnastik. Manchmal stellt Frau Goebel den Fernseher auf extralaut, damit Silke ihn bis in ihre Wohnung hört. Da Silke über den Ersatzschlüssel für Frau Goebels Wohnung verfügt und in regelmäßigen Abständen nach ihr schaut, hat sie sie schon oft dabei erwischt, wie sie im Wohnzimmer *Giraffe, Erdmännchen und Co.* auf Volume dreißig laufen lässt und dabei seelenruhig zwei Zimmer weiter im Bett liegt und schläft.

Überhaupt werden Frau Goebels Tricks immer ausgefuchster, je älter und schwächer sie wird. Seit die Ärztin ihr verordnet hat, dass sie mehr und vor allem regelmäßig essen muss, und Silke auch ein Auge darauf hat, lässt Frau Goebel Essen auf wundersame Weise verschwinden. Silke hat schon Butterkekse im Blumenkübel, Salamischeiben im Kissenbezug und ganze Berge gammliges Kartoffelpüree im TV-Schrank gefunden. Irgendwann macht sich ein übler Gestank bemerkbar, Frau Goebel riecht aber nichts mehr, deshalb geht sie wahrscheinlich auch davon aus, dass ihre Verstecke astrein sind. Die leeren Verpackungen und Teller lässt sie demonstrativ auf dem Esstisch liegen, wahrscheinlich damit Silke sie sieht und denkt: «Ach super, wieder eine 1,5-Kilo-Familienpackung Käsecracker leer, die wird Frau Goebel wohl heute nach dem Frühstück gegessen haben.» Wenn Silke dann zwei Wiener Würstchen aus der Porzellanvase zieht und Frau Goebel einen vorwurfsvollen Blick zuwirft, täuscht die völlige Ahnungslosigkeit vor. Die Reaktionen reichen von «Wie kommen die denn jetzt dahin?» über «Das ist das Alter, ich werde vergesslich» bis zu «Ich wusste, dass der Pfleger von der Caritas nicht ganz sauber ist».

Silkes Sorge um Zippo ist nach Tropical Islands nicht kleiner geworden. Eher noch größer, weil sie nach wie vor keinen Plan hat, wie sie das Geld für ihn auftreiben kann. In der Woche nach ihrem Ausflug hat Silke ihn auch nicht mehr gesehen, weder am Bahnhof noch in der Mission hat er sich blicken lassen. Nach einer Woche zieht sie auf eigene Faust los, um Zippo zu suchen. Sie schaut beim städtischen Blumenbeet neben dem Bahnhofsvorplatz, hinter das Bushäuschen und auf der kleinen Wiese beim Amtsgericht nach ihm, wo er auch manchmal sein Lager aufschlägt, weil die akkurat gepflanzten Büsche Blickschutz bieten. Die Wiese ist menschenleer. Sie sucht in der Unterführung zum Taxistand, auf den Treppen am Parkhaus, in der Einkaufsstraße und den vielen kleinen Nebengassen. Den ganzen Nachmittag ist sie unterwegs in der Stadt, bis die Dunkelheit ihr einen Strich durch die Rechnung macht. Silke hofft, dass es ihm gutgeht. Vielleicht ist er ja losgezogen in die weite Welt, per Anhalter rüber in die Niederlande, auf einem Frachtschiff hoch nach England, dann weiter an die Küste Irlands. Sie sieht es vor sich: Es dämmert, der Himmel ist glasklar, das fast schwarze Meer frisst geduldig schroffe Fjorde in den Fels. Auf einer grünen Wiese sitzt Zippo und stiert gen Horizont, in seiner Hand eine glühende Zigarette und ein kühles Bier.

Wahrscheinlicher aber ist, dass das Sicherheitspersonal des Amtsgerichts ihn von der Wiese verscheucht hat und kein einziges Auto angehalten hat, um ihn mitzunehmen. Vermutlich liegt er irgendwo am Stadtrand von Borken, unter einer schützenden Brücke, auf seiner viel zu dünnen Isomatte, hat Rückenschmerzen und höllische Angst vor dem Krebs. Silke bekommt bei dem Gedanken augenblicklich wieder Magenschmerzen und ein schweres Herz.

Manchmal fühlt es sich an, als wäre sie ein Schwamm. Mit groben, offenen Poren saugt sie die Probleme in ihrer Umgebung ein, sie kann sich ihnen nicht entziehen, sie fühlt alles mit. Über die Jahre hat sie sich vollgesogen, sie ist jetzt ganz schwer, wird von den Wassermassen zu Boden gedrückt, die Schritte werden immer mühsamer. Sie kann ihre eigenen Füße nicht mehr sehen, sie sieht nur all die offenen, vollen Poren. Hier und da fließt Wasser ab, aber dann saugt sich auch schon wieder die nächste Öffnung voll. Was bringt das eigentlich alles noch?, fragt sie sich. Zippo ist verschwunden, Silke hat keine Ahnung, wie sie an das Geld für die Chemo kommen soll, sie ist keinen Schritt weiter. Deprimiert schließt sie ihre Wohnung auf, betritt den dunklen Flur und stößt gegen das viel zu große, fast leere Schuhregal, sie flucht.

Dann kommt ihr eine Idee.

*

ALS Willy-Martin von der Reise zurückkommt und die Tür zu seiner Wohnung öffnet, schlägt ihm schon ein Schwall Hundemief entgegen, eine Mélange aus nassem Fell, getrocknetem Speichel und Hundekacke. Kerstin und Bounty sind also immer noch da. Sie liegen beide auf der Couch, der Hund kaut genüsslich auf einem Schweineohr, Kerstin schaut eine *Mein Lokal, dein Lokal*-Wiederholung auf Kabel Eins. Willy-Martin ringt um Luft.

«Hallo Kerstin», sagt er leise und setzt sich zu ihr auf die Couch. Kerstin strahlt ihn an. «Hallo Willy.» Sie schaltet den Fernseher aus. Willy-Martin kauert am äußersten Rand, er hat kaum Platz, weil Bounty es sich mit seinem Schweineohr etwas zu gemütlich gemacht hat.

«Also, Kerstin. Ich ... ich find dich echt spitze. Bist 'ne tolle Frau.»

Kerstin hört zu und massiert dabei in kreisenden Bewegungen Bountys Oberschenkel.

«Ich find dich auch super, Willy-Martin, das weißt du ja!»

Kurz fühlt Willy-Martin sich geschmeichelt, seine Entschlossenheit schwindet, er lächelt Kerstin verliebt an. «Wirklich?» Willy-Martin hat einen hochroten Kopf, die Adern an seinen Schläfen treten hervor, als wollten auch sie wissen, wie die Sache mit Kerstin ausgeht. «Kerstin, ich bin ehrlich. Ich muss das mit uns beenden. Ich bin einfach, also, ich bin einfach nicht verliebt.» Kerstin massiert immer noch stoisch Bountys Hinterleib, der Hund scheint das etwas zu sehr zu genießen, denn rund um die Couch riecht es plötzlich nach einer Mischung aus faulen Eiern und geglücktem Buttersäureanschlag.

«Hab ich mir schon gedacht, als ich deine Nachricht gelesen habe. Manchmal isses eben so. Kann man nichts machen», Kerstin sagt das mit starrer Miene, Willy-Martin glaubt, eine für norddeutsche Verhältnisse große Traurigkeit in ihrem Ton vernommen zu haben.

«Da bin ich aber jetzt froh, dass du das so gut aufnimmst. Na ja, manchmal passt es halt und manchmal nicht, kann ja keiner was für!» Willy-Martin ist erleichtert. Er sieht zu Kerstin und wartet, dass sie aufsteht und ihre Koffer packt. Aber Kerstin wirkt wie versteinert, sie massiert weiter das Hinterteil des bestialisch stinkenden Golden Retrievers, der sich lang macht, das Sofa einnimmt wie ein König.

«Na ja», Willy-Martin klatscht in die Hände. «Ich mach mal das Fenster auf.» Das ist bitter nötig. «Echt ein toller Hund. Und so friedlich.»

Kerstin nickt und tätschelt Bounty dreimal großflächig den Bauch.

«Ja, das stimmt.» Dann greift sie zur Fernbedienung und schaltet den Fernseher wieder an.

«Ah, Frank Rosin! Den lieb ich ja! Der macht auch mal 'ne Ansage, nicht immer nur so Wischiwaschi wie die anderen.»

Willy-Martin steht am geöffneten Fenster und ist ratlos. Kerstin macht ganz offensichtlich keine Anstalten zu gehen.

«Kann ich dir beim Packen helfen, Kerstin?»

«Nee, wieso?», Kerstin schaut konzentriert *Rosins Restaurant*. «Das ist manchmal echt 'ne Zumutung, da, guck dir das an, der Ofen ist wahrscheinlich noch nicht ein einziges Mal geputzt worden, bah, das ist Fett von zwanzig Jahren, da würden mich keine zehn Pferde reinkriegen in die Kaschemme.»

«So.» Willy-Martin nimmt erneut Anlauf. «Ich muss jetzt auch los, Kerstin. Ich will noch wohin.»

Kerstin blickt gar nicht auf.

«Alles klar.»

Willy-Martin wird immer nervöser, er reibt seine Hand

am Hosenbein. Kerstin schaut gebannt auf den Fernseher, bei *Rosins Restaurant* droht die Lage zu eskalieren.

Frank Rosin macht heute die 73-jährige Helga zur Sau, Hilfsköchin im Elmendorffburg-Restaurant Vechta. Das fast zweihundert Jahre alte Gebäude hätte so viel Potenzial, da sei es ja wohl unterste Kanone, feine Gerichte mit Aromat aus der Dose zu verschandeln. Helga ist den Tränen nahe, Frank Rosin merkt das, da ist was drin, da geht noch was. Er schaut Helga streng an, wirft plakativ ein Geschirrtuch in den Topf Hochzeitssuppe. «Hier, guck dir das an, Helga. Würdest du so was deinen Gästen servieren?»

Helga ist wie erstarrt, die Tränen füllen ihre Augen, sie schüttelt ängstlich den Kopf. «Nein», sagt sie leise.

«Wie bitte? Ich kann dich nicht hören, sprich lauter. Würdest du so was deinen Gästen servieren, Helga?» Frank Rosin schreit so sehr, dass sein Mikrophon übersteuert. Man könnte denken, dass ihn Restkoks in seinen Nasenschleimhäuten in Rage peitscht.

Helgas Tränen prasseln auf den Gasherd. «Nein», antwortet sie mit halber Stimme.

«Schau in den Topf, Helga. Guck dir die Scheiße an.»

Helgas Brille ist vom Weinen und dem Dunst der Hochzeitssuppe beschlagen, trotzdem beugt sie sich über den Topf, um Frank Rosins Kommando Folge zu leisten.

«Was siehst du da?», brüllt es von hinten.

«Eine Suppe.»

«Was noch?»

«Ein Geschirrtuch.»

«Und passt das zusammen?»

«Nein.»

«Und passt Suppe und Aromat zusammen?»

«Nein», wimmert Helga.

«Und warum machst du dann Aromat in die Suppe?»

«Ich bin ja nur aushilfsweise hier. Und auch erst seit zwei Wochen. Der Michael hat uns gesagt, das kann da ruhig rein.» Helga schaut auf den Boden wie ein getretener Hund.

Plötzlich ist Frank Rosin ihr Freund, fasst ihr mit beiden Händen an die Schultern, spricht einfühlsam. «Ich bin gekommen, um euch zu helfen, Helga.»

Jetzt bricht es endgültig aus ihr heraus, Helga beginnt bitterlich zu weinen, sie schluchzt und schüttelt sich, Frank Rosin fängt sie tröstend auf, nimmt ihr Gesicht in die Hände. «Pssssscht. Ist ja gut, Helga, wir sind alle Menschen, wir machen alle Fehler. Deswegen bin ich ja hier.»

Helga ist beschämt, will offensichtlich raus aus der Situation, aus der heißen Küche, aber sie scheint eingekesselt von Kameras, es gibt nur einen Ausweg, und der führt direkt in Frank Rosins verschwitzte Arme. Also lässt sie es über sich ergehen, die Kamera klebt an ihrem zittrigen, tränenverschmierten Gesicht.

«Alles gut, Helga. Aber versprich mir, dass du so was nicht noch mal machst», wispert Frank Rosin und küsst ihre Stirn.

«Versprochen.»

«Hart, aber fair, der Rosin», nickt Kerstin anerkennend. «Weißte was, ich krieg immer so 'nen Hunger, wenn ich Rosin gucke. Ich koch mir was.» Kerstin steht auf, als wäre es das Normalste der Welt, Bounty folgt ihr in die Küche und lässt auf halbem Weg das nasse Schweineohr auf den Teppich fallen.

Willy-Martin steht immer noch am Fenster, verzweifelt. Im Hintergrund hört man Helga weinen, oder wieder, sie schluchzt dicke Tränen in Frank Rosins Steppjacke. Willy-Martin holt tief Luft, er versucht angestrengt, eine Niesattacke zu vermeiden.

«Ich schmeiß die jetzt raus», murmelt er sich selbst zu und krempelt die Ärmel hoch. Kerstin sitzt am Küchentisch und schneidet Kartoffeln in feine Würfel. Wenn Kerstin kocht, gibt es fast immer Kartoffeln, eine ihrer seltsamen Angewohnheiten ist es, als Beilage zu Kartoffeln Kartoffeln zu essen, nur eben in einer anderen Form. Zu Hause isst sie meist Pellkartoffeln mit Bratkartoffeln, je nach Lust und Laune gibt es aber auch manchmal Kartoffelpüree mit Pellkartoffeln oder Bratkartoffeln mit Kartoffelpuffern, hat sie erzählt. In ihrem Keller hat sie eine 1,40 Meter hohe Kartoffelkiste installiert, die bis zu neunhundert Kartoffeln fasst. Circa alle zwei Monate ist die Kiste leer, dann kommt der Bauer Klaassen von nebenan und füllt sie für einen Freundschaftspreis wieder auf.

«Kerstin, ich muss dich bitten, jetzt zu gehen», schwappt es aus Willy-Martin heraus. Kerstin schaut ihn irritiert an, als käme das aus heiterem Himmel.

«Wie meinst'n das?», fragt sie und steht auf, um Wasser in den Topf zu gießen. Willy-Martin weicht einen Schritt zurück, als hätte er Angst vor Kerstin.

«Ich muss dich bitten, die Wohnung zu verlassen.»

«Hab kein Wort verstanden, der Wasserhahn war so laut», ruft Kerstin rüber.

«Bitte verlass meine Wohnung», sagt Willy-Martin und zeigt auf die Wohnungstür.

«Kein Grund, jetzt unhöflich zu werden», sagt Kerstin

gelassen und dreht die Herdplatte auf neun. Willy-Martin atmet inzwischen sehr kurz, er weiß sich nicht mehr zu helfen. Kerstin macht sich seelenruhig an die Beilage und beginnt eine zweite Fuhre Kartoffeln zu schälen. Im Affekt dreht Willy-Martin den Herd aus. Kerstin stöhnt, steht auf und schaltet den Herd wieder ein. Kaum hat sie sich wieder gesetzt, schaltet Willy-Martin ihn wieder aus. Kerstins Laune kippt. Sie wirft ihm einen bösen Blick zu, dann steht sie auf und dreht den Herd wieder auf, setzt sich aber nicht wieder hin, sondern schält die Kartoffeln direkt neben dem Herd weiter, sodass Willy-Martin nicht an ihr vorbeikommt, um den Strom wieder auszudrehen. Willy-Martin schnaubt, sein roter Kopf verschwindet im Wohnungsflur, dann wird es plötzlich dunkel in der Küche, und der Fernseher im Wohnzimmer verstummt.

«Du kannst deine Kartoffeln zu Hause weiterkochen. Ich habe alle Sicherungen gezogen. Es ist vorbei, Kerstin.»

Für einen kurzen Moment denkt Willy-Martin, dass er die Sache nun ein für alle Mal erledigt hat, dann entdeckt er das kleine Küchenmesser in Kerstins Hand. Wütend läuft sie damit zum Verteilerkasten und knipst die Sicherungen wieder an, die Lampen leuchten wieder hell, Frank Rosin brüllt wieder das Küchenpersonal an. Willy-Martin bekommt es mit der Angst zu tun, wer weiß, was Kerstin vorhat, momentan ist ihr alles zuzutrauen. Trotzig schneidet sie die zweite Ladung Kartoffeln in Scheiben, dann holt sie eine Pfanne aus einer der unteren Schubladen, Willy-Martin ist erstaunt, wie gut sich Kerstin schon in der Küche auskennt. Als sie die Kartoffeln in die heiße Pfanne wirft, rennt Willy-

Martin zum Schneidebrett, um das Messer an sich zu reißen. Kerstin reagiert blitzschnell und kommt ihm zuvor.

«Ich muss noch Kartoffeln schneiden!», sagt sie und hält das Messer über ihren Kopf, Willy-Martin springt hoch und versucht es mit den Händen zu erreichen, aber er ist zu klein. Außerdem hebt er bei seinen Sprungversuchen nur minimal vom Boden ab, bei jedem Aufkommen knirschen seine schweißklammen Socken in den cognacfarbenen Ledersandalen. Er keucht und hüpft und quietscht, es ist ein trauriger Anblick.

«Ich muss hier noch fertig schneiden!», mault Kerstin, Willy-Martin springt weiter an ihr hoch, es kommt zu einem Handgemenge.

Plötzlich fängt Bounty an zu bellen. Das Bellen erschreckt Willy-Martin so sehr, dass er laut aufschreien muss. Das wiederum bringt Kerstin aus dem Konzept, für den Bruchteil einer Sekunde lässt sie den Arm herunter, dann schnappt er zu und entwendet ihr blitzartig das Messer. Bounty hört nicht auf zu bellen, Willy-Martin ist knallrot und schwitzt, Kerstin ist wütend und hat einen gewaltigen Kartoffelhunger.

«Gib mir das Messer zurück!», schreit sie ihn an, synchron dazu kläfft Bounty weiter. Willy-Martin hat ein Flashback, damals im Wald, der Hund, das Bein, er hat nicht aufgehört zu bellen. Hör auf, hör auf, hör auf.

«Hör auf, hör auf, hör auf!», schreit er Bounty an, der bellt nur noch lauter zurück. Willy-Martin wird völlig panisch, er muss niesen und dreht sich im Kreis, das Messer in der Hand. «Hör auf, hör auf, hör auf!»

«Gib jetzt das Messer zurück, die Kartoffeln kochen über!»

Willy-Martin dreht sich, er hat die Kontrolle über seinen Körper verloren. «Raus aus meiner Wohnung!», brüllt er im Vorbeidrehen. «Ich habe schon mal einen Hund erschossen, und ich würde es wieder tun!»

Kerstin entgleiten die Gesichtszüge, sie schaut Willy-Martin entgeistert an. «Du hast was?»

Willy-Martin kann nicht aufhören, sich zu drehen.

«Bounty, ab! Wir gehen.» Bounty stellt das Bellen ein und trabt aus der Küche.

«Du krankes Schwein», zetert Kerstin, dann rennt sie ins Schlafzimmer und packt ihre Tasche. Willy-Martin drosselt langsam die Geschwindigkeit. Als er die Wohnungstür ins Schloss knallen hört, bleibt er endlich erschöpft stehen, schnäuzt sich die Nase und tupft sich die Stirn mit einer Serviette trocken.

In der folgenden Woche merzt Willy-Martin nach und nach die Hundespuren in seiner Wohnung aus. Er putzt und schrubbt, reinigt die Polster und wäscht mehrfach Teppiche und Bettwäsche, bis der Geruch und die vielen Haare endlich verschwunden sind. Die Tage mit Kerstin haben ihm zugesetzt. Nach der ausführlichen Grundreinigung fällt er müde auf seinen Bürostuhl und öffnet sich eine Dose Radler. All die Hoffnungen, wieder blieben sie unerfüllt. Er loggt sich beim Online-Kniffel ein, DieKnochenbrecherin ist Offline. Er spielt eine Runde gegen Hexe62, aber es ist nicht dasselbe. Frustriert greift er zum Telefonhörer.

«Silke, ich muss mal raus. Haste die Tage Zeit?»

«Ich bin Samstag auf dem Flohmarkt wegen Zippo.»

«Okay, ich komme mit.»

«Ich fahr aber schon um sechs Uhr los!»

«Komme dann direkt zum Flohmarkt. Bis dann!»

Er trinkt das Radler in einem Schluck aus, dann legt er sich in sein frischgewaschenes, absolut hundefreies Bett.

*

WILLY-Martin hat eine Thermoskanne Kaffee und zwei Amerikaner dabei, als er Silke an ihrem Stand auf dem Flohmarkt besucht. Sie baut gerade alles auf, beschriftet die verschiedenen Pappkartons mit *Alles 1 Euro*, *Alles 3 Euro* und poliert mit ihrem Ärmel noch mal die kleinen Schnapsgläser nach.

«Morgen», schnauft Willy-Martin, seine Augenringe fallen Silke sofort auf.

«Morgen. Da ist aber jemand noch müde.»

Willy-Martin setzt sich auf einen der zwei Campingstühle und schraubt seine Thermoskanne auf.

«Willste auch einen? Ist der feine Milde von Tchibo.»

«Gern.»

«Ach, verdammt. Ich hab die Tassen vergessen. Tut mir leid, das musste schnell gehen heut Morgen. Ich besorg uns mal welche.»

Willy-Martin kauft der Dame vom Stand gegenüber zwei Glühweintassen ab, die dunkelblauen vom Weihnachtsmarkt, für die man immer mehr Pfand zahlen muss, als das Getränk an sich kostet.

«Besser als nix», sagt er schulterzuckend und schenkt ihnen Kaffee ein. Der Flohmarkt ist noch ziemlich leer, die beiden nippen am feinen Milden und beobachten, wie es langsam voller wird. Rotierende Verkäuferinnen und Verkäufer stecken ihre Kleiderstangen zusammen und etikettieren DVDs. Und dann kommen die ersten Besucher.

Ihr Stand ist auf dem weitläufigen Flohmarkt, der sich über die gesamte Fläche des Real-Parkplatzes erstreckt, mit Abstand der kleinste. Alles, was Silke heute verkauft, passt in einen großen Umzugskarton. Sie besitzt nicht mehr viel, seit der Sache mit der Notbremse. Ihre wertvollen Habseligkeiten – das Meißner-Familienporzellan und den Vorwerk-Staubsauger – hat sie bei ihrem überstürzten Auszug damals bei Roland gelassen und ihren wenigen Schmuck verkauft.

Willy-Martin weiß nicht, wie er Silke aufheitern kann. Er beschließt, sich auf dem Flohmarkt umzuschauen, und ihr eine Kleinigkeit zu kaufen. Etwas, das nur für sie gedacht ist, eine kleine Freude, die sie die ganzen Probleme mit Zippo und dem Krebs und dem Geld mal kurz vergessen lässt. Er stromert zwischen Klappstühlen und Bananenkisten hindurch, wühlt in einem Stapel Blu-ray-DVDs. Von einem Tapeziertischchen lachen ihm vergilbte Barbie-Puppen entgegen, gleich daneben stehen gebrauchte Ledersandalen aus den Neunzigern zum Verkauf, bei denen man noch die Umrisse eines Fußes in der Innensohle erkennen kann. Willy-Martin rümpft die Nase. Eine rotbackige Händlerin will ihn mit Keksen und einem lauten «Hallo!» an ihren Stand locken, wie so oft kann er nicht nein sagen und kauft der Dame aus Höflichkeit einen Flaschenöffner in Form einer Forelle ab. Für Silke ist das garantiert nichts, also heißt es weitersuchen. Als er hinter dem Bratwurstwagen um die Ecke biegt, entdeckt er einen professionell wirkenden Stand mit originalverpackten Elektrogeräten. Großhandel, schätzt er. Das ist Ware nach seinem Geschmack, da ist nichts gebraucht oder kaputt, und trotzdem bezahlt man alles zum Flohmarktpreis. Seinen SEVERIN-Eierkocher hat er vor Jahren genau auf diesem Parkplatz bei einem solchen Händler gekauft, nur zehn Euro, aber bis heute top in Schuss. Die LED-Gartenleuchten ganz oben auf der Produktpyramide will er sich mal genauer anschauen. Vielleicht kann Silke die ja für ihren Balkon gebrauchen.

«Entschuldigung?», räuspert er sich. «Dürfte ich hier mal die Verpackung öffnen und reinschauen?»

Die Verkäuferin hat ihm den Rücken zugewandt, fuchtelt geschäftig in ihrer kleinen Kasse herum und macht keine Anstalten, sich zu ihm umzudrehen.

«Entschuldigung?», wiederholt Willy-Martin.

Wieder nichts.

«Wie viel kosten denn die LED-Lampen hier?»

«Alles fünf Euro», raunzt es unverständlich von der Verkäuferin herüber.

Nur fünf Euro? Alles? Donnerwetter. Willy-Martin umklammert das Paket mit den Lampen, sicher ist sicher. Dann schaut er sich weiter um. Alles sieht neu und qualitativ hochwertig aus. Sogar ein Markenentsafter ist dabei. Er muss sich bremsen, nicht in einen Kaufrausch zu verfallen. Jetzt nur nicht die Nerven verlieren, Willy-Martin, es geht immer noch um ein Geschenk für Silke.

«Ich nehme die LED-Lampen hier!», ruft er der Verkäuferin entgegen, die nickt bloß. Willy-Martin zückt seine Geldbörse und läuft um den Stand herum, um zu bezahlen, aber die Verkäuferin weicht ihm aus. Jeden Schritt, den er geht, geht sie auch, und als er an der Kasse angekommen ist, steht sie auf einmal auf der anderen Seite der Produktpyramide, wo eben noch Willy-Martin stand.

«Ich würde gern zahlen!», ruft er ihr verdutzt zu.

«Geld können Sie dahin legen», nuschelt es von gegenüber. Willy-Martin könnte schwören, dass er diese Stimme schon mal gehört hat. Er läuft schnellen Schrittes um die Tische, aber die Verkäuferin läuft ebenfalls um den Tisch und dreht sich immerfort um die eigene Achse, sodass Willy-Martin sie nie ganz sehen kann.

Da fällt es ihm ein.

«Renate?»

Die beiden drehen sich im Kreis. Willy-Martin läuft immer schneller um die Tische, dabei kommt er mit der Schulter an die Produktpyramide, die Waren fallen zu Boden, Renate läuft weiter im Kreis.

«Renate, ich weiß, dass du es bist! Das ist doch Quatsch jetzt.»

Irgendwann ist Willy-Martin so aus der Puste, dass er nicht mehr kann.

«Mann ...», schnauft er. «So 'ne Scheiße muss doch echt nicht sein. Können wir mal ganz normal miteinander reden, wie zwei erwachsene Menschen?»

*

RENATE ist schon ganz schwindelig vom vielen Drehen, eine weitere Runde übersteht sie nicht. Sie muss der Situation entfliehen, sie kann hier nicht bleiben, unter keinen Umständen will sie mit Willy-Martin reden, sie schämt sich für ihre Impulskäufe.

Renate ist mit dem Großraumtaxi zum Flohmarkt gefahren. Die robuste Taxifahrerin, ungefähr in ihrem Alter, musste ihr helfen, die vielen Pakete und Kartons einzuladen, danach waren sie beide nass geschwitzt, die Fahrerin etwas mehr als Renate, weil sie auch deutlich mehr getragen hatte. Renate drückte ihr zwei Euro Trinkgeld in die Hand.

«Wommama hoffen, dass es für zwei Euro was Gutes gegen Hexenschuss gibt», hatte die daraufhin zynisch geknurrt und eine Hand schmerzverzerrt in den unteren Rücken gestemmt. Die holt Renate wohl kaum noch mal irgendwo ab.

Renate war mit der Hoffnung zum Flohmarkt gefahren, dass sie hier alles loswerden und danach, befreit von dem Ballast der Fehlkäufe, in den Bus nach Hause steigen würde.

Im Affekt tritt sie nun die Flucht nach vorn an, greift sich noch hastig die kleine Kasse und verlässt den Flohmarkt in Richtung Bushaltestelle.

«Wo willst du denn hin?», ruft Willy-Martin und folgt ihr. «Was ist mit deinen ganzen Sachen hier?»

Renates Kopf ist inzwischen feuerrot. Sie kann jetzt nicht stehen bleiben, Willy-Martin läuft ihr nach und will sie zur Rede stellen. Zu ihrem Glück biegt der Bus schon um die Ecke, die Türen öffnen sich, und Renate lässt sich erleichtert und nass geschwitzt in einer der hinteren Reihen nieder. Im Vorbeifahren sieht sie Willy-Martin, er schnäuzt sich die Nase, die LED-Lampen unter dem Arm, und schaut ihr entgeistert nach. Renate senkt den Kopf, dann verschwindet der Bus hinter einer Häuserwand.

*

ALS Willy-Martin zurück zum Stand kommt, sitzt Silke missmutig im Campingstuhl und liest eine alte Ausgabe der *Borkener Zeitung*, die beim Transport als Schutz für die Schnapsgläser gedient hatte. «Wo warst du denn so lange?»

Willy-Martin drückt ihr feierlich die Gartenleuchten in die Hand, und Silke springt freudestrahlend auf, um ihn zu umarmen. Sein Herz schlägt sofort höher, er kann nichts dagegen tun. So nah wie jetzt war er Silke noch nie, ihre Haare kitzeln seine Nase, er kann ihr Kokos-Shampoo riechen. Die Umarmung fühlt sich an wie eine kleine, schöne Ewigkeit. Bei Silke ist es immer so vertraut und wunderbar, kein Hund, kein Knochenbrechen, nur ihr warmer, weicher Körper und eine ehrlich gemeinte Umarmung.

«Und wie lief das Verkaufen?», stammelt Willy-Martin.

Silke zeigt auf die vollen Kisten. «Nicht mal zehn Euro eingenommen bisher. Da ist die Standgebühr ja schon teurer. Hab ehrlich gesagt keine Lust mehr.»

Willy-Martin will Silke nicht noch zusätzlich mit seinem Renate-Intermezzo belasten und behält die Sache für sich.

«Ich zahle die Standgebühr. Musst dir doch jetzt nicht hier die Beine in den Bauch stehen. Wir finden schon eine andere Möglichkeit, an Geld zu kommen. Lass uns einfach gehen.»

Silke nickt.

*

ALS es klingelt, schreckt Willy-Martin vom Sofa auf. Gerade hat er eine Tüte Pombären geöffnet, Geschmacksrichtung Ketchup, er trägt schon seine Haushose, die im Gegensatz zu seinen Straßenhosen gut sitzt, Gummizug sei Dank. Eigentlich ist Willy-Martin die Person Mensch, die sich totstellt, wenn es klingelt, obwohl man keinen Besuch erwartet. Leider aber sind die Lichter in seiner Wohnung hell erleuchtet und der Fernseher so laut, dass man ihn mit Sicherheit im Hausflur hören kann. Also streift er sich die Pombär-Finger an seiner Haushose ab und schleicht zur Tür, durch den Türspion erspäht er eine große goldene Brille: Renate.

Eine ganze Weile sitzen die beiden schweigend am Küchentisch. Willy-Martin hat Nescafé gekocht, beide rühren in ihren Tassen, man kann die Wanduhr ticken hören. Renate seufzt ausladend. Willy-Martin fragt dieses Mal nicht, was ist. Er schlürft mit gespitzten Lippen winzige Schlucke des heißen *Nescafés* und wartet insgeheim auf eine Entschuldigung wegen der Sache auf dem Flohmarkt. Renate holt erneut zum Seufzer aus, jetzt legt sie aber noch einen obendrauf, stellt ihre Tasse auf den Küchentisch und legt den Kopf in beide Hände. «Haaaaaaaaaaach.»

Nun wird es Willy-Martin doch zu bunt. «Was ist denn los?», fragt er, und für Renate ist damit der Startschuss gefallen, sie plappert drauflos wie ein Wasserfall.

«Das mit dem Flohmarkt neulich, ich hatte da Ausschlag im Gesicht, das ist dann nicht schön, wenn die Leute einen sehen, und in Hohenwutzen, das war ja wohl mein gutes Recht. Ich meine, mich hat das hart getroffen, dass ich da bei Tropical Islands rausgeworfen wurde, ich brauchte Zeit zum Reflektieren, Zeit für mich, und eine neue Frisur. Es ist wichtig, dass man auch mal was für sich tut, und du fandst es doch auch gut auf dem Polenmarkt. Du hast da selbst tonnenweise E-Liquid gekauft, du müsstest eigentlich am besten wissen, wie schnell man da die Zeit vergisst. Das kann doch mal passieren, ich bin auch nur ein Mensch, und ihr solltet nicht vergessen, dass ich eine schwere Kindheit hatte. Außerdem bin ich Britin, wir haben einfach ein anderes Temperament, das wisst ihr doch!»

Willy-Martin hatte es schon längst wieder vergessen, aber jetzt erinnert er sich wieder. Dass sie Britin sei, ist Renates Totschlagargument in brenzligen Situationen jeglicher Art. Sie wurde in den siebziger Jahren in Gibraltar geboren; ihre Eltern haben dort Urlaub gemacht, es sollte der letzte Urlaub zu zweit sein, bevor die kleine Renate sechs Wochen später das Familienglück perfekt machen würde. Bei der Bootsanfahrt zur Besichtigung der Gorham-Höhle gab es dann unerwartet starken Wellengang. Renates Mutter, schon immer seekrank, pustete sich panisch eine Rettungsweste auf, in der Anstrengung des Pustens platzte plötzlich ihre Fruchtblase. Das Boot erreichte gerade noch die Höhle, und kaum waren sie an Land, wurde binnen Minuten Renate geboren, direkt neben einer historischen Grabstätte der Neandertaler. Dass sie das, sechs Wochen vor dem eigentlichen Geburtstermin und ohne ärztliche Direktversorgung, damals überlebte, schreibt Renate bis heute ihrer starken, extrovertierten Persönlichkeit und ihrer Pferdelunge zu. Durch die Geburt auf britischem Überseegebiet bekam sie einen britischen Pass – Renate spricht kein Englisch und war auch noch nie in Großbritannien, trotzdem lässt sie in Notfällen gerne fallen, dass sie Britin ist. Silke hat sogar schon mitbekommen, wie Renate mal einem Fahrscheinkontrolleur weismachen wollte, dass sie quasi Afrikanerin sei und ursprünglich «aus der Nähe von Marokko» stamme.

«Soll das eine Entschuldigung sein?», fragt Willy-Martin unbeeindruckt.

Renate wird kleinlaut. «Ja. Mein Gott, es tut mir leid.»

«Das klingt schon besser», erwidert Willy-Martin.

«Ich will euch doch nicht verlieren. Du und die Silke, ihr seid meine einzigen Freunde. Und jetzt, wo Mandarine Schatzi nicht mehr da ist ... Ich brauch euch doch.» Tränen laufen ihr über die Wangen.

Willy-Martin sieht Renate ernst an. «Wer uns gerade noch viel mehr braucht, ist Silke. Wir müssen ihr helfen, das Geld für Zippo zu beschaffen. Also wenn du die Sache mit Silke wieder geradebiegen willst, überleg dir, was wir machen können.»

*

MITTLERWEILE schaut Silke täglich nach Frau Goebel. Sie kümmert sich unaufgefordert um ihren Haushalt, kocht Essen, das sie nicht anrührt, und hat ein offenes Ohr, wenn es Probleme gibt.

Heute aber ist es anders. Silke sitzt geistesabwesend neben der alten Dame am Wohnzimmertisch. Im Fernsehen läuft *Sturm der Liebe*, aber sie starrt auf ihre qualmende Tasse Schwarztee, an kalten Tagen hat sie mit Zippo auch oft Schwarztee getrunken.

Frau Goebel nuckelt an einem Stück Zartbitterschokolade und schimpft über die Baustelle vor dem Küchenfenster, Silke hört gar nicht zu. Irgendwann knallt Silke eine Fernbedienung an die Schulter.

«Aua!», erschrickt sie.

Frau Goebel sieht wütend aus. «Jetzt hab ich dich

fünfmal gefragt und keine Antwort bekommen. Wo bist du denn mit deinen Gedanken?»

«Entschuldigung. Was haben Sie denn gefragt?»

«Ich wollte wissen, was los ist.»

«Alles gut», antwortet Silke kurz und nimmt schnell einen großen Schluck Tee.

«So siehst du aber nicht aus», bohrt Frau Goebel weiter.

«Nein, nein, alles wie immer.» Während sie das sagt, füllen sich ihre Augen mit Tränen, ihr Kopf beginnt zu vibrieren. Sie fühlt sich wie damals, in der siebten Klasse, als ihr im Religionsunterricht speiübel wurde von einem viel zu großen Apfelsafttütchen, das sie in der Fünf-Minuten-Pause zu schnell durch den Strohhalm gezogen hatte. Sie spürt, da kommt was auf sie zu, und zwar unausweichlich. Damals im Religionsunterricht musste sie sich schlagartig übergeben. Mit hartem Strahl hatte sich der Apfelsaft zusammen mit den Zimties vom Frühstück in ihre Schultasche ergossen, das stank ganz fürchterlich, und alle starrten sie an, gefühlt minutenlang. Unter all diesen entgeisterten Blicken musste Silke sich dann mit dem Ärmel ihres Strickpullovers den Rest Erbrochenes aus dem Mundwinkel wischen.

Ähnlich wie damals brodelt es auch jetzt aus Silke heraus, nur bleibt der Schwarztee zum Glück im Magen. Sie erzählt Frau Goebel, dass sie Zippo nicht finden kann, dass Roland neulich in der Bahnhofsmission aufgetaucht ist, wer Roland überhaupt ist und von Renates Unfähigkeit, sich zu entschuldigen. Silke holt immer weiter aus, und erzählt schließlich auch von der Sache mit der Notbremse. Als sie fertig ist, ist es draußen dunkel. Frau Goebel hat nicht ein Wort gesagt, die ganze Zeit über hat sie zugehört und ab und zu mit ihrem kleinen, faltigen Kopf genickt.

«Ich weiß, was du jetzt brauchst!», ruft sie plötzlich in die bedrückende Stille und versucht, sich aus eigener Kraft aus dem Ohrensessel zu erheben. Silke will ihr helfen, aber Frau Goebel haut ihr auf die Finger.

«Flossen weg, das schaff ich grade noch», schimpft sie und hat dabei sichtlich Probleme hochzukommen. Silke setzt sich widerwillig wieder und beobachtet Frau Goebel dabei, wie sie sich in Zeitlupe zum Kühlschrank bewegt. Zurück kommt sie nach einer halben Ewigkeit, in den Händen zwei Tassen Kakao mit Sahne.

«*Schoko Peng!*», grinst sie verheißungsvoll und ignoriert, dass mindestens ein Drittel des Getränks schon längst auf den Teppich geschwappt ist. *Schoko Peng!* ist Kakao mit Schuss, einem sehr großen Schuss, wie Silke schon beim ersten Schluck merkt. Welche Spirituose Frau Goebel in den Kakao gemischt hat, will sie nicht verraten; dass es überhaupt nicht zu Kakao passt, steht für Silke allerdings schnell fest. Jeder Schluck brennt im Rachen, verkrampft ihr Gesicht und verwandelt ihre Augen in winzige Schlitze. Etwa nach der halben Tasse stellt sich dann aber eine wohlige Entspannung bei ihr ein. Sie schwebt auf einer Wolke der Sorglosigkeit, blickt von oben auf ihre Probleme, sie sind noch da, aber so weit weg, dass sie zu unwichtigen kleinen Punkten werden, es geht höher und höher, Silke hat ihren Ballast abgeworfen und wird immer leichter.

«Na? Jetzt ist besser, oder?», grinst Frau Goebel.

Silke nickt mit einem zufriedenen Lächeln und gönnt sich noch einen großen Schluck *Schoko Peng!*.

«Kindchen, jetzt hör mal zu, was die alte Frau dir zu

sagen hat. Wir hatten früher bei uns im Laden mal eine Mitarbeiterin, die Angela, die hatte zu Hause einen Kabelbrand. Alles abgefackelt, das ganze Haus, nix mehr übrig geblieben, das war 'ne schlimme Sache.» Beim Erzählen wackelt Frau Goebel die ganze Zeit leicht mit dem Kopf, oder besser gesagt, der Kopf wackelt mit Frau Goebel, denn die Kontrolle über Muskeln und Nervenbahnen kommt ihr jeden Tag ein Stück weit mehr abhanden. «Jedenfalls haben der Rudi und ich überlegt, wie wir dem armen Tröpkens helfen können, die hatte ja kein Dach mehr überm Kopf und nix. Ich hab dann vorgeschlagen, dass wir einen Spendenlauf organisieren, um Geld zu sammeln, damit die Angela sich wenigstens das Nötigste wieder kaufen kann, Waschmaschine, Sofa, solche Sachen. Da laufen dann die Leutchens ihre Runde, und jeder hat einen Sponsor, der pro Runde soundsoviel spendet. Da kannste dann die ganzen Firmen hierfür anfragen, für die ist das ja auch Werbung, verstehste? Wir haben damals um die 10 000 Mark zusammenbekommen, da war richtig was los, die halbe Stadt ist mitgelaufen.»

Silke gefällt die Idee. Ein Spendenlauf für Zippo. Den Borkener Sportplatz könnte man bestimmt dafür anfragen. Die Leute von der Bahnhofsmission würden auch sicher mitmachen, Thomas vom Lotto Totto und Selma vom Informationsservice auch. Gleich Morgen wird Silke Türklinken putzen und Menschen für den Spendenlauf mobilisieren. Wer dafür allerdings wieder auftauchen müsste, ist Zippo.

«So», unterbricht Frau Goebel ihre Gedanken, «jetzt gibt's noch eine Tasse *Schoko Peng!* für die Bettschwere.»

*

DASS *Schoko Peng!* nicht nur glücklich macht, sondern auch einen ordentlichen Kater im Schlepptau hat, spürt Silke am nächsten Morgen auf der Arbeit. Sie versucht, sich ihre Kräfte einzuteilen, die Organisation des Spendenlaufs fordert ihre ganze Aufmerksamkeit, Zeit und Energie. Hinter dem Tresen der Bahnhofsmission beginnt sie, sich einen Plan zu machen. Sie hat bereits Anmeldebögen mit der Hand vorgeschrieben und erste Kopien angefertigt. Jetzt geht sie die Gelben Seiten nach allen Ladengeschäften von Borken durch, notiert sich die Telefonnummern und zeichnet eine Spalte für «Kommt» oder «Kommt nicht». Sie ist in die Arbeit vertieft, da steht plötzlich Roland vor ihr. Sie erschrickt, hat ihn gar nicht kommen hören. Er sieht noch erschöpfter aus als beim letzten Mal.

«Hallo, Silke», sagt er.

«Was machst du hier?», fragt Silke.

«Wollte nur ein bisschen plaudern, hatte gerade ein paar Probleme mit dem Laden, aber hab alles wieder im Griff», erzählt Roland, als wäre nichts gewesen und er beim letzten Mal nicht türenknallend verschwunden.

Silke malt eine weitere Spalte mit der Überschrift «Kommentare».

«Ja, keine Ahnung was da los ist. Ahmed war mit einem Mal stinksauer, weil ich meinen Laden ja nur in zwei Kilometer Entfernung zu seinem Geschäft eröffnet hatte. Die verstehen alle nicht das Prinzip, Konkurrenz belebt doch das Geschäft, aber anscheinend wollen die das nicht verstehen.» Silke schaut nicht auf, Roland hat sich an den Tresen gesetzt und redet sich weiter seinen Kummer von der Seele. Ahmed verbreitete in der Branche das Gerücht, dass Roland seinen Kunden persönlich davon abrate, die Läden von ihm, Drücke-Berger und Pasikowski zu besuchen, weil die Ware aus dem Ausland stamme, Tschechien und Ungarn, und in den meisten Fällen wären es billige Plagiate. Roland soll das sogar durch die Lautsprecher in seinem Laden gesagt haben, jeden Tag dreimal. Das stimmt natürlich nicht, so habe er das nie gesagt. Drücke-Berger und Pasikowski aber glaubten ihrem langjährigen Geschäftspartner Ahmed und gaben ihrerseits an die wichtigsten Großhändler weiter, dass Roland ein Wolf im Schafspelz und in Zukunft nicht mehr zu beliefern sei. Roland kam nicht mehr an Ware, der Umsatz brach ein, sein Laden stand vor dem Aus. Stand er vor dem Aus? Ja. War er gescheitert? NEIN! Denn nur wer aufgibt, scheitert.

Roland wollte nicht aufgeben, das Geld, das er noch hatte, setzte er strategisch gut ein. Er investierte in ein Powerseller-Seminar mit Jürgen Höller, inklusive zwei Tagen Hollywood-Catering in Passau. Was er da gelernt hat, ist mit Geld nicht aufzuwiegen, «Never give up!», schrie der Motivationsmogul Höller durch den mit hellbraunem Teppichboden ausgelegten Mehrzweckkonferenzraum des IBIS-Hotels. Die Menge war aufgeladen, sie wollten es noch mal wissen, es herrschte euphorische Stimmung, alle klatschten, es wurde gesprungen, und Hände wurden in die Luft geworfen, als stünde der wahrhaftige Messias vor ihnen. Roland hatte Gänsehaut. Als am Ende des zweitägigen Workshops dann auch noch Arnold Schwarzenegger zu einem *Meet and Greet* vorbeikam, war das Adrenalin auf dem Siedepunkt.

Roland fuhr am nächsten Tag mit einer unbändigen Motivation und einer neuen Geschäftsidee nach Hause: ein Restposten-Onlineshop. Er würde wieder durchstarten, mit neuem Namen, neuem Konzept. Er würde seinen Kumpel Uwe fragen, ob er mit einsteigen will, Uwe ist Versicherungsmakler und unzufrieden mit seiner beruflichen Situation. Uwe würde dann für den Handel verantwortlich sein, Roland selbst konnte das unter seinem Namen nicht mehr machen. Er würde sich um die Logistik, den Internetauftritt und die Gewinnmaximierung kümmern. Das Lager und Packzentrum hatte er schon, und zwar auf 4000 Quadratmetern! Es war eine geniale Idee, und es würde klappen. Roland spürte das Leben durch seine Adern fließen, das bittersüße Risiko, das es erst lebenswert macht.

«Der Onlineshop läuft noch an», erzählt er Silke. «Die ersten zwei, drei Jahre sind die schwierigsten. Aber dann kommt der Peak!»

Silke will das alles nicht hören, aber sie denkt an Frau Goebels Rat und wittert ihre Chance: «Wenn der schneller anlaufen soll, brauchst du gute Werbung. Ich organisiere einen Spendenlauf, in drei Wochen, hier am Borkener Sportplatz. Ein Freund, der hier öfter vorbeikommt, hat Krebs. Mit den Spenden soll seine Behandlung bezahlt werden.»

«Tolle Idee! Silke, ich wusste schon IMMER, dass mehr in dir steckt, du bist ein *Freshbrain*, du hast Potenzial! Ein echter Querdenker!»

«Denkerin!» Silke knallt ihm den ersten Anmeldebogen vor die Nase. «Kannst die Anmeldung ausfüllen, hier unten den Spendenbetrag und wie viele Leute du sponsern willst. Unterschrieben an mich zurück.» Dann zieht sie ihre Jacke über und geht nach draußen, an den Bahnsteig. Endlich allein, in Sicherheit, Raum zum Atmen, Luft. Aber Roland ist Silke schon gefolgt, er steht direkt vor ihr, unangenehm nah, er riecht nach Kaffee und Weizenbier. Mit dem unterschriebenen Spendenlaufformular wedelt er vor ihrer Nase rum.

«*Count me in!*», schnalzt er.

Silke macht einen Schritt zurück und nimmt den Zettel entgegen.

«Danke», sagt sie, wendet sich mit verschränkten Armen ab und will wieder reingehen. Roland fasst sie am Arm. «Silke. Es tut mir leid, was war. Ich hab damals überreagiert. Aber das ist doch jetzt schon so lang her, ich hab mich verändert! Ich bin nicht mehr der Alte!»

«Lass mich los», sagt Silke. Roland lässt nicht los.

«Schau mich an.»

Silke schaut zu Boden.

«Ist das noch der Roland, den du kennst? Der alte, mufflige, unausgeglichene Roland? Ich bin das nicht mehr, Silke. Ich bin ein *Free Spirit*! Und ich verzeihe dir!»

Silke schlägt seinen Arm von ihrer Schulter. Sie will hier keine Szene machen, mitten am Bahnsteig, direkt vor ihrem Arbeitsplatz. «Bitte geh jetzt», sagt sie und läuft zurück in die Mission. Gott sei Dank ist ihre Kollegin Naira gerade gekommen, denn Roland folgt ihr schon wieder. Naira sieht auf und begreift sofort.

«Wir schließen für heute», sagt sie zu Roland und reicht ihm seine Jacke.

«Das hier ist eine Bahnhofsmission», empört er sich. «Die kann nicht einfach schließen.»

«Für Sie schon», erwidert Naira und geleitet Roland zur Tür.

Roland windet sich, sieht nicht ein, dem Befehl Folge zu leisten, diskutiert lauthals und besteht darauf, den Geschäftsführer zu sprechen.

Nein, das ist kein neuer Roland, denkt Silke. Der alte Roland hat nur einen neuen Mantel an.

*

WOCHENLANG rennt Silke Unterschriften hinterher, erklärt potenziellen Teilnehmern den Sinn und Zweck des Events, akquiriert Firmen aus Borken und Umgebung. Ihr Telefon steht kaum noch still, manchmal vergisst sie in all der Hektik, dass sie zwischendurch auch essen und trinken muss.

Willy-Martin kann kaum mit ansehen, wie sehr sich Silke stresst, zumal Zippo immer noch nicht aufgetaucht ist und die Sorge wächst, dass er wirklich abgehauen ist. Mutter Petra hat angeboten, am Abend vor dem großen Lauf für Silke ihren Flattermann zu kochen, und weil Willy-Martin die Idee gut findet, hat er Silke tatsächlich eingeladen.

Er holt sie am Bahnhof ab, und schon beim Einsteigen in sein Auto klingelt Silkes Telefon. Ihre tiefen dunklen Augenringe lassen erahnen, dass einige schlaflose Nächte hinter ihr liegen. Sie kramt Formulare aus ihrem Ordner, ein Kuli steckt ihr im Mundwinkel, zwischen Ohr und Schulter hat sie das Telefon geklemmt, Bestattungen-Schulte, schönen guten Tag, schade, trotzdem Danke für Ihr Vertrauen. Wieder klingelt es, Gemüse-Yilmaz, schön, natürlich können Sie auf dem Sportplatz Ihre hausgemachten Grünkohl-Smoothies verkaufen, das ist gar kein Problem, wir freuen uns, bis Morgen!

Willy-Martin nickt anerkennend. Es springt nichts raus für Silke, kein Cent, nicht mal Ruhm und Ehre – all die Arbeit nur, um jemand anderem zu helfen. Während sie die dunkle, menschenleere Landstraße Richtung Mutter Petra entlangfahren und Silke mit der Werbetechnikerin telefoniert, die morgen früh ein großes Banner liefern soll, füllen sich Willy-Martins Augen heimlich mit Tränen. Silke, die Welt hat dich nicht verdient!

Das Empfangskomitee aus Hunden steht hinter der Haustür. Nervös jaulen und bellen die kleinen Tölen und kratzen am goldenen Briefschlitz, als Willy-Martin auf die Klingel drückt. Er wirkt angespannt, tritt sicherheitshalber einen Meter zurück, Silke steht beinahe schützend vor ihm. Man hört Mutter Petra mit den Hunden sprechen, «Aus, Lucky!», «Jacky NEIN!», «Du sollst nicht beißen, Diego!», «Herrschaftszeiten, lasst ihr das Frauchen jetzt mal durch?», «Peppo, weg von den Schuhen!» Ganze Minuten vergehen, Mutter Petra ist Luftlinie höchstens einen Meter entfernt, aber schafft es wegen der Hunde mal wieder nicht, problemlos die Tür zu öffnen. Nach langem Brimborium hört man den Schlüssel dann endlich seine Runden im Schloss drehen. Als die Tür sich öffnet, springen Silke und Willy-Martin augenblicklich die vielen Hunde entgegen. Silke streichelt ihre Köpfe und lässt die nassen Schnauzen an ihrer Hand riechen, um bei ihnen Vertrauen zu wecken. Willy-Martin versteckt sich hinter ihr.

«Schön, schön, schön!», pfeift Mutter Petra. «Kommt rein, kommt rein, kommt rein!»

Das Haus wirkt, als wäre es für die Hunde gebaut; kalte Tonfliesen überall, kratzresistent, leicht abwaschbar. Willy-Martin kennt diese Fliesen ganz genau, er lag als Kind etliche Male auf ihnen, immer wenn Herr Tobler kam. Herr Tobler war der Bofrost-Mann, Mutter Petra hatte einmal bei Bofrost bestellt, weil man das neuerdings in der Nachbarschaft so tat, qualitativ gutes Tiefkühlessen, das sprach sich schnell rum. Kaisergemüse, Brokkoli-Nudelauflauf, Eis am Stiel: Bei Bofrost wusste man, was man bekommt. Nach nur einer Bestellung fiel Mutter Petra allerdings auf, dass die Preise bei Bofrost weit über ihrem Budget lagen, eine Tiefkühlpizza für 10 Mark, die Schmidts konnten sich das vielleicht leisten, aber Mutter Petra war alleinerziehend und hatte nur eine halbe Stelle bei der Post, Bofrost war da einfach nicht drin.

Im Dorf gab es bald kein anderes Thema mehr. «Habt ihr schon die neue Lasagne probiert?», «Was hältst du von dem Grünkohl, Birgit? Kann der mit deinem mithalten?». Mutter Petra wollte sich nicht die Blöße geben, bewertete Fischstäbchen und empfahl Tiramisu, das sie nie gegessen hatte. Herr Tobler, der Bofrost-Mann, war nicht nur sehr freundlich, sondern auch ein fleißiger Verkäufer. Er hätte von Petra wissen wollen, warum nach einer einzigen Bestellung schon Schluss ist, sie hätte mit ihm diskutieren und sich rechtfertigen müssen und am Ende hätte er es dann an der nächsten Haustür weitererzählt, um sie unter Druck zu setzen. Birgit und Sabine hätten hinter ihrem Rücken über Petras Aldi-Spinat gelästert, fortan hieß es also: totstellen.

«Herr Tobler kommt! Herr Tobler kommt!», schrie Mutter Petra durch das Haus, wenn sie den großen weißen Kastenwagen in die Einfahrt rollen sah. Der Auftrag war klar: Willy-Martin warf sich sofort auf die eiskalten Fliesen, die Arme und Beine flach ausgestreckt, so regungslos wie eben möglich. Auch Mutter Petra schmiss sich auf den Boden, allerdings machten ihr starkes Übergewicht und ein schmerzendes Hüftgelenk ihr schon damals schwer zu schaffen. Es knirschte und knackte in ihren Gliedern, und mit einem Lauten RUMMS lag sie dann bäuchlings auf dem Boden wie ein dicker Maikäfer und musste sich ein schmerzverzerrtes Stöhnen verkneifen. Die Hunde rannten sofort zur Tür, Herr Tobler klingelte und klingelte, er lief einmal halb ums Haus, schaute durch die Fenster und klopfte, um sich zu vergewissern, dass auch wirklich niemand zu Hause ist. Willy-Martin und Mutter Petra schlug das Herz bis zum Hals, die paar Minuten fühlten sich an wie eine Ewigkeit, die Angst, entdeckt zu werden, bäuchlings auf dem Boden liegend, trieb die beiden in eine schockartige Regungslosigkeit. Wenn Herr Tobler und sein Kastenwagen wieder verschwunden waren, musste Willy-Martin seiner Mutter beim Aufstehen helfen. Er zog an einer ihrer Hände, bis sein Kopf puterrot wurde, er lehnte sich mit vollem Gewicht zurück und zog an ihr wie an einem schweren Tau. Irgendwann war sie dann oben und streichelte dem Jungen dankend die Schulter, diese liebevolle Geste war für Willy-Martin das Größte.

Nach ein paar Wochen entwickelte er beim Totstellen einen wahnsinnigen Ehrgeiz, Mutter Petra hatte «Herr Tobler kommt» noch nicht zu Ende geschrien, da lag er schon völlig lautlos auf dem Boden, flach wie ein Blatt Papier, so nah an der Wand wie möglich. Es war seine persönliche Militärübung, er fing an die Luft anzuhalten, jedes Mal ein bisschen länger. Er fühlte sich wie ein Soldat im Schützengraben, es war das Vietnam des kleinen Mannes, der Feind hieß Tobler und trug eine blaue Fleece-Weste, er kämpfte für Bofrost, Willy-Martin für Mutter Petra. Manchmal, wenn er übermütig wurde, probte er ein Kriechmanöver: Sobald Herr Tobler klingelte, kroch Willy-Martin lautlos quer durch den Raum bis hinter das große Sofa, da rollte er sich mit einer dramatischen Bewegung ab und schlupfte unter den Hochflorteppich. Mutter Petra wurde dann immer sauer, aber konnte auch nichts sagen, da sie am anderen Ende des Raumes lag und Herr Tobler sie sonst gehört hätte. Viele Male lagen Willy-Martin und seine Mutter so auf den Fliesen, wenn er daran zurückdenkt, ist es beinahe eine seiner schönsten Kindheitserinnerungen; eine, in der die Hunde keine Rolle spielen. Es war ihr gemeinsames Erlebnis, Mutter und Sohn und die kalten Fliesen, das würde ihm keiner mehr nehmen.

Der Flur steht voll mit sechs großzügigen Hundekörben, überall liegt quietschendes, feuchtes Spielzeug, es riecht nach Wiese und Trockenfutter. Die riesige Sofalandschaft im Wohnzimmer ist mit Wolldecken bedeckt. Darauf kletten ganze Büschel Fell, überall Haare, man möchte sich nirgendwo anlehnen, geschweige denn setzen.

«Schön hast es hier!», sagt Silke zu Mutter Petra und schiebt mit dem Fuß vorsichtig einen Hund zur Seite.

«Danke, danke! Setzt euch, setzt euch!» Mutter Petra hat aufgetischt, und Willy-Martin sieht, dass wieder kein Teller zum anderen passt, die Gläser sind teilweise rissig, das Besteck stumpf und voller Wasserflecken. Aber Silke lächelt Willy-Martin zufrieden zu. Es ist ein seltsames Gefühl für ihn, Silke in dieser Umgebung sitzen zu sehen, in diesem rustikalen Hundehaus, mit dem er so viele Erinnerungen verknüpft. An dem gräulichen Massivholztisch, in den er schon als Kind mit der Gabel Löcher gestanzt hat, auf dem Stuhl, mit dem er als Achtjähriger mal vor lauter Kippeln rückwärts umgefallen war, mit dem Kopf auf die Fliesen, er weiß noch, wie das

Blut an seinen Fingern roch, als er sich schreiend an den Hinterkopf fasste. Mutter Petra konnte ihn damals nicht selbst in die Notaufnahme fahren, wo die Platzwunde genäht werden sollte, das weiß er auch noch. Sie hatte ihr Auto ein paar Tage zuvor verkauft, um den Bau eines Hundepools im Tierheim zu finanzieren, die vielen Hunde, die Mutter Petra noch nicht adoptiert hatte, hatten schwer mit der Hitze des Rekordsommers zu kämpfen und brauchten dringend eine Erfrischungsmöglichkeit.

Mutter Petra rief also notgedrungen ein Taxi und musste erst noch minutenlang mit dem Fahrer diskutieren, der sich weigerte, den blutenden Willy-Martin auf seinen Polstern sitzen zu lassen. Am Ende wurden sie sich doch einig, und Willy-Martin saß auf mehreren ausgebreiteten Mülltüten; die Fahrt zum Krankenhaus wird er nie vergessen. Blut und Tränen liefen zu gleichen Teilen seinen Kopf herab, er hatte starke Schmerzen, die Wunde brannte, er schwitzte, und ihm war übel. Mutter Petra saß hinten bei ihm, unwirsch streichelte sie sein Knie, was ihn noch nervöser machte. Im Radio lief wahnsinnig laut Reklame, ein Möbelgeschäft an der Autobahn, Müsli, Getränke-Schneider. Der Taxifahrer fuhr gemütlich, eine Ewigkeit waren sie unterwegs auf der Landstraße quer durch das Borkener Umland.

Willy-Martin war sich sicher, dass er jetzt gleich sterben würde, verbluten in einem fremden Taxi, die grünen Mülltüten auf seinem Sitz würden das Letzte sein, was er vor seinem Ableben sehen würde. Als der Fahrer sich dann auch noch bei geschlossenem Fenster eine Zigarette ansteckte und der Qualm die Rückbank erreichte, wurde dem Jungen so schwindelig, dass er seitlich auf Mutter Petra kippte. Das Nächste, woran er sich erinnert, sind zwei riesige Ernie- und Bert-Puppen im Aufwachzimmer des St.-Marien-Hospitals. Die Wunde an seinem Hinterkopf wurde mit vier Stichen genäht, er war erleichtert, dass er noch lebte, und stolz auf die Narbe, die da kommen würde. Wegen seines Schwindels musste er noch eine Nacht zur Beobachtung im Krankenhaus bleiben, zurück fuhren die beiden am nächsten Tag mit dem Bus.

Mutter Petra versucht den Flattermann aus dem Ofen zu bugsieren. Die Hunde sind aufgeregt, wegen des Besuchs, aber vor allem, weil es im ganzen Haus nach saftigem Fleisch und zu viel Cognac duftet.

«Kusch! Kusch!» Mutter Petra wirbelt herum, in den Händen hält sie einen riesigen Bräter und stolpert zwischen den Vierbeinern hindurch. Als der Flattermann auf dem Esstisch steht, seufzt sie erleichtert. «Mann, Mann, Mann. Die kleinen Monsterchen rauben mir den letzten Nerv. So, lasst es euch schmecken!»

Die Portionen sind groß, unter dem vielen Fleisch und dem Meer aus Soße kann man die Teller nur noch erahnen. Silke hat heute kaum etwas gegessen, wie so oft in den letzten Tagen und Wochen, sie haut richtig rein. Willy-Martin muss schon beim ersten Bissen husten, der Alkoholgehalt der Sauce scheint seit dem letzten Flattermann-Essen noch mal erhöht worden zu sein. Als Mutter Petra den Hunden etwas Fleisch in die Näpfe füllt, flüstert Willy-Martin Silke zu: «Du musst das nicht alles essen! Das hat richtig Alkohol drinnen, da muss man aufpassen. Wir können die Reste einpacken, kein Problem.»

«Passt schon», erwidert Silke laut. «Das ist echt superlecker. Weiß nicht, wann ich das letzte Mal so gut gegessen habe.»

Mutter Petra strahlt. «Ach, ach. Das freut mich aber, Silke. Hier, ich mach dir noch 'nen Schlag drauf!»

Silke bedankt sich herzlich und futtert sich durch die zweite Portion. Willy-Martin stochert in seinem Cognacgemüse. «Wir können heut nicht so lange bleiben», merkt er an. «Morgen ist ja der große Spendenlauf, den Silke organisiert.»

«Ja, kein Problem. Spendenlauf kenn ich übrigens noch von früher. Lustige Geschichte! Als Willy-Martins Grundschule die Turnhalle wegen Asbestbefalls abreißen und wieder neu aufbauen musste, wurde auch ein Spendenlauf organisiert. Ich hab damals Streuselkuchen gebacken, das weiß ich noch. Der Willy ist mitgelaufen. Hat aber nur eine Runde geschafft, der hatte immer so schnell Seitenstiche.»

Willy-Martin schießt das Blut in die Wangen. «Das stimmt doch gar nicht! Ich bin nur langsam gelaufen, weil ich auf den Heinz gewartet habe!»

«Wenn du das sagst», Mutter Petra verzieht keine Miene und schöpft sich die nächste Kelle Flattermann auf den Teller, dann bietet sie Silke die dritte Portion an.

Willy-Martin ist alarmiert, er schaut Silke flehend an. «Sicher, dass du noch mehr willst? Du musst morgen doch früh raus, und davon kriegste echt 'nen Schädel.»

Silke ist schon von den zwei Portionen gut angeheitert und winkt ab. «Auf eine Portion mehr oder weniger kommt's jetzt auch nicht mehr an.»

«So ist es, so ist es!», raunzt Mutter Petra mit halbvollem Mund. Und mit jeder Gabel Flattermann werden die zwei Frauen redseliger; es wird laut gelacht, die Gläser klirren, Besteck quietscht auf den ramponierten Tellern, die Hunde liegen angetrunken in ihren Körben.

Willy-Martin ist jetzt der einzig Nüchterne im Haus, und das gefällt ihm gar nicht. Es ist ihm zu laut, zu heiß, der Dampf der Flattermann-Soße benebelt seine Nebenhöhlen. Trotzig trinkt er ein Glas Malzbier nach dem anderen, wohl wissend, dass er von Malzbier in der Regel ganz zappelig wird. Willy-Martin möchte nicht nüchtern danebensitzen, wenn die anderen sich amüsieren und über seine Seitenstiche lachen. Er will auch sein Bewusstsein ausdehnen und übermütig werden und laut, er will dazugehören, zu Silke und zu Mutter Petra. Jetzt, wo die Hunde einmal Ruhe geben, will er nicht der Sonderling sein, der am Tisch sitzt und schweigt und das Spiel verdirbt und den Flattermann verschmäht, aber er muss später noch fahren, das weiß er auch. Also kippt er sich das Malzbier nur so in den Rachen, es soll schneller gehen, der Malzzucker soll ihm durch die Venen schießen und den Kreislauf auf Hochtouren peitschen. Er will jetzt auf der Stelle kopflos sein und zerstreut, er trinkt ein großes Glas des dunklen Gebräus in nur einem Zug und schmettert es angriffslustig auf den Tisch, dann rückt er mit seinem Stuhl näher an die anderen beiden, jetzt bloß nichts verpassen.

Mutter Petra lallt irgendwas von Peppos Hüft-OP, der kleine Jack Russell Terrier hatte es schon immer schwerer als andere im Leben. Als sie ihn 2008 bei sich aufnahm, hatte er eine ausgeprägte Zahnfehlstellung und starke Höhenangst. «Das hab ich ganz gut in den Griff bekommen mit der Zeit. Aber wie das so ist, kommt man von einer Scheiße in die nächste.»

Wenn Mutter Petra doch nur einmal so leidenschaftlich von Willy-Martin erzählen würde wie von ihren Kötern. Silkes Augen verschwinden immer mehr unter ihren Lidern, Nase und Wangen glühen um die Wette. Als sie einen Schluck Wasser trinken will, verfehlt das Glas ihre Lippen, und Wasser kippt auf ihre Schulter. Sie und Mutter Petra lachen um die Wette, und Willy-Martin stimmt aus Verlegenheit mit ein. So lustig war das jetzt auch nicht, denkt er und kippt sich knurrig noch mehr Malzbier nach. Silke pustet ihre Schulter an, um den Pullover zu trocknen, Mutter Petra muss noch mehr lachen, sie hält sich schon den runden Bauch, Tränen schießen ihr in die Augen. Dann klatscht sie amüsiert die Hände auf die Beine. «Silke, Silke, Silke. Du machst mich alle.» Auch Silke prustet nur noch, sie scheinen es unendlich lustig zu finden, Wasser auf der Schulter, was für ein launiger Zwischenfall.

Willy-Martin spürt langsam, wie die Kohlehydrate in seinem Körper Samba tanzen, er wird wacher und vital, fühlt sich, als könnte er Bäume ausreißen, er will jetzt auf der Stelle hundert Meter sprinten oder den Abwasch machen. «Die Silke, DAS wäre 'ne Frau für dich, Willy.» Mutter Petras Worte schneiden scharf durch den Lärm, und es wird ganz still. Silke schaut auf den Tisch. Willy-Martin ist wie versteinert. Von allen Dingen, die seine Mutter je gesagt hat, war das mit Abstand das unangenehmste, und das soll wirklich etwas heißen. Plötzlich fängt Silke an zu kichern, erst ganz leise im Kleinen, dann schüttelt sich ihr gesamter Oberkörper. Es dauert nicht lang, und Mutter Petra stimmt wieder mit ein, sie bäumen sich auf und gackern und brüllen, dass es Willy-Martin schwindelig wird, sie wackeln auf den quietschenden Holzstühlen und wischen sich mit den Ärmeln Tränen aus den Augenwinkeln. Silkes Lachen trifft Willy-Martin direkt ins Herz. Nervös öffnet er mit dem umgedrehten Dessertlöffel die nächste Flasche Malzbier. Um sich nichts anmerken zu lassen, zwingt er sich zu einem teilnehmenden Lächeln.

Silke haut ihm etwas ungestüm auf die Schulter. «Stell dir das mal vor. Wir beide als Paar.» Wieder lautes Gelächter.

Willy-Martin kann seine Enttäuschung jetzt nicht mehr verbergen. «Versteh ich jetzt nicht, was daran so lustig sein soll.»

Er steht auf und geht beleidigt mit seinem Teller in die Küche, um dem Ärger im Spülbecken Luft zu machen. Die Mischung aus trauriger Wut und einer Überdosis Malzbier treibt ihn beim Schrubben zur Höchstleistung; seine zur Faust geballte Hand scheuert den Spülschwamm mit einer enormen Kraft gegen den schweren Tonteller, aus dem Wasserhahn spritzt dabei eine laute Fontäne dampfend heißes Wasser. Es poltert und klirrt, das Wasser spritzt bis auf die Armaturen und den Kühlschrank, Willy-Martins Hand glüht, er ist so wütend, so sauer, er würde den Teller am liebsten auf den Boden schmettern. Das heiße Wasser macht ihm nichts aus, er spürt es gar nicht.

«Ich wollte nicht noch mal renovieren in nächster Zeit», ruft Mutter Petra rüber ins Küchengepolter.

Willy-Martin dreht den Wasserhahn zu und zieht seine purpurrote Hand aus dem Spülbecken. «Bin gleich fertig», zischt er, dann atmet er tief durch und nimmt einen großen Schluck aus der offenen Cognacflasche neben dem Herd. Jetzt ist doch eh alles egal.

*

MUTTER Petra und Silke sind inzwischen total betrunken, nach der fünften Portion Flattermann gab es noch ein Glas Rosé und danach einen kleinen Portwein. Sie giggeln und erzählen sich Geschichten.

Der Cognac sitzt Willy-Martin in den Knochen. Silke muss in weniger als acht Stunden auf dem Sportplatz stehen, und er sieht sich in der Verantwortung, sie jetzt sofort nach Hause zu bringen.

«Mutti, es war sehr schön bei dir!», bricht es aus ihm heraus.

Mutter Petra protestiert. «Was, was, was? Ihr seid doch gerade erst gekommen!», lallt sie empört.

«Wir müssen morgen früh raus. Komm, Silke.»

Silke ist sehr betrunken. Sie taumelt um den Tisch und fällt Mutter Petra in die Arme. «Es war soooo schön, Petra, lass uns das doch wiederholen. Danke für das leckere Essen und den Wein!», hickst sie und muss schrecklich über ihren Schluckauf lachen.

Willy-Martin hakt sich bei ihr unter, um sie zum Auto zu ziehen, aber Silke wankt nach links und rechts und wackelt vor Lachen mit den Armen, weil ihr Schluckauf kein Ende nehmen will. Mit Mühe und Not kann er sie auf den Beifahrersitz hieven. Nachdem er sie angeschnallt hat, ist er nass geschwitzt. Als das Auto die Einfahrt verlässt, steht Mutter Petra mit einem Hund unter den Arm geklemmt im Türrahmen und winkt den beiden mit dem anderen Arm nach.

«Wo fahren wir denn jetzt hin?», fragt Silke.

«Nach Hause. Morgen ist der Spendenlauf, Silke», sagt Willy-Martin etwas streng.

«Nach Hause, so ein Quatsch! Lass uns noch was erleben, ich bin noch nicht müde!»

«Aber du musst doch morgen fit sein. Besser, wir fahren nach Hause und schlafen noch ein paar Stunden. Morgen ist so ein wichtiger Tag!»

«Schlafen kann ich, wenn ich tot bin. Du siehst doch bei Zippo, wie schnell es geht. ZACK BUMM liegste in der Kiste. Die paar Minuten, bitte, Willy, ich will noch nicht schlafen!» Sie schaut ihn mit großen Rehaugen an, Willy-Martin weiß sich nicht zu helfen. Er will Silke jetzt nicht enttäuschen, aber er ist auch müde und will vernünftig sein. Während er mit cognacgetränktem Kopf versucht, den Wagen auf der dunklen Landstraße sicher in der Spur zu halten, überlegt er angestrengt, was er Silke zur späten Stunde noch Abenteuerliches bieten kann. «Wir können zu den Tauben fahren! Ich kann dir den Schlag zeigen und den Schlossgarten, es gibt auch einen Esel und zwei Pfauen!»

Silke klatscht in die Hände. «Ich will auf einem Pfau reiten! Auf zum Pfau!»

Willy-Martin muss lachen. «Gucken wir dann mal.»

Der Taubenschlag liegt auf einem grasbewachsenen Hang oberhalb des Anwesens von dem Herrn Grafen. Die opulenten Granitsockel unter dem weiß verputzten Backsteinbau lassen erahnen, dass das Schlösschen vor langer Zeit mal wertvoll war, sich über den Häusern ringsherum erhoben hat, wie ein dicker, mahnender Zeigefinger. Silke staunt nicht schlecht. «Und da wohnt noch jemand drin?»

«Ja, der Herr Graf. Er kann das aber gar nicht mehr bezahlen. Ich glaube, der heizt nur noch zwei Zimmer, und die anderen stehen leer. Will gar nicht wissen, wie das da drin modert.» Als sie den Schotterweg zum Schlag hochfahren, steht der 7,5-Tonner in der Einfahrt.

«Ach, Scheiße», raunzt Willy-Martin. «Oleg hat die Tauben heute schon in den Laster gepackt. Die haben morgen früh Trainingsflug.»

Silke torkelt fasziniert am Wagen entlang. «Da sind jetzt Tauben drin?»

Mit einem routinierten Handgriff lässt Willy-Martin eine Rollverkleidung an der Außenseite hoch. Mehrere Tauben schrecken aus dem Schlaf auf und flattern in ihren Plexiglas-Kabinenboxen. Willy-Martin flüstert ihnen beruhigend zu. «Alles gut, meine Dicke. Alles gut, ich bin's.» Es scheint zu funktionieren. Stolz stellt er Silke die Tauben vor, Sabbel und Evelyn, Juan und Cedric. Silke darf ihnen ein paar Körner in die Boxen werfen und freut sich. «Die sind ja süß. Gar nicht so eklig grau wie die vom Bahnhof.»

«Das ist ja auch was völlig anderes. Das hier sind edle Zuchttiere, die Besten der Besten!», referiert Willy-Martin. «Die haben schon einen ganzen Schrank voll Preise eingefahren.»

«Aber ist denen das nicht zu eng in diesen kleinen Boxen?», fragt Silke.

Willy-Martin gerät ins Straucheln. «Nein, Quatsch, also, die sind ja im Käfig geboren, die kennen es gar nicht anders. Manchmal fliegen sie Wettkämpfe, aber wenn sie dann wieder zu Hause sind, gehen sie von sich aus in den Käfig zurück. Denen gefällt das so!»

Silke schweigt. Ihre anfängliche Freude ist in eine ernste Traurigkeit übergegangen, ihre Augen starren glasig in die Käfige. «Dann lasst ihr sie nur raus, um Preise für euch zu gewinnen, und dann kommen sie wieder in diese kleinen Boxen?»

Willy-Martin versucht sie zu beschwichtigen. «Na ja,

Silke. Das ist jetzt aber ziemlich hart formuliert. Die machen das schon freiwillig. Die könnten schließlich auch woanders hinfliegen.»

«Aber sie kennen es gar nicht anders, sie wissen gar nicht, was sie verpassen.»

«Na ja. Vielleicht. Kann sein.» Willy-Martin schaut betroffen auf den Boden, Silke rollen Tränen über die Wangen.

«Vielleicht wollen sie ja gar nicht zu dem Trainingsflug morgen. Vielleicht wollen sie lieber hierbleiben, zu Hause, oder hier auf den Bäumen sitzen. Du fragst sie ja nicht mal!» Sie ist inzwischen richtig laut, die Vögel schlagen ihre Flügel aufgeregt gegen die Käfigwände. Willy-Martin steht kurz vor einem Niesanfall und hält sich präventiv am Lastwagen fest.

«Hast du irgendwo noch Vogelscheiße?», fragt Silke unter Tränen.

«Was?»

«Die Scheiße, wo tust du die hin?»

Willy-Martin schaut Silke entgeistert an. «Warum fragst du das denn?»

«Wir sind doch Freunde, oder?»

«Ja klar!»

«Wie viel Vogelscheiße hast du noch?»

«Ich, ich hab die nie wirklich weggemacht, ich hab da Probleme mit, das anzufassen. Hab ich alles in so IKEA-Säcke gepackt und dann in die kleine Kammer. Anfangs dachte ich noch, das bringe ich bald weg, aber es wurde immer mehr, und na ja, das sind jetzt schon so drei schwere Säcke, aber ich wollte die bald mal wegbringen. Das weiß auch keiner, weil, ich hab den Schlüssel, wenn der Graf das erfährt …» Willy-Martin stammelt ganz aufgeregt und kratzt sich dabei hinter dem Ohr.

«Fährst du mich zu Roland und lädst mit mir die Scheiße in seinem Vorgarten ab?»

Willy-Martin reißt schockiert die Augen auf. «Silke, das ist doch nicht. Das geht nicht, nein. Lass uns nach Hause fahren, wir müssen morgen früh raus.»

«Willy-Martin, wir sind doch Freunde.» Sie hält ihn an beiden Schultern fest und schaut ihm fest in die Augen, auf einmal wirkt sie sehr nüchtern und klar. «Ich brauche jetzt deine Hilfe. Nur dieses eine Mal. Niemand wird es erfahren.» Willy-Martin muss schlucken, bei dem Versuch, Silkes Blick zu erwidern, läuft ihm der Schweiß von der Stirn.

«Okay, aber nur weil du es bist.»

Silke triumphiert. «Also, wo ist die Scheiße?»

«Pscht, nicht so laut! Das darf jetzt wirklich niemand mitbekommen, sonst bin ich geliefert!»

«Okay», flüstert Silke und wird dabei wieder von einem Schluckauf überrascht. «Hups.»

Willy-Martin schließt eine morsche Kammer im Geräteschuppen auf, und die beiden tragen unter höchster Anstrengung drei randvolle blaue IKEA-Säcke zum Auto.

«Das können wir nicht machen, das landet doch alles im Wagen dann in den Kurven. Nee, das geht echt nicht», zetert er.

«Dann nehmen wir halt den da!», antwortet Silke und zeigt auf den LKW.

«Niemals! Da sind die Tauben drin! Ich glaub, du spinnst. Nee, sorry, nicht mit mir.»

Fünf Minuten später sitzen Silke und Willy-Martin im

LKW, zusammen mit 120 Rassetauben und der Vogelscheiße von insgesamt vier Jahren.

Roland lebt inzwischen im Haus seiner Eltern, gleich gegenüber von dem Mehrfamilienhaus, in dem Silke und er vor der Scheidung zusammen gewohnt haben. Seine Eltern haben ihm vor ihrem Ableben alles vermacht, und sein alkoholkranker Bruder Werner ging komplett leer aus. Das hat man halt davon, wenn man sich nur zu jedem zweiten Weihnachten mal bei den eigenen Eltern blicken lässt, hatte Roland gesagt. Alles hatte Roland allein abgestaubt, das Haus und das Grundstück und die zwei Autos, einen Golf UP und einen Passat. Er hatte vor Silke neulich regelrecht Werbung gemacht für sich und seinen neuen, großzügigen Lebensstil. Silke stellte sich das Leben im Haus der toten Eltern, mit all ihren Möbeln und den muffigen Erinnerungen und zwei Autos, die man ja gar nicht gleichzeitig fahren kann, ziemlich trostlos vor.

Das Haus liegt etwas versteckt zwischen zwei Reihenhaussiedlungen. Ein schmuckloser Sechziger-Jahre-Bau, materialknapp, kleine Fenster, mit verschämtem schlammbraunem Hauseingang. Im Garten wildert grünbrauner Rasen um die rostige Schaukel, auf der Roland und sein Bruder schon als Kinder geschaukelt haben. Die Frontlichter des LKWs strahlen die von der Nacht verschluckten Hauswände grell an, der Motorenlärm bollert in die menschenleere Wohngegend. Um zum Garten zu gelangen, müssen Silke und Willy-Martin eine enge Spielstraße passieren.

«Das schaff ich nicht mit dem Laster, Silke. Wir müssen hier aussteigen und die Tüten dahin tragen.» Willy-Martin ist sichtlich nervös. «Der LKW ist auch viel zu laut, ich muss den ausmachen, die Leute hier wachen auf.»

«Das passt schon!», ruft Silke. «Ich kenne diese Straße. Ich bin da auch mit 'nem Umzugs-Sprinter durch. Keine Sorge, fahr ruhig!»

Willy-Martins Hand liegt zitternd auf dem Schaltknüppel. Als er nach links in die Spielstraße einbiegt, schiebt er konzentriert die Zunge aus dem Mundwinkel. «Du musst mich lotsen! Ich weiß nicht, wie viel Platz nach hinten ist.»

Silke springt aus dem Wagen und knallt die Beifahrertür unwirsch zu.

Willy-Martin kurbelt sein Fenster runter. «Sag stopp!», ruft er gegen den Lärm an.

Silke gestikuliert. «Kannst noch, kannst noch, kannst noch, weiter, ja, noch ein Stück, STOPP!»

Willy-Martin rangiert den Wagen mit vollem Körpereinsatz, die beiden geben sich wilde Handzeichen, die ersten Rollos in der Nachbarschaft fahren hoch. Doch wie sehr er es auch versucht, der LKW ist zu groß für die enge Kurve, Willy-Martin bekommt ihn nicht eingeschlagen. Nach ein paar Minuten hat er sich an der Wegkreuzung festgefahren, er kommt weder vor noch zurück. Silke steht hinten und wirft verzweifelt den Kopf in die Hände. Die halbe Nachbarschaft ist inzwischen wach, Fenster werden geöffnet, eine Frau steht im Bademantel mit verschränkten Armen in ihrem Vorgarten und beobachtet, was da vor sich geht. Willy-Martin springt aus der Fahrerkabine, um sich selbst ein Bild davon zu machen, wie viel Platz nach hinten noch ist. Silke schaut immer wieder zu Rolands Haus rüber, bisher brennt kein Licht, noch mal Glück gehabt.

«Eine riesige Scheiße!», poltert Willy-Martin. Seine Nerven liegen blank.

«Wir haben es fast geschafft! Komm, mach den Motor aus, und wir tragen die Taschen von hier zum Garten!»

«Nein, nein, nein! Hier ist Schluss. Wir fahren zurück!» Willy-Martin fällt es sichtlich schwer, Befehle zu erteilen. Er wackelt nervös mit dem Kopf, kratzt sich am Arm, unter seinem Nasenloch glitzert klarflüssiger Rotz.

«Komm, Willy, wir sind doch schon da. Bitte, es geht ganz schnell. Mach den Motor aus, und dann schleppen wir die Tüten zum Garten!»

«Nein, Silke, wir fahren jetzt zurück, ich hätte gar nicht herfahren dürfen, und du bist betrunken, es war eine Schnapsidee! Morgen ist der Spendenlauf, und wir fahren hier nachts um zwei Uhr mit dem Laster durch die Gegend, es reicht mir jetzt!»

Silke ist überrascht von Willy-Martins Gefühlsausbruch. «Mann, beruhig dich wieder. Ich bin nicht betrunken! Ich will einfach nur diese Scheiße abladen, also entweder hilfst du mir, oder ich mach's alleine!» Silke versucht genervt, die hintere Ladetür zu öffnen, aber sie ist verschlossen. In der Nachbarschaft sind immer mehr Zimmer hell erleuchtet, der laufende Motor des LKWs reißt die Anwohner aus dem Schlaf. «Gibst du mir die Schlüssel bitte?»

«Nein, wir fahren jetzt zurück.»

«Es dauert eine Minute!» Die beiden streiten immer lauter.

«Wir fahren zurück!»

«Ich lade erst noch die Scheiße aus!»

«Wir machen das wann anders, wir fahren jetzt zurück!», Willy-Martin kann Silkes scharfen Ton nicht ertragen, er muss heftig niesen, ein-, zwei-, drei-, viermal, und dann dreht er sich wieder im Kreis, der Niesanfall gerät außer Kontrolle, er krümmt sich und niest sich lauthals in die Armbeuge, hatschi, hatschi, hatschi, nach vier Runden um die eigene Achse hält er sich am Laster fest, er kann nicht mehr, er will sich nicht mehr drehen, aber niesen muss er immer noch.

«Gib mir die Schlüssel!», schimpft Silke.

Willy-Martins Oberkörper will ihn zu einer neuen Drehung zwingen, er klammert sich an der Außenverkleidung des LKWs fest, hatschi, hatschi, hatschi, die Finger rutschen ab. «Ich dachte, wir sind Freunde!», sein Korpus reißt nach links, die Finger suchen Halt, hatschi, hatschi, hatschi, der Motor lärmt. Alles verschwimmt, Silkes böser Blick, das gleißende Scheinwerferlicht, er bekommt einen Metallgriff zu fassen, niest wieder, und plötzlich ist es passiert: Mit einem Ruck schnellen die Rollverkleidungen am LKW hoch, die Plexiglas-Boxen klappen nach oben auf, die Vögel erschrecken sich zu Tode und stürzen aus ihren Kabinen in den nachtklaren Himmel, schneeweiße und graue und braune Tauben fliegen über ihre Köpfe.

«Ich liebe dich, Silke», brüllt Willy-Martin, und die Tränen schießen ihm aus den Augen. «Ich liebe dich schon, seit wir uns kennen, du isst auch immer den Giotto-Becher, du hasst Fußball genau wie ich, Silke, ich hab das Gefühl, wir sind seelenverwandt! Wenn ich morgens aufstehe, denke ich an dich, und wenn ich abends Abendbrot esse, denke ich auch an dich, und ich kann nicht mehr ohne dich, Silke, heirate mich!»

Silke hat die Augen weit aufgerissen und legt die Hände vor den Mund. Der Motor läuft immer noch heiß, in der Ferne schreit ein wütender Anwohner was von «Nachtruhe» und «Polizei». Willy-Martin atmet hektisch ein und aus, er bekommt kaum noch Luft nach dieser dramatischen Szene. Er starrt Silke an, stemmt dabei erschöpft die Arme in die Hüften. Silke steht wie angewurzelt da, mit bleichem Gesicht, und dann dreht sie Willy-Martin den Rücken zu und übergibt sich im großen Strahl mitten auf die Straße.

*

AM Morgen des Spendenlaufs ist Silke speiübel. Um zehn Uhr soll es losgehen, um acht Uhr dreißig holt sie in der Bahnhofsmission die Kiste mit den Startnummern und Plastikbechern ab. Als sie hinter den Tresen schlüpft, fällt ihr auf dem Briefstapel eine Postkarte ins Auge. Zippo hat geschrieben.

Sorgen kommen rausgekrochen,
das erweicht selbst harte Knochen.
Ich musste etwas Abstand gewinnen,
eine einsame Melodie anstimmen.

Wenn jäh der Zeitpunkt kommt,
sich die Seele wieder sonnt,
werde ich aus dem Tale zurückkehren
und dir meine große Dankbarkeit gewähren.

Zippo ist nicht verschollen, und er wird wieder in die Mission kommen, wenn er bereit ist. Silke steckt die Postkarte heilfroh in ihre Handtasche, dann macht sie sich auf zum Sportplatz. Die Augen hält sie mit Mühe geöffnet, in ihrem Kopf bollert der Restalkohol. Wer hatte eigentlich diese bescheuerte Idee, am Abend vor dem Spendenlauf Alkohol zu trinken?, fragt sie sich und verflucht Mutter Petra für ihre unverschämt leckere Flattermann-Soße. Silke war seit Jahren nicht mehr so betrunken gewesen, sie hatte auch seit Jahren nicht mehr so einen Kater gehabt. Auf dem Sportplatz angekommen, schließt sie die Toiletten auf und überprüft sie auf Sauberkeit, es fällt ihr schwer, sich nicht noch einmal zu übergeben. Sie fegt die Tartanbahn frei, baut eine Trinkstation und Tapeziertische für die Anmeldungen kurz entschlossener Sponsoren auf. Um neun Uhr trifft die Werbetechnikerin ein, sie hat das große Banner dabei, «Spendenlauf für Zippo».

«Morgen! Wo kann das hin?», flötet sie, ihre schrille Stimme bringt Silkes Schädeldecke zum Klirren. Während beide das Banner prominent am Zaun befestigen, betritt Willy-Martin den Platz. Ungekämmt, mit tiefen Ringen unter den Augen, aber in voller Sportmontur und mit Rucksack auf dem Rücken.

«Ist noch was zu tun?», fragt er und weicht dabei Silkes Blick aus.

«Ja, du kannst mir helfen mit der Anlage und der Beleuchtung, vorne im Vereinsheim.»

Willy-Martin nickt bloß, dann holt er eine Thermoskanne aus dem Rucksack und drückt sie Silke in die Hand. «Hier, für dich. Das hilft gegen den Kater.»

«Was ist das denn?»

«Schlotter-Dotter. Meine eigene Kreation.»

«Schlotter-Dotter?»

«Dreihundert Milliliter Orangensaft, ein Teelöffel Honig, zwei rohe Eier. Das jagt dir den Flattermann aus dem Leib, mir kannste da vertrauen.»

Silke ist gerührt von Willy-Martins Fürsorglichkeit, überhaupt hatte sie nicht damit gerechnet, dass er heute hier auf dem Platz stehen würde, nach letzter Nacht. «Du Willy-Martin, wegen gestern ...»

«Schwamm drüber.» Sein Blick weicht Silkes wieder aus. «Wollte dich nicht überrumpeln. Ich hatte schon einen Cognac drin, und die Tauben, das sah einfach so schön aus. Da werd ich schnell emotional.»

«Kann ich auch verstehen. Die sind ja wirklich schön. Hast du eigentlich Ärger vom Graf bekommen?»

«Kann man so sagen. Der hat mich im hohen Bogen rausgeschmissen.»

«Scheiße.»

«Ja. Aber zum Glück sind alle Tauben wieder zu Hause angekommen. Und vielleicht überlegt er es sich noch mal.» Eine Weile starren die beiden auf die rote Laufbahn, dann hupt es plötzlich wie wild auf dem Parkplatz. Renate ist da, sie winkt mit großen Bewegungen aus dem geöffneten Fahrerfenster.

«Silke, Willy! Huhuuuuu!»

Die beiden winken zurück. Es ist das erste Mal, dass Renate und Silke sich nach ihrem Streit in Hohenwutzen wiedersehen. Silke freut sich, dass Renate von sich aus gekommen ist. Renate überspielt ihre Unsicherheit mit aufgedrehter Stimme und übertriebenen Gesten.

«Ich hab die alte Goebel mitgebracht!», ruft sie über den Parkplatz. Und tatsächlich: Frau Goebel ist auch gekommen, Renate schiebt sie in ihrem Rollstuhl vor sich her, sie trägt eine dicke Daunenjacke und zusätzlich eine Wolldecke auf ihrem Schoß. «Frau Goebel, Sie sind doch erkältet, was machen Sie denn hier draußen? Sie sollten im Bett liegen und sich schonen!»

«Kindchen, das bisschen Freizeit sei mir jetzt mal gestattet», keucht Frau Goebel. «Der nette Herr Martin hat angeboten, mich auf der Bahn zu schieben.»

Wenn Silke nicht so verkatert wäre, wäre sie mehr als gerührt.

«Keine große Sache, Silke. Nach dem Spendenlauf fahr ich sie wieder nach Hause», beruhigt Renate sie. Silke ist viel zu schwach, um dagegen zu protestieren.

«Da vorne könnt ihr euch eure Startnummer ankleben.»

Renate nickt und schiebt Silke an der Schulter zur Seite. «Ich hab dir einen Zopf gebacken. Mit Schinken und Speck, den mochtest du doch immer so gern.» Sie drückt Silke den mehrfach in Frischhaltefolie gewickelten Zopf in die Hand.

«Danke», sagt Silke.

«Nichts zu danken», sagt Renate. Die beiden schweigen sich an, Silke starrt auf den Zopf, Renate starrt auf Silke, wie sie auf den Zopf starrt. «Wie auch immer», platzt es aus ihr raus. «Ich war mal wieder etwas zu expressiv auf unserer Reise. Tut mir leid, wie ich mich benommen habe.»

«Schon okay», Silke guckt vom Zopf hoch und merkt, dass es wirklich okay ist. Renate ist eben Renate. «Schwamm drüber. Geht gleich los hier.»

Renate verschwindet mit ihrer großen Sporttasche in der Umkleidekabine, Willy-Martin schiebt Frau Goebel zum Anmeldetisch. Gegen halb zehn ist der Sportplatz gut gefüllt, die Sonne scheint, die Leute sind motiviert. Silke hat bereits die halbe Thermoskanne Schlotter-Dotter getrunken, um sich über Wasser zu halten. Vielleicht ist es nur der Placeboeffekt, aber sie hat das Gefühl, dass das scheußliche Zeug wirklich hilft. Die halbe Stadt scheint heute gekommen zu sein: alle Kolleginnen und Kollegen aus der Bahnhofsmission, sogar Marquardt ist da. Hoch ambitioniert, in Radlerhosen-Langarmtrikot-Kombination, mit einem Fitness-Tracker am Handgelenk und *Bluetooth-In-Ear*-Kopfhörern in den Ohren, joggt er schon auf der Stelle, dann dehnt er sich ausgiebig an einer Bank die Beine. Auf seiner Brust klebt ein Patch mit dem Logo der Bahnhofsmission Borken, «schließlich sollte man zu jeder Zeit sein Unternehmen angemessen repräsentieren». Auch sein Kumpel Gadget-Stefan ist da, selbstverständlich auf seinem Trike. «Moin, Stefan», ruft Marquardt aus einem halben Spagat rüber.

«Möge der Bessere gewinnen!», ruft Gadget-Stefan zurück und nickt ihm herausfordernd zu. Selbst in dieser uneigennützigen Veranstaltung, einem Spendenlauf für einen krebskranken Obdachlosen, sehen Marquardt und Gadget-Stefan noch einen Wettkampf, eine Herausforderung, die ultimative *Competition*. «Alt ist man erst dann, wenn man sich nicht mehr mit seinen Gegnern messen will», das war schon immer Marquardts Credo. Angespornt von Gadget-Stefans Kampfansage, macht er spontan fünfzig Liegestütze in dessen Sichtweite. Silke schüttelt nur den Kopf, huscht zwischen den vielen Leuten hindurch, hakt fleißig ihre Listen ab und beantwortet Fragen aller Art. Renate hat sich in einen wild gemusterten Lycra-Zweiteiler gepellt und ihre Haare mit einem Schweißband zurückgeschoben; sie sieht aus, als würde sie jetzt ein «Aerobic fürs Wohnzimmer»-VHS-Video drehen.

Kaum zu überhören sind Mutter Petra und die Hunde, als sie auf dem Platz einlaufen.

«Die Hunde bitte an die Leine», ermahnt Willy-Martin sie bei ihrer Ankunft.

«Ja, ja, ja», ruft Mutter Petra. Sie kann nicht mitlaufen, die Hüfte, der Ischias, aber sie hat eine große Tupperdose unter dem Arm. «Ich hab die Flattermann-Reste mitgebracht! Falls ihr Hunger bekommt!»

Silke wird schon beim Gedanken an den alkoholgetränkten Vogel sofort wieder schlecht. «Danke, Petra. Renate isst später bestimmt gerne was davon.»

«Super, super, super! Ich setz mich mit den Kleinen hier an den Rand, wir feuern euch an!»

Als Mutter Petra und die Hunde die Sitzbank besetzen, springt Marquardt mitten in einer Einheit Sit-ups auf. «Das ist ein Sportplatz und keine Hundekackwiese. Hier wollen sich MENSCHEN bewegen, und zwar frei!» Er mustert erst die Hunde, dann Mutter Petra, dann ihre Tupperdose mit einem abschätzigen Blick. Doch sein Ärger hält nicht lange an, denn ein Kamerateam kommt auf ihn zu. «Mensch, Tobi, grüß dich! Super, dass es noch geklappt hat.» Die beiden schlagen sich laut in die Hände und klopfen dann in einer angedeuteten Umarmung so fest auf den Rücken des anderen, dass beide fast husten müssen. Tobi ist Außenreporter bei der *WDR Lokalzeit Münsterland*, gemeinsam mit Kameramann Axel und Tonmann Kai tut er seinem alten Schulkumpel Marquardt einen brüderlichen Gefallen und berichtet über sein unerschütterliches Engagement beim Spendenlauf, die tragische Geschichte von Zippo und dem Krebs und die neue Siebträgermaschine in der Bahnhofsmission. Als kleine Gegenleistung hat Marquardt Tobi angeboten, ihn am Samstag in zwei Wochen an seiner *Broil King*-Gasgrillstation zu bewirten, sechs Brenner, zwei unabhängige Grillkammern, Kontrollknopfbeleuchtung, elektrische Zündung, neuartige Edelstahlgussgrillroste, *Flav-R-Wave*-Verdampfersystem.

«Wir würden dann gleich mal ein paar O-Töne von dir sammeln. Warum bist du hier? Was hat es mit diesem Zippo auf sich? Wie lang ist der schon obdachlos? Wie lang hat er noch zu leben? Vielleicht ein bisschen was darüber, wie er dir über die Jahre ans Herz gewachsen ist, was euch verbindet, warum er es verdient hat, dass heute so viele Leute mitlaufen et cetera pp. Und noch irgendwas Rührseliges fürs Ende am besten. Wo schläft Zippo, wenn er draußen schläft? Wurde er schon mal überfallen oder verletzt? So was kommt immer gut. Am besten stellst du dich hier vorne hin, da ist das Licht gut und nicht zu viele Leute, wegen Ton.»

«Der Fokus sollte aber schon auf der Bahnhofsmission liegen. Ich will ja hier was verkaufen. Und achtet bitte darauf, dass das Logo im Bild ist», merkt Marquardt an, dann verschwinden die vier auf einem ruhigen, hinteren Abschnitt der Laufbahn und beginnen mit den Dreharbeiten. Um kurz vor zehn ist der Platz brechend voll, auf der Wiese mittig der Laufbahn tummeln sich Läuferinnen und Läufer, jung und alt, dick und dünn, im Rollstuhl und auf Inlineskates. Renate und Willy-Martin wärmen sich auf, indem sie sich gegenseitig auf die Schultern fassen und abwechselnd versuchen, den linken und den rechten Fuß zum Po zu ziehen. Frau Goebel ist in ihrer roten Fleece-Decke eingenickt und schreckt immer wieder hoch, wenn sie husten muss. Mutter Petra sucht verzweifelt einen ihrer Hunde, auf der Tribüne essen Sponsoren und Schaulustige die ersten Bratwürste und trinken Warburger Pils.

Dann geht es los: Silke stellt sich mit einem Megaphon auf den Anmeldetisch und erklärt den Spendenlauf für eröffnet. Die Masse setzt sich in Bewegung, die Kinder laufen voran, dann die Erwachsenen; den Fahrrädern, Rollstühlen und Inlineskates gehört die rechte Spur. Die Stimmung ist gut, aus den Boxen der Anlage schallt *Good Feeling* von Flo Rida. Willy-Martin schiebt im Stechschritt die schlafende Frau Goebel vor sich her und kommt dabei schon vor der ersten Kurve ins Schwitzen. Nach wenigen Metern hat Marquardt alle Kinder und den Rest der Menge überholt und läuft in gleichmäßigem Takt souverän voraus, das Kamerateam versucht angestrengt nebenherzujoggen. Mutter Petra wird von der lauten Musik mitgerissen, sie hat den verlorenen Hund gefunden und wirft ihn fröhlich tanzend immer wieder in die Luft. Silke steht am Rand, mit schrecklichen Kopfschmerzen und zittrigen Händen. All die Wochen harter Arbeit, die vielen Telefonate und Formulare, Absagen und Zusagen, und jetzt laufen sie hier, bestimmt zweihundert Menschen, Fremde, Bekannte, für Zippo. Nur Marquardt und Gadget-Stefan, die hätten ihre Eitelkeit zu Hause lassen können.

Die erste Runde ist geschafft, da verlässt Renate keuchend die Bahn. Silke läuft ihr entgegen. «Renate, alles okay?»

«Abbruch! Abbruch!», ruft die.

«Jetzt schon? Ist doch grad mal eine Runde vorbei. Was ist denn los?»

«Chronischer Bananenrücken», schnauft sie und stützt sich mit beiden Händen am Geländer ab. «Hab ich seit meiner Kindheit. Da kannste nichts machen. Das kommt und geht, wie es will.»

Silke schaut sie skeptisch an, wie sie sich mit der Hand an den Rücken fasst und die Hüfte kreisen lässt, als stünde sie unmittelbar vor einer Entbindung. «Chronischer Bananenrücken? Hab ich noch nie was von gehört.»

«Ist nicht sehr verbreitet. Da geht jetzt gar nix mehr. Tut mir auch leid. Ich geh mal eben zum Auto.» Renate verschwindet leicht humpelnd auf dem Parkplatz, auf Silkes Gesicht steht ein großes Fragezeichen. Der Himmel zieht sich langsam zu, die klarblaue Sicht weicht einer grauen Wolkendecke, die bedrohlich tief hängt.

«Bitte kein Regen. Bitte kein Regen. Bitte kein Regen», murmelt Silke vor sich hin.

Einige Minuten später haben die ersten Teilnehmer aufgegeben. Ein kleiner Junge hat sich das Knie auf der Tartanbahn aufgeschlagen und rennt schreiend in die Arme seiner Eltern, eine ältere Dame muss das Rennen wegen Kreislaufproblemen beenden. Silke wird nervös. Immer wenn Willy-Martin mit Frau Goebel an ihr vorbeifährt, winkt er ihr freundlich zu und zeigt den Daumen nach oben, dabei versucht er angestrengt, nicht angestrengt zu wirken, sein Kopf ist hochrot und das Shirt nass geschwitzt, Silke findet ihn einfach drollig. Renate hat es sich inzwischen auf ihrem selbst mitgebrachten Campingstuhl gemütlich gemacht und teilt sich mit Mutter Petra die Flattermann-Reste. Sie sitzen plaudernd nebeneinander und picken mit zwei Plastikgabeln das Fleisch aus der Tupperdose, immer wieder springen die Hunde hoch und schlecken die Soße vom Rand, Renate und Mutter Petra geben beide gerne ab.

«Chronischer Bananenrücken», wispert Silke und schüttelt den Kopf.

Auf dem Parkplatz hält plötzlich ein großer schwarzer Kastensprinter, der Fahrer lässt die Türen knallen und räumt unter Krach und Getöse den Kofferraum aus. Silke erkennt ihn von weitem: Roland. Sie dreht ihm den Rücken zu. Diesen einen Tag wird er ihr nicht vermiesen. Dafür hat sie zu hart gearbeitet. Sie füllt geschäftig die Wasserbecher auf, sortiert ihre Formulare und hofft, dass Roland so schnell verschwindet, wie er gekommen ist. Immer wieder schielt sie rüber zum Parkplatz, er ist noch da und scheint irgendwas an seinem Wagen aufzubauen, er klappt einen großen Tisch auseinander und stapelt darauf bunte Kartons.

Die Läuferinnen und Läufer drehen jetzt seit zehn Minuten ihre Runden, das Tempo wurde teilweise schon merklich gedrosselt, die meisten spazieren nur noch um den Platz. Marquardt läuft weiter diszipliniert in steter Geschwindigkeit, Gadget-Stefan verausgabt sich laut schnaufend auf seinem Trike und ist ihm durchgehend auf den Fersen. Das Kamerateam hat das Rennen aufgegeben, stattdessen haben sie sich jetzt bei Renate aufgebaut und setzen zum Interview an, die pult sich noch die Flattermann-Reste aus den Zahnzwischenräumen. Mit einem Mal tropft es auf Silkes Formulare, erst leicht, dann fallen dicke, schwere Tropfen. Binnen weniger Sekunden regnet es wie aus Eimern auf den Sportplatz, die Läufer halten sich schützend die Hände über den Kopf. Viele stoppen den Lauf und suchen Schutz unter anliegenden Bäumen, Silke bringt panisch die Unterlagen in Sicherheit. Mit letzter Kraft schiebt Willy-Martin die klitschnasse Frau Goebel ins Vereinsheim, sie ist blassbleich, ihre Haut sieht aus wie ein großes Stück Transparentpapier, das sich wegen des Regens glitschig auf ihre hervorstehenden blaugrünen Adern gelegt hat. Sie schläft mit halboffenen Augen, ihr Kopf fliegt unkontrolliert von einer Seite zur anderen, generell macht sie einen besorgniserregenden Eindruck. Willy-Martin versucht unbeholfen, Frau Goebel mit einem seiner mitgebrachten Sporthandtücher zu trocknen, ihre Gliedmaßen sind dabei wie Wachs in seinen Händen.

«Ihr bleibt jetzt erst mal hier drin!», befiehlt Silke und dreht die Heizung hoch. «Frau Goebel holt sich noch den Tod da draußen!»

Willy-Martin nickt, während er Frau Goebel die nassen Sandalen auszieht. Silke schaut aus dem Fenster. Nur noch ein paar einzelne Personen laufen auf dem Platz, Marquardt trotzt dem Regen und hält konsequent sein Tempo, Gadget-Stefan ist auch noch auf der Bahn, allerdings kämpfen die Räder seines Trikes sichtlich mit dem nassen Boden. Viele haben sich schon die Jacken angezogen, spannen Schirme auf und gehen Richtung Parkplatz.

«So eine Scheiße!» Silke rennt verzweifelt zum Megaphon, stellt sich auf den nassen Campingtisch und ruft aufgebracht: «Der Regen zieht schon wieder weiter! Gleich ist es wieder trocken! Denkt an Zippo, er hat Krebs!» Auf dem Parkplatz bleiben einige stehen und drehen sich zu Silke um. «Wisst ihr, was das bedeutet, Krebs zu haben? Bestimmt nicht! Und wisst ihr, was das bedeutet, obdachlos zu sein? NEIN! Und verdammt noch mal, weiß irgendwer von euch, wie es ist, Krebs zu haben UND obdachlos zu sein? NEIN? KEINER?» Die Mehrheit der Leute schaut betroffen auf den Boden. «Ich gebe euch allen mal einen Tipp: Das ist nicht wie ein kleiner Regenschauer, das ist nicht wie nasse Klamotten tragen, die in zehn Minuten wieder trocken sind! Da kann man auch nicht mal eben einfach so nach Hause fahren, und dann ist alles wieder in Ordnung! Reißt euch verdammt noch mal zusammen!» Silke hat sich in Rage geredet, ihre Haare triefen vom Regen, sie zittert am ganzen Körper.

Renate springt an ihr hoch. «Silke, gib mir das Ding, du bist doch ganz durch den Wind.»

Silke hält sich beim Absteigen an Renate fest und fällt, als sie unten ist, weinend in ihre Arme. «Ist ja alles gut, Silke. Ist ja alles gut. Das ist die Anspannung, Liebelein. Komm mal mit rein, du musst dich setzen.» Als Silke wieder im Vereinsheim ist, direkt an der Heizung, mit Blick auf die merklich geschrumpfte Gruppe an Teilnehmern, hört der Regen auf, gegen das Fenster zu prasseln. Die Sonne ist zurück, die Stimmung wieder ausgelassener, ein paar kommen vom Rand zurück auf die Bahn.

«Na, Gott sei Dank», murmelt Silke und fasst sich an die Schläfen. «Dann kann's ja jetzt weitergehen.»

«CAPRI-SONNE ORANGE, CAPRI-SONNE ORANGE, GRATIS, AUF DIE HAND, DAS GIBT'S NUR HIER», tönt es in dem Augenblick. Die Stimme kommt Silke bekannt vor. Als sie zum Parkplatz läuft, ist ihr sofort alles klar: Roland hat sich mitten zwischen den Autos einen mobilen Stand mit Restposten aufgebaut, er hat sogar eine große und offenbar sehr gut funktionierende Anlage installiert und brüllt jetzt energisch und mit Headset im Mundwinkel den Leuten vom Sportplatz entgegen: «MISTER MONEY IST HIER! NUR HEUTE, SPENDENLAUF SPEZIAL, DAS GAB'S NOCH NIE, HUNDERT PROZENT RABATT, FÜR UNSEREN GUTEN ALTEN KUMPEL ZIPPO! KEIN SCHEISS. KOMMT RAN HIER!» Die ersten Neugierigen trotten vom Sportplatz rüber zum Parkplatz und schauen, was es abzustauben gibt. «Ja, es ist wahr. Trauen Sie sich! Kommen Sie ran! Sensationell, aber wahr! Wir haben hier Capri-Sonne, das macht jeden Läufer fit, alle noch haltbar, heißt jetzt Capri Sun, deswegen im normalen Handel unverkäuflich, aber das macht uns nichts, da ist das Gleiche drin, nehmen Sie sich einen Karton mit oder direkt zwei – Sie haben sicher eine Freundin oder einen Neffen, der auch Capri-Sonne liebt! Und was haben wir hier? Einen eins a Sandwichmaker von Severin! Antihaftbeschichtung, wärmeisolierter Griff, rutschfest, mit Kabelaufwickler! Nehmen Sie ihn mit, direkt auf die Hand. Nach dem Laufen schmeckt das Sandwich gleich doppelt so geil!»

Um den Stand von Roland bildet sich rasend schnell eine Traube von Menschen. «Was das ist? Das kann ich Ihnen sagen! Ein Smoothiemaker, vom allerfeinsten! Ein Smoothiemaker im Wert von 25 Euro UVP! Und der kommt nicht mit einer Flasche, der kommt mit zwei Flaschen! Und das Allergeilste ist, guckense mal hier, da ist der Mixer schon in der Flasche drin! Eis rein, Obst rein, Proteinpulver rein, und du machst dir den geilsten Milchshake deines Lebens! Und jetzt gibt's natürlich den ein oder anderen, der wird hier meckern, Plastikflaschen, giftig! Denkste! Nicht bei mir, nicht bei Mister Money. Guckt euch das an, bpa-frei, pah-frei und pak-frei, also Lösemittel-frei, Giftstoff-frei, Farbreste-frei! Alles geprüft, komplett! Das Teil hat 22 500 Umdrehungen! Du kannst dadrin Eis klein hexeln, du kannst dadrin Kaffeebohnen klein hexeln, wie geil ist das denn, bitte! Sofort zuschlagen, hundert Prozent umsonst, nur der Tod ist billiger!»

«Ist das Bruchware?», fragt eine Frau mit der Startnummer 72 auf der Brust ungläubig. Roland lacht. «Bruchware? Seh ich so aus, als würde ich Ihnen hier Bruchware andrehen? Ich zeig Ihnen mal, was Bruchware ist!» Unwirsch reißt er einen Smoothiemaker-Karton auf und zieht das Gerät heraus, dann holt er weit mit dem Arm aus und schmettert es mit voller Wucht auf den Asphalt. Das Kunststoffgehäuse zerspringt in seine Einzelteile, die Frau macht entsetzt einen großen Schritt zurück, Roland steht die blanke Wut ins Gesicht geschrieben. «DAS! DAS IST BRUCHWARE! UND SIEHT DAS SO AUS, ALS KÖNNTE MAN DAS NOCH VERKAUFEN?»

«Ehm, nein», stammelt die Frau und versteckt sich halb hinter anderen Schaulustigen, Roland nickt selbstgerecht.

«Na, also!» Seine Verkaufsoffensive kommt gut an, es sind mittlerweile mehr Menschen an seinem Stand als auf dem Sportplatz.

Silke kocht vor Wut. Wie festgefroren steht sie in fünf Meter Entfernung und sieht tatenlos mit an, wie Roland ihre Spendenlaufteilnehmer vom Platz holt. Die ersten haben sich die Kartons auf die Arme gestapelt. «Ich muss dann jetzt auch nach Hause, bin zu Fuß hier, und nicht dass mir noch jemand meine Kartons klaut, wenn ich laufe», motzt ein junger Mann in Radlerhose, zig andere tun es ihm nach und verlassen mit fetter Beute unterm Arm den Sportplatz. Die Gratisschnäppchen von Roland sprechen sich schneller rum als ein Lauffeuer, nach weniger als fünf Minuten ist der Platz wie leergefegt, wer sich nicht mit Smoothie- und Sandwichmaker nach Hause gerettet hat, sitzt Capri-Sonne trinkend auf der Tribüne. Nur Marquardt läuft eisern seine Runden,

Gadget-Stefan und sein Trike haben auch noch nicht aufgegeben. Silkes Blick bleibt bei Renate stehen, die sich den Kofferraum mit Kartons volllädt. «Renate! Ist das dein Ernst?»

Renate fühlt sich ertappt. «Na ja, es ist halt gratis. Das wär doch blöd, wenn ich da nicht ... Ich wollte schon lange mal das mit den Smoothies ausprobieren.»

Silke schaut sie entrüstet an, Renate merkt, dass sie härtere Argumentationsgeschütze auffahren muss. «Der Arzt meinte, jeden Tag ein Smoothie kann gegen den Bananenrücken helfen», sagt sie unschuldig und fasst sich schnell an den Steiß.

«Weißt du was, Renate, fahr doch zur Hölle mit deinem scheiß Bananenrücken!»

Renate fällt die Kinnlade herunter, Silke läuft aufgebracht zum Sportplatz zurück und tritt auf dem Weg dorthin noch mal wütend und mit voller Kraft gegen Rolands Sprinter.

«Hey!», fängt er sie ab. «Das muss doch nicht sein.»

«Du kannst mich mal, Roland! Du machst alles kaputt, alles!»

«Wie bitte? Ich mache hier kostenlose Promo für DEINEN Spendenlauf, siehst du nicht, wie die Leute hier rankommen?»

«Guck mal auf den Sportplatz, siehst du da noch irgendwen laufen?»

Roland scheint tatsächlich erst jetzt zu registrieren, dass die Mehrheit der Leute schon gegangen ist.

«Eh, also. Die kommen sicher wieder, wenn sie die Geräte nach Hause gebracht haben. Der Tag ist ja noch jung. Ist aber auch nicht optimal geplant, ich hätte an deiner Stelle schon vor Anpfiff Regencapes für alle ausgeteilt. Hättest du mal was gesagt, ich hab da letzte Woche sechs Paletten reinbekommen.»

Silke atmet flach, die Wut drückt sich durch alle Fasern ihres Körpers, sie will Roland in seinen Schnäppchentisch stoßen, sie will sehen, wie er rücklings auf den Boden stürzt, seine dämlichen Billigprodukte mit auf den Boden reißt und wie alles in tausend Teile zerspringt. Sie holt schon mit beiden Armen aus, da kommt Willy-Martin aus dem Vereinsheim gestürzt und schreit: «Silke! Komm schnell! Ich glaub, Frau Goebel stirbt! Sanitäter! Sanitäter!»

Frau Goebel ist im Rollstuhl zur Seite gekippt, ihr Oberkörper hängt schlaff über die Armlehne hinaus, sie ist nicht mehr ansprechbar, und aus ihrem halb geöffneten Mund fließen zähe Speichelfäden. Die Sanitäter kommen und verfrachten die alte Dame blitzschnell auf eine Trage, messen Blutdruck und Fieber und wickeln sie in eine Isolierdecke. Willy-Martin versucht laut und deutlich mit ihr zu sprechen: «Frau Goebel, können Sie mich hören? Frau Goebel, wir bringen Sie jetzt ins Krankenhaus, da können Sie sich ein bisschen ausruhen. War ja viel los hier heute. Auch mit dem Regen, Sie müssen sich mal richtig aufwärmen, Sie kommen jetzt in ein schönes, warmes Bett. Dann wird alles wieder gut. Wir sind da, machen Sie sich keine Sorgen.» Silke macht sich Sorgen. Frau Goebel reagiert nicht mehr.

«Schwacher Puls», informiert einer der Sanitäter mit ernstem Blick. «Die kommt direkt auf Intensiv.»

«Wir kommen nach!», ruft Willy-Martin. Binnen Sekunden sind die Sanitäter mit der regungslosen Frau auf der Trage im Rettungswagen verschwunden und mit lauten Sirenen davongefahren. Silke schaut Willy-Martin verzweifelt an, Willy-Martin schaut Silke verzweifelt an. Draußen setzt der Regen wieder ein.

Marquardt und Gadget-Stefan sind sichtlich erschöpft, aber keiner von ihnen will das Feld räumen. Die beiden haben sich in einen internen Wettkampf verstrickt und sind zu stolz, jetzt das Handtuch zu werfen. Silke dreht die Anlage aus, es ist still. Dann stürmt sie zum Megaphon. «Der Spendenlauf ist beendet! Geht nach Hause!» Keiner der beiden reagiert. Marquardt zieht sein Tempo sogar noch an, Gadget-Stefan strampelt stöhnend und völlig durchnässt hinterher. «Na, gibst du schon auf?», ruft Marquardt gehässig nach hinten.

«Aufgeben?», lacht Gadget-Stefan affektiert. «Ich kann das hier Stunden so weitermachen.»

«Na dann, auf die nächsten Stunden!» Marquardt will Gadget-Stefan provozieren, die kleine, spitze Unterhaltung hat ihn motiviert, nach vorne gepeitscht, er wird noch mal deutlich schneller, rennt mit riesengroßen Schritten unbeeindruckt durch den Regen. Gadget-Stefan zieht nach, das lässt er nicht auf sich sitzen, sein Gesicht ist von der Anstrengung schon ganz verzerrt. Der Regen prasselt unbarmherzig auf seinen Fahrradhelm, er kann nur noch schlecht sehen. Er sitzt jetzt halb in seinem Liegerad und steuert Marquardt an, mit wahnsinnigem Blick und eisernem Willen tritt er in die Pedale und kommt seinem Rivalen immer näher. Als Marquardt das merkt, fängt er an, zickzack zu laufen, Gadget-Stefan muss in voller Fahrt bremsen, sein Trike schlittert auf dem klitschnassen Boden, er verliert die Kontrolle über das Gefährt, fast fährt er Marquardt in die Hacken, dann kippt das Rad mit einem großen Knall seitwärts um, und Gadget-Stefan stürzt zu Boden. Bäuchlings liegt er nun im Regen und schlägt verärgert mit der Faust auf den Boden. Marquardt dreht sich kurz zu ihm um, sieht, dass er gestürzt ist, und bricht dann in Jubel aus.

«YES!», schreit er zu sich selbst und hält einen Arm siegessicher in die Luft, während er langsam ausläuft. Gadget-Stefan versucht keuchend aufzustehen, seine Knie bluten, die Achse seines Trikes ist verzogen. Marquardt trommelt sich auf die Brust. «Erster. Erster», zischt er vor sich hin. Erst als er beim Vereinsheim zum Stehen kommt, scheint er wahrzunehmen, dass außer ihm und dem lädierten Gadget-Stefan niemand mehr auf dem Platz ist. Selbst sein Kumpel Tobi und das Kamerateam sind inzwischen mit Sandwichmaker im Arm verschwunden, niemand ist da, um seinen vermeintlichen Sieg zu würdigen oder für die Nachwelt festzuhalten. «Gibt's denn wenigstens 'nen Pokal?», fragt er Silke schnippisch.

«Das war kein Wettbewerb, Herr Marquardt. Deswegen ist hier auch kein Schwein mehr. An Ihrer Stelle würde ich mir darüber mal Gedanken machen.» Silke sieht Marquardt in sein rot leuchtendes Gesicht mit dem süffisanten, rachsüchtigen Grinsen. Der Regen lässt nicht nach, einfach alles ist heute schiefgelaufen, alles, das Wetter, dann Roland und seine scheiß Smoothiemaker. Die Runden, die gelaufen wurden, sind ein Witz, Frau Goebel ist halb tot, und jetzt steht dieser gewissenlose, eitle Idiot vor ihr und will einen Pokal für seine Leistung. Silke ist froh, als Willy-Martin sie am Ärmel zieht.

«Hab abgeschlossen und die Formulare ins Auto gepackt. Mutter klärt hier alles mit dem Pächter. Komm, wir fahren.»

*

NOCH am Abend des Spendenlaufs hat Frau Goebel im St.-Marien-Hospital Borken das Atmen eingestellt. Diagnose: starke Lungenentzündung. Zusammen mit Altersschwäche und einem angeschlagenen Immunsystem eine listige Kombination. Silke und Willy-Martin saßen bis zuletzt an ihrem Bett, haben ihre Hand gehalten und auch, obwohl sie gar nicht mehr ansprechbar war, mit ihr über die schönen Dinge geredet, von denen Frau Goebel Silke so oft erzählt hatte. Ihr Geschäft, die Reisen nach Südamerika und Schweden, der Tag, an dem sie auf dem ökumenischen Kirchentag 2003 in Berlin Condoleezza Rice traf.

«Sie hatte ein erfülltes, glückliches Leben», versicherte Willy-Martin Silke, als die Maschine am Krankenhausbett keine Herztöne mehr anzeigte. Silke wollte nur nach Hause, sie war immer noch durchnässt vom Regen, sie fror und fühlte sich leer. Willy-Martin schlief in dieser Nacht bei ihr auf der Couch. Morgens machte er ihr Frühstück, das sie nicht aß, mittags ließ er ihr ein Bad ein, das sie nicht nahm, abends legte er eine DVD ein, die sie nicht schaute. So ging es mehrere Tage, Silke ging nicht zur Arbeit, sie lag die meiste Zeit in ihrem Bett und starrte auf die weiße Wand. Dahinter war kein Husten mehr zu vernehmen, kein lauter Fernseher, Frau Goebel war nicht mehr da. Und das Gleiche würde mit Zippo geschehen, er würde auch sterben, von heute auf morgen, und Silke würde daran Schuld tragen, denn bei dem Spendenlauf waren nur knapp 240 Euro zusammengekommen, das war noch nicht mal ein Bruchteil von der Summe, mit der sie gerechnet hatte. Abzüglich der Pacht für den Sportplatz waren es noch vierzig Euro, die übrig blieben. Vierzig Euro.

Silke schämt sich. Zippo kann sie so nicht mehr unter die Augen treten. Sie sieht in nichts mehr einen Sinn. Willy-Martin organisiert gemeinsam mit Renate und Mutter Petra die Beerdigung, die drei schauen im Wechsel nach Silke, schlafen bei ihr, kochen für sie. Silke ist nicht einen Tag oder eine Nacht allein, manchmal sind sogar noch sechs Hunde in der Wohnung, selbst das ist ihr egal. Drei Tage vor der Beerdigung kommt ein Schreiben für sie an, das Willy-Martin ihr beim Frühstück vorliest. Frau Goebel habe sie in ihrem Testament bedacht, es gebe keine direkte Verwandtschaft, und ein Termin beim Notar stehe bevor.

«Aha», kommentiert Silke nur und verschwindet wieder in ihrem Bett.

Für den Termin beim Notar hat Willy-Martin für Silke ihren feinen Blazer gebügelt und die Kleider rausgelegt, er kämmt ihr sogar die Haare und fährt sie bis vor die Haustür. «Soll ich mit reinkommen?», bietet er an.

«Geht schon», antwortet Silke, schenkt ihm ein kleines Lächeln und steigt aus dem Wagen aus. Der Notar redet viel, Silke versteht nur die Hälfte, bei der anderen Hälfte hört sie nicht zu. «Rechtmäßige Erbin», schnappt sie auf und: «Meine Mandantin hat Sie bedacht.» So geschwollen, wie er redet, wird Silke unruhig, sie will wissen, was es denn jetzt ist, das große Erbe.

«Ich darf Ihnen mitteilen, dass Sie gemäß Paragraph 1937 des Bürgerlichen Gesetzbuches von unserer Mandantin als Alleinerbin ernannt wurden. Damit können Sie frei über Frau Goebels Nachlass verfügen.»

«Nachlass?», stammelt Silke.

«Nach unserem jetzigen Kenntnisstand ist das ihr Mobiliar, alles, was sich noch in ihrer Wohnung befindet,

Gold- und Silberschmuck und ihr monetäres Vermögen, aktuell sind das 73,29 Euro auf ihrem regulären Konto plus noch mal 192 Euro auf einem Tagesgeldkonto.» Silkes kurze Aufregung weicht einer großen Ernüchterung. Emotionslos unterschreibt sie ein paar Formulare, bedankt sich beim Notar und verlässt die Kanzlei. Als sie wieder in Willy-Martins Auto steigt und ihm vom Erbe erzählt, ist auch er enttäuscht.

«Das ist ja echt ärgerlich!»

Silke nickt nur, im Radio läuft *Imagine Dragons*.

Das Geld von Frau Goebels Konten nutzen sie für eine Friedwald-Bestattung, davon hatte sie immer geschwärmt und gesagt, wenn sie mal nicht mehr ist, dann möchte sie nicht so einen spießigen Grabstein, wo dann jede Woche jemand zum Gießen kommen muss. Das wäre doch alles nur Schikane für die Hinterbliebenen, ne, ne, so wär sie nicht, sie wär ja ein Menschenfreund. Die alte Dame wird also eingeäschert, ihre Überreste kommen in eine biologisch abbaubare Urne und werden an einem für sie ausgewählten Baum unweit der Wurzeln begraben. Willy-Martin hat extra den kleinsten Baum ausgewählt, eine junge Buche, aber auch hier liegen die Kosten für das ganze Prozedere weit über 1000 Euro. Sie legen alle zusammen, um Frau Goebel ein schönes, ruhiges Plätzchen im Wald zu ermöglichen.

Bei der Beerdigung sind sie nur zu viert, Mutter Petra hat ausnahmsweise die Hunde zu Hause gelassen, Willy-Martin trägt Anzug und Krawatte, Renate hat einen modischen Fascinator auf ihrem Kopf drapiert – sie ist ja Britin – und sieht aus, als müsse sie gleich noch auf die Pferderennbahn, zwanzig Euro auf Noble Moon setzen. Die freie Rednerin erzählt irgendwas vom ewigen Kreislauf, Asche zu Asche, Ökosystem, Frau Goebel könne jetzt wieder eins sein mit der Natur und würde gehen, wie sie gekommen war. Mutter Petra meldet sich mitten während der Ansprache aufgeregt mit schnipsenden Fingern und fragt, ob die Urne nicht von Füchsen oder anderen Tieren ausgebuddelt und geschändet werden könne, Willy-Martin stößt ihr daraufhin den Ellbogen in die Seite und wirft ihr einen mahnenden Blick zu. Es dauert nicht länger als zwanzig Minuten, bis die Zeremonie vollbracht und Frau Goebel an ihrem Baum bestattet ist. Renate ist die Einzige, die weint, ihr Schluchzen hallt in den sonst so ruhigen Wald, bei Beerdigungen muss sie immer an Mandarine Schatzi denken. Der hätte so eine Friedwald-Bestattung auch gut gefallen, bei Waldspaziergängen hatte sie an solchen Buchen immer am allerliebsten ihr großes Geschäft verrichtet.

Nach der Beerdigung geht es zu Mutter Petra, sie muss ja nach den Hunden gucken, und außerdem hat sie gebacken. Bei www.chefkoch.de stand unter der Kategorie «Leichenschmaus», dass ein typisches Essen für eine Beerdigung der Streuselkuchen sei, also war sie am Vorabend fleißig und hat drei Bleche davon gebacken. Allerdings haben ihr die Rezepte aus dem Internet «zu wenig Pep» gehabt, und sie hat eine «Eigenkreation» daraus gemacht. Wie Silke und die anderen schnell feststellen, handelt es sich bei dieser Eigenkreation um einen mit in sehr hochprozentigem Alkohol eingelegten Früchten gefüllten Streuselkuchen, der vor allem nach Branntwein schmeckt.

«Tja, tja, tja. So schnell ist das Leben vorbei, von jetzt auf gleich», seufzt Mutter Petra, als alle vier am Tisch Platz genommen haben. Renate schluchzt immer noch vor sich hin, Willy-Martin gießt allen Kaffee ein, Silke isst winzige Stücke vom Kuchen.

«Hat doch alles gut geklappt. Ich denke, Frau Goebel wäre zufrieden, wie das heute abgelaufen ist, mit dem Baum und so, ist 'ne schöne Sache», versucht Willy-Martin die angeschlagene Stimmung zu heben.

«Können wir die Beerdigung für Zippo ja auch schon mal planen», nuschelt Silke und stochert verbittert in ihrer Schnapsaprikose. Die drei starren sie erschrocken an.

«Silke! Der Zippo ist doch noch nicht tot, jetzt mal doch nicht den Teufel an die Wand!», empört sich Renate.

«Nur noch eine Frage der Zeit. Oder was denkst du, wie lange wir ihn mit vierzig Euro am Leben halten?», kontert Silke.

Stille.

Niemand weiß mit der Situation umzugehen, Mutter Petra wendet sich verunsichert den Hunden neben ihrem Stuhl zu. «Ja, seid ihr fein. Feini, feini, feini!»

Renate schnieft in ein Stofftaschentuch, mit dem sie unmittelbar danach ihre Brillengläser poliert. Willy-Martin legt behutsam seine Hand auf Silkes Schulter. «Wir finden eine Lösung.» Silke ist nicht überzeugt. Am frühen Abend fahren sie nach Hause.

«Das ist ja fast wie damals, als wir zu Tropical Islands gefahren sind!», quiekt Renate, als die drei beengt im Auto sitzen. «Nur dass die alte Goebel jetzt tot ist», fügt sie hinzu, als würde es ihr jetzt erst wieder einfallen. Silke schweigt die ganze Fahrt über. Heute Nacht möchte sie allein sein.

Zu Hause legt sie sich mit einer großen Flasche Grauburgunder ins Bett. Der Wein wärmt ihren Rachen, die Daunendecke ihre Füße. Was, wenn sie die Notbremse nie gezogen hätte? Würde sie dann jetzt in einem 1,80-Meter-Boxspring-Bett liegen und traurig Wein trinken, weil Roland sie beim Abendessen wieder gedemütigt hat? Oder hätte er irgendwann mal die Kurve gekriegt, diese berühmte Kurve, von der so viele Frauen sprechen, wenn sie sich nicht von ihrem Freund oder Ehemann oder Lebensabschnittsgefährten trennen können, weil das eine Mal ja nur ein Ausrutscher war und er sich halt noch die Hörner abstoßen muss und Männer ja nun mal so sind? Hätte er sich irgendwann selbst die Hemden gebügelt und den Salat geschnitten und die Geschenke an Weihnachten selbst verpackt, obwohl Frauen «das nun mal einfach besser können»? Sicher hätten sie Geld gehabt, genug Geld, um Zippo zumindest einen Teil seiner Behandlung bezahlen zu können, «Sicherheit, Verfügbarkeit, Rendite», das war laut Roland das magische Dreieck der Geldanlage. Er hatte vorgesorgt, schon früh viel gearbeitet, um viel zur Seite zu legen. Ja, sie hätten keine Sorgen gehabt, sie wären einmal im Jahr nach Teneriffa geflogen und im Winter zum Skifahren nach Ischgl. Irgendwann hätten sie wahrscheinlich Kinder bekommen, weil man das eben so tut, wenn man verheiratet ist und in einem Haus wohnt, da kommt eins zum anderen. Silke hat es nicht vermisst, das Muttersein. Überhaupt ist es ihr gerade mehr als recht, allein zu sein, in ihrem Bett mit der warmen Daunendecke und der Flasche Grauburgunder. Als sie zu einem neuen Schluck ansetzt, klingelt es plötzlich Sturm. Renate steht vor der Tür, sie ist aufgebracht.

«Was ist denn jetzt los?», fragt Silke mit trübem Blick, als Renate mit einem großen Rucksack auf dem Rücken an ihr vorbei in die Wohnung stürmt.

«Tür zu, Tür zu!»

Nachdem die Tür ins Schloss gefallen ist, vergewissert Renate sich, ob sie allein in der Wohnung sind.

«Ich hab schon geschlafen!», brummt Silke genervt, Renate lässt hastig die Jalousie im Wohnzimmer runter.

«Silke, das muss jetzt unter uns bleiben.»

«Was denn?» Silke hat keine Lust auf eine von Renates Showeinlagen.

Renate wirft ihr den schweren Rucksack vor die Füße.

«Was ist das?», fragt Silke.

«150 000 Euro.»

«WAS?», schreit Silke und muss dabei Weißwein aufstoßen.

«Nicht so laut!» Renate ist nass geschwitzt. «Ich bin eine Kriminelle, Silke! Ich habe schlimme Dinge getan.» Ihre Augen füllen sich mit Tränen. «Ich kann das nur dir erzählen, weil ich weiß, du verurteilst mich nicht. Oder vielleicht verurteilst du mich doch, aber wir bleiben trotzdem Freundinnen, das weiß ich. Bitte, nimm das Geld und gib es Zippo, für die Behandlung. Ich kann es nicht behalten, ich bin eine Kriminelle, an meinen Fingern klebt Blut!»

Silke hat die Augen weit aufgerissen, ihre Hände zittern. «Hast du jemanden umgebracht?»

Renates Lippen vibrieren, ihre Nase läuft. Sie kann ihr Taschentuch nicht finden und schnieft kurzerhand in ihren linken Ärmel. «Ich hab dir doch von Weißrussland erzählt und von Thailand und Ghana und der Sache mit dem Scamming.»

«Ja.»

«Na ja, es stimmt schon. Ich hab sie gefunden, die

Übeltäter, in einem Internetcafé in Minsk. Zwei Männer und eine Frau, das war organisierte Kriminalität. Ich habe sie zur Rede gestellt, kennst mich ja, wie ich bin, ich hab mich vor die hingestellt und denen sinngemäß gesagt, also auf Englisch, dass ich das gar nicht okay fand. Da waren die erst mal baff, dass ich sie gefunden hatte und alles, und wir sind dann auch schnell ins Gespräch gekommen. Die machen das jeden Tag, total professionell mit iPad und allem. Da war ich schon fasziniert, und einer, der war ehrlich ganz toll lieb zu mir, der Juri, den kennst du ja auch von den Fotos.»

«Nein! Daher kennst du den Juri? Und was ist mit Vladimir und Sean?»

«Ja, die gibt es schon, aber wirklich verliebt bin ich nur in Juri. Wir haben uns einfach gut verstanden. Ich hab mit der Bande gekocht, und die haben mir erklärt, wie sie das machen, mit dem Anschreiben im Internet und mit WhatsApp, das war schon ganz schön clever, und ich konnte das dann auch irgendwie verstehen, dass die das machen, so viel Arbeit gibt es da halt nicht. Und dann sind wir ins Gespräch gekommen, Juri hat mich gefragt, ob ich nicht Lust hätte, bei ihnen mitzumachen von Deutschland aus, die Gewinne könnten wir uns immer teilen, und, na klar sag ich da nicht nein. Ich meine, es ist leicht verdientes Geld, und mit WhatsApp konnte ich schon immer gut, und ich habe mich gefühlt wie Bonnie von Bonnie und Clyde, weißte? Wirklich, Silke, ich wollte die einfach nicht enttäuschen.»

«Dann warst du nie in Thailand?»

«Ich musste doch meine Spuren verwischen.»

Silke öffnet fassungslos den Rucksack, ganze Bündel Hunderterscheine fallen ihr entgegen.

«Ich mach das nicht mehr, Silke, ich bin da ausgestiegen!», heult Renate und schnieft jetzt auch in ihren rechten Ärmel. «Ich hab dem Juri gesagt, dass ich raus bin, ich kann das nicht mehr, das ganze Geld, ich weiß gar nicht, wohin damit, und dann die Lügerei den ganzen Tag, das hat mich alle gemacht. Das waren ganz arme Schweine, die ich da belogen habe, Leute wie ich und du. Nimm du das Geld, ich bin eine Kriminelle. Damit muss ich jetzt leben, ich werd im Leben nicht mehr froh, aber du kannst das Geld nutzen für was Gutes, vielleicht wird der Zippo gesund, dann hat es noch einen guten Zweck erfüllt.»

Eine Weile stehen Silke und Renate sich gegenüber, zwischen ihnen der Rucksack mit den 150 000 Euro, Renate schnieft und weint und zetert, Silke sieht ihr dabei zu. Schließlich streckt sie ihr die Arme entgegen, Renate weicht erst reflexhaft zurück, dann geht sie schluchzend auf Silkes Umarmung ein. Die beiden Frauen liegen sich in den Armen, Silke weint stille Tränen, Renate schluchzt laut, sie weinen und wiegen sich und hören nicht auf, sich immer wieder fest zu drücken, und sie stehen so da, eng umschlungen, und weinen ins Wohnzimmer.

«Hast du getrunken?», fragt Renate mit tränenerstickter Stimme.

«Nicht genug», antwortet Silke.

*

ALS Silke zwei Wochen später mit Zippo das Krankenhaus betritt, um ihn zu seiner Skelettszintigraphie zu begleiten, sind beide mehr als angespannt.

«Was soll schon passieren?», fragt er, als er den gelben Pfeilen auf dem Boden zum Aufzug folgt.

«Wird schon», antwortet Silke. Es fühlt sich an, als läge ein großer Stein in ihrem Magen. Am Behandlungszimmer angekommen, drückt sie Zippo noch mal fest an sich.

«Du musst nicht hier warten», versichert er ihr.

«Ich bin da», sagt Silke und deutet auf eine Sitzreihe gegenüber der Tür.

«Das dauert insgesamt fünf Stunden, hast du selbst gesagt.»

«Ich bin da.»

Zippo nickt und verschwindet hinter der weißen Tür, Silke lässt sich auf den metallenen Mehrzweckstuhl fallen. Das Krankenhaus riecht genau wie beim letzten Mal, als sie mit Frau Goebel hier waren. Über den Flur hasten Ärztinnen, trotten Patienten, die sich auf Rollatoren stützen, schieben Krankenpfleger große Metallwagen mit Handtüchern. Da war sie also wieder. In diesem verdammten Krankenhaus.

«Das Leben ist eins der Härtesten», hatte Silkes Oma immer zu ihr gesagt, wenn die Depressionen im Winter wieder schlimmer wurden und ihr nichts anderes mehr übrigblieb, als über die ganze Sache zu lachen. Es war ein verzweifeltes Lachen, ein alternativloses, aber eben auch ein Lachen.

ENDE